U0506929

只有月亮听得见

康玲玲 著

四川文艺出版社

图书在版编目（CIP）数据

只有月亮听得见/康玲玲著．—成都:四川文艺出版社，
2018.3

ISBN 978-7-5411-4868-2

Ⅰ.①只…Ⅱ.①康…Ⅲ.①中篇小说—小说集—中
国—当代②短篇小说—小说集—中国—当代 Ⅳ.
①I247.7

中国版本图书馆 CIP 数据核字（2018）第 043774 号

ZHIYOU YUELIANG TINGDEJIAN

只有月亮听得见

康玲玲　著

责任编辑　陈茂兴　彭　炜
封面设计　叶　茂
内文设计　史小燕
责任校对　蓝　海
责任印制　唐　茵

出版发行　四川文艺出版社（成都市槐树街 2 号）
网　　址　www. scwys. com
电　　话　028-86259287（发行部）　　028-86259303（编辑部）
传　　真　028-86259306

邮购地址　成都市槐树街 2 号四川文艺出版社邮购部　610031
排　　版　四川胜翔数码印务设计有限公司
印　　刷　四川华龙印务有限公司
成品尺寸　145 mm×210 mm　1/32
印　　张　8.25　　　　　　　　字　　数　180 千
版　　次　2018 年 4 月第一版　　印　　次　2018 年 4 月第一次印刷
书　　号　ISBN 978-7-5411-4868-2
定　　价　36.00 元

贴近泥土飞翔的翅膀

周洪成

相比阅读长篇小说而言，我更偏向于中短篇小说的阅读，这倒不是口味的挑剔，而是现在人们没有精力去耗费那么多昂贵的时间成本，这是一个信息普遍爆炸的时代，除了阅读之外，还有许多事情等着你去做，除非这是一部让人无法舍弃的惊世骇俗之作。

康玲玲的中短篇小说集《只有月亮听得见》是她这些年来辛勤笔耕的结果，大都发表在一些省级以上文学刊物上。康玲玲陆陆续续写了十多年，也就是近几年才开始在山东省内和油田文学圈崭露头角、风生水起的。她以女性独特的视觉，深情关注那片曾被人们遗忘的角落和人物，竭力留住那份逝去的温暖和美好。

只有心中有爱的人，才会在这样一个物质主义泛滥的时代，毫无保留地与人分享她获得的温暖与幸福。康玲玲是一个生活精致的女人，是下得了厨房，进得了厅堂的职业女性。从她细腻描摹那些柴米油盐、活色生香的笔墨中，我们能够体会和感触到她的用心，也能从她那温婉、优雅的叙述中见识她的文学才华。由于油田所处的特殊地理环境和位置，男人大都活得挺粗糙，女人活得挺单纯。康玲玲作为生活在油田最基层的女性，却潜藏一颗细腻柔软的心，一双善于观察和发现生活之美的眼睛，这实属难得。

　　每个作家的原始生活背景，一定会给她提供丰富的创作素材和精神养料。康玲玲曾经生活和成长在油田的一个偏远农场，七十年代出生的作者，经历了那段极其艰苦的岁月和荒诞的时代。她许多作品中的人物，大都有她生活周围中的原型，生活提供给一个作家的资源都在这里。作家的创作离不开自己的生活记忆和生活经验。回望与挽留是一个写作者的基本创作姿态，康玲玲以女性眼光对待书写对象，而对象大都又是女性，女性为世界的存在，为人类的存在，所承担的不幸与灾难，男性是无法承担的。这不仅需要康玲玲对生活有切肤的感悟，还要有超然物外的洒脱。与生活拉开距离，轻车熟路地驾驭文字，以抵达生活的真相。无论是作品里主人公对于爱情的内在坚守，还是婚姻中发生锅碗瓢盆的碰撞，都能让我们感同身受，如闻其声，如见其人。这也是考验一个作家细微之处见精神的一种功力。

　　一直默默无闻工作在基层的康玲玲，的确是营造生活艺术氛围的行家里手，这可能与她早些年喜欢散文写作有关。她基本不露声色地揭开生活的一角，驾轻就熟地仔细描写生活的日常场景，氤氲一股淡淡的意境，通过她精心采撷和点缀，散发出沁人心脾的清香。其实，每个人的语言系统都跟自己的成长环境和阅读习惯有关。我们见识各种不同个性的表达，都是为了让生活更加丰满立体。一个勤奋写作和阅读的人，才可能积累到创作中意想不到的能量，从而产生持久的创作冲动和爆发力。作品总是长期积累，偶然得知的结果。可以预见康玲玲是一个非常努力的作家，她的勤奋与天资都使她保持最佳创作状态和艺术感觉，持久而安静地阅读和写作，这才有可喜的收获。假如我们许多创作者只沉迷于幻想，而缺乏践行，那么，最终只能望洋兴叹。只有脚踏实地，才能仰望星空。

小说彰显出的色彩和温度，是扩充康玲玲作品艺术底色的一大亮点。从她的小说人物中，你很难找到恶人，她的世界是一个很温暖、很洁净的世界，小说情节所弥漫的温情，所散发出来的光亮，足以洗涤我们本已污染的心灵。小说结局都有一抹云开日出的暖阳，即使在漫漫苦夜，也能穿透寒凉，照耀和融化每一颗坚冰。命运与苦难和解，让康玲玲的小说内核埋藏着一个高贵的灵魂，她笔下塑造的每一个人物，变幻莫测的命运，一直揪着读者，让我们无法从康玲玲编织的情节中走出来。应该说，暖色调的作品不好掌控，很容易滑向平面歌颂。在当下各种猎奇心理围剿及哗众取宠媒体层出不穷的现状下，要安静地打磨艺术珍品，排除外界的干扰，专心致志保持本色，没有一份耐得住寂寞、守得住清贫的情怀，是很难做到的。我很欣喜地看到，出自油田作家康玲玲之手的作品，散发其独有的清新与智慧的光芒。从她作品对生命的体验和人性的挖掘来看，她的创作空间应该还很大；她对生活与艺术融合的娴熟度很高，她今后出手的作品也会越来越好。

当然，一个作家的天赋与勤奋，同她的创作业绩密不可分。我们所期许的目标与我们达成的愿景，由于不可预见的原因，或许有距离。康玲玲的小说有其他作家无法达到的一面，同时，也存在其自身创作的局限，线型式写作迹象比较明显，情节淡化处理分寸把握度的问题，语言信息密度偏弱，作品整体的精神高度和厚度都需要强化等，这都是康玲玲应该注意避免的问题。一个有出息的作家不仅仅需要一定才气，更需要多方面的营养供应，她应该有更大胆的突破，多视点叙述的尝试，敢于打破文学闭内循环的魔咒，拓宽写作视野，主动挑战新的创作领域，让作品更加浑圆厚重起来，随着时代的转向而完成创作内部的改造，以扩大作品的传播半径。

诚然，任何看似完美的艺术品，都有其无法漠视的缺憾，但终归瑕不掩瑜。即使那些贴近泥土飞翔的翅膀，经过风雨的洗礼，依然会刺破黑夜，迎来黎明的曙光。我们有理由相信并乐于看见，康玲玲今后的创作道路会越走越宽，越走越远，因为她具备这个潜力和实力。

目录

十八块钱

一

农场不算大，几十排整齐的砖瓦房坐落其中。平日里男人们都在百十里外的油田指挥部上班，留在农场的女人们也不闲着，除了拉扯孩子，她们还在农场周围的空地上开荒种庄稼、种菜。男人们一个星期回来一趟，每个星期六下午，是男人们乘绿色解放卡车回家的日子。

星期六，临近中午时分，女人从田里回来，比平常早些。先张罗着做午饭，孩子们吃完了饭，都跑出去疯玩了。女人扒拉了几口孩子们的剩饭，扭头看了一下挂钟，十二点多，还有两三个钟头，男人就该回来了。女人撩开门帘走到院外，门帘发出窸窸窣窣的声响，像是女人心里正流淌出的欢快的音符。门帘是女人和孩子们空闲时用旧挂历纸卷的。把挂历纸裁成条状，卷成长短不一的管，再刷上红的、蓝的、黄的、绿的……油漆，最后串成各种各样的图案。熊猫、蜻蜓、仙鹤、荷花啥的，是常见的图样。那阵农场刚时兴这个，女人见人家挂着这样的门帘，挺眼热，也东家西家地淘换了一些旧挂历，没事的时候就跟孩子们卷门帘。女人将门帘串成了丹凤朝阳的图样，太阳红艳艳的，凤凰披一身色彩斑斓的羽毛，活灵活现，神气极了，惹得不少串过门帘或没串过门帘的人家过来看，留下满院子"啧啧"的赞叹声。后来也有仿着样子做的，可怎么看总觉得差点事。

女人把屋里屋外都打扫得干干净净。该洗的洗，该擦的擦，该抹的抹，该扫的扫。女人走到院里，把铁丝上挂着的两条咸鱼取下来，用温水泡上。这鱼还是前几天，屋后牛子他妈给的，四丫那天就嚷着要吃煎咸鱼，女人说等你爸爸礼拜六回来一起吃。女人又掀开面盆看了看，面已经发得差不多了。今早上女人特意和了一大盆面，男人爱吃女人烙的大饼。女人想好了，今晚熬一锅甜稀饭，放上大枣、花生、红豆，熬得稠稠的，男人好喝这口，每次能喝好几碗。煎咸鱼的时候，磕一个鸡蛋，浸着蛋液煎鱼，煎出来的鱼格外香脆。烙饼的时候，多放点葱花和盐，男人口味偏咸。

下午三点多钟，男人挎着帆布兜，风尘仆仆地进了屋。女人接过帆布兜，笑着问，回来了？男人应，嗯。女人端来洗脸水，递过毛巾。洗完脸，男人坐下燃起一根烟。女人端来已沏好的茶，男人没喝儿口，就乐颠颠地从贴身衣袋里掏出十八块钱递给女人。男人说他评上了指挥部的"新长征突击手"，单位给他额外发了二十块钱奖金。

提起男人，女人心里是颇为自豪的。男人能干，一直是采油班的班长。这不，家里的墙上贴满了他的奖状，镜框旁边那朵红艳艳的光荣花也是他的。那天他回家，从帆布兜里小心翼翼捧出一个打了结的布包，解开，里面一朵光荣花。多好看啊，鲜红的绒花，真喜庆。男人说，指挥部刚开了一个原油上产表彰大会，是奖给他的。女人想象着男人戴着光荣花，站在领奖台上的样子，仿佛一缕和煦的春风徐徐吹来，微微陶醉的感觉。光荣花在女人手里一遍遍地被端详，被抚摸，映得女人眼里也跳跃着两簇红。男人凑到女人耳边悄悄说："我寻摸着，其实呀，这朵光荣花归你戴才最合适！"男人拿起那朵光荣花，学着《天仙配》里董永的招式，唱起了黄梅戏"顺手摘下花一朵，我与娘子戴发间……"女人笑着捶了男人一拳。

男人说，这二十块钱他留下了两块，加上手头的几块钱，买了些烟、糖块、花生瓜子啥的，拿到班里了，大家伙也一起高兴高兴。女人喜滋滋地接过钱，一张十块的，一张五块的，还有三张一块的，正要锁进柜子，寻思一下，又抽出一张五块的，递给男人："再给你留五块，整天在荒野地里窜，别亏了自个。馋了，就买点好吃的，别舍不得。"男人毫不犹豫地把钱又塞给女人："哪这么多事，我那还有，足够了。队上伙食也挺好，你甭挂着，我啥都能吃着。你和孩子们在家也别太省了，该吃点好的就吃啊。别一有点好吃的，非得给我留着。"

有钱啦！额外的，不在预算之内的一笔钱！女人捏着十八块钱，那些早就盘算好的花销，本来一直是耷拉着脑袋蜷曲着，这时也挺直了腰板昂起了头：下礼拜一赶个集，割一刀肉，包顿饺子，孩子们好长时间都没闻过肉味了；给男人买条"巨轮"烟，再称斤酒；油瓶子也见底了，称上两斤肥膘肉吧，回来熬猪油。吃面条的时候，舀一点放碗里，喷香，孩子们特爱吃。

对了，还得再扯两米好看的花布做窗帘，这事不能再拖了。女人看了看屋里向南的那扇窗，空荡荡的。以前那里是挂着一幅淡雪青色窗帘，的确良的。上次学校组织学生们去指挥部慰问演出，老师让二丫头报幕。这可是件光荣的事，没准孩子她爸就在底下看呢！可没件合适的衣裳咋上台？家里本来就紧，实在挤不出钱来给二丫头添置新衣裳。一想到二丫头委屈的样子，女人挺不落忍，一晚没睡，就地取材，用窗帘缝制了一条漂亮的连衣裙。淡淡的雪青色，时兴的海军领，裙摆还缀制了一层细细的白色荷叶边。二丫头美得又唱又跳，搂着女人的脖子不撒手。女人揉揉熬得通红的眼，捏捏酸痛的腰，也笑了。

还得再留几块钱给孩子们买书。好几次，在新华书店，孩子们眼巴巴地看着柜台里的书，半天都挪不动步子。孩子们懂事，知道家里紧，再稀罕也不开口要。

女人仔细地思量着，算计着。家里哪样必须得买了，哪样还能对付一阵。每一笔开支都在脑子里过了一遍。心里有了底，女人把钱小心地放好。

二

礼拜一一大早，男人就乘绿色解放卡车，回指挥部上班了。女人在家打发老大、二丫、三丫上了学，又洗了一盆衣服，然后又忙活着叫四丫起床，给她穿上衣裳。看时间不早了，从柜子里拿出那十八块钱放在饭桌上。准备出门，想起鸡还没喂，又忙活着拌鸡食。拾掇停当，把钱掖进裤兜，带着四丫骑上车子。先把四丫送到托儿所，自己径直就到了集上。锁好车，到了供销社，买了烟，打了酒，准备付钱，一掏裤兜，天哪，钱没啦！女人一下子就蒙了，钱是跟钥匙放一起的，是不是刚才锁车子，从裤兜拿钥匙把钱掉了？女人急急地返着找，好几个来回，啥也没找着。想哭，路上赶集的人来往不断，女人一直忍着。

没着没落地回到家，蹲在地上结结实实地哭了一场。怎么就把钱丢了呢！十八块啊，男人整天在外面受多么大的累啊！冬天冷，夏天热，一口口"磕头机"上爬上爬下，哪一分钱不是汗珠子摔八瓣挣来的。女人想想就疼得慌，心里替自己窝囊得不行。

男人在荒野地里受的那些个罪，女人心里清楚得很。曾经，女人领着四丫去过男人上班的地方，那次去还是因为一件事。那年秋上，男人从指挥部的商店里给女人买回一双黑色牛皮鞋，锃亮的皮色，洋气的样式，女人稀罕得不行。女人问，多少钱啊，得花你大半个月的工资吧？男人说甭管多少钱了，你稀罕就行。我看跟你一起下田的，人家都有一双正儿八经的鞋，你也该穿点好的，不能太寒碜。男人走了，那双鞋女人宝贝似的放在大衣柜里，没事的时候，就拿出来端详比量。女人可舍不得穿出门去，就是试一下，也是洗干净了脚，换一双干净的袜子再试。女人越觉得这鞋好，越觉得自个穿这鞋有些舍不得。想叫男人退了，男人肯定不依，还怕凉了他的一份心。她把这事跟牛子他妈说了，让牛子他爸回去上班的时候，拿到指挥部商店偷偷退了。女人再三嘱咐牛子他爸他妈，可别让男人知道这事。牛子妈说，他现在不知道，以后一直见不着那鞋，他不问啊。女人说，先管不了那么多，先退了再说。省得耽搁日子久了，人家商店不给退了。鞋退了，女人拿着退鞋的钱，到集上给男人扯了密实的呢子布料，到裁缝那给男人做了一件挺括的呢子半大衣，女人知道男人一直想要这么一件呢子大衣。

退鞋的事男人很快就知道了。女人说穿惯了布鞋，嫌皮鞋捂脚。男人没说话。可女人看出来男人生气了。正巧自那个礼拜男人走后，赶上指挥部会战，男人三个礼拜都没回来了。女人一想起男人上次是赌着气离家的，心里一个劲地不安生。她做了男人爱吃的炸豆腐盒子，炸丸子，放到一个带盖的大搪瓷盆里用花布扎好，领着最小的四丫坐上交通车来看男人了。一路颠簸着，打听着找到他的单位后，她吸了一口凉气。荒凉的盐碱滩上，几只挺破挺旧的铁皮房围成一个小院。队上领导问明女人的身份后，可热情了，让娘俩进屋，倒水，买饭。女人揽着四丫说，这孩子好几个礼拜没见她爸爸了，非吵着找她爸爸，整天在家闹腾呢。队长说男人不在这，队部南八十里外又发现一个新油区，男人正率领突击队员们抢上新井呢！队长找了辆车带着女人和孩子去找男人，一看到男人，女人的眼泪一下子就下来了。男人当时正倚着油井不远处的一个麦秸垛睡了。一件油渍麻花的棉工衣，腰中间胡乱捆着一截草绳，脚上一双翻毛大头鞋龇牙咧嘴张开了口。黑瘦的脸，显出了颧骨。嘴唇干裂爆起了皮。挺冷挺冷的天，男人却睡得格外沉。井场上的小伙子说，嫂子，这一阵可把我们的老班长累坏了，没白没黑地领着我们抢上新井，没睡过一个囫囵觉。女人知道男人在荒野上班不易，可一见到这场景，还是心酸得要命。

　　自打丢了钱，这一个星期，女人不知哭了多少回。不知丢在何处的那十八块钱啊，一想起来，女人心里就剜肉般地疼。她一遍遍地想丢钱那天所有的细节，先干了啥，后干了啥，想这十八块钱究竟丢在了哪里，想得脑袋都疼了。家里一直不宽裕，挺紧。男人一个人在油田上班挣工资，还得接济乡下的老家。女人带着四个孩子在农场，平日里除了张罗孩子们吃、穿、上学外，女人还得下田挣工分。农场的家属们分成了好几个生产队，女人是生产三队的队长。女人利落，干起活来一点也不含糊，领着队里的姐妹们，种小麦、种玉米、种南瓜、种白菜……曾经的荒地如今长满了喜人的果实。女人一天也舍不得歇，她舍不得每天那几个工分。赶上个头疼脑热，身子不舒坦，她也是强撑着去田里。这样满打满算下来，一年能挣四五百块钱呢。自打今年春天孩子的奶奶得了重病，男人每个月不到一百块钱的工资，大都寄回老家给老人看病抓药了，女人在家拉扯着四个孩子，一分钱都能攥出水来。

三

一个星期很快就过去了，转眼又到了星期六。下午，男人从绿色解放卡车上一跳下来，就看见大儿子在路边等他："爸，妈丢了钱，十八块，上次你给她的。妈都难受一个星期了，吃不下饭，睡不着觉的，还自个偷偷地哭。"

男人心里一沉，他已经想象出这个星期女人是如何度过的了。他摸摸自己兜里，有三块钱。领着儿子到农场东头的小卖店，跟店里的老季师傅借了十五块钱。老季师傅给了男人一张十块，五张一块的。男人又让老季师傅把五张一块的换成了一张五块的。见那张五块的挺锃新平展，男人把它攥成团，又伸展开。男人记得上次给女人的那几张钱，没这么新。

回到家，女人一见他，就哭了。说自己没用，把钱弄丢了。一个星期没见，女人憔悴得不像样子，眼神都虚飘飘的，男人心里的怜、心里的疼揪成了一团。"不就十八块钱嘛！丢就丢了。也说不定你放哪忘了呢！"男人大大咧咧地说。女人絮叨着那天去了哪里干了啥，可能是想的次数太多，反而有些混乱。女人以为男人会怨她，骂她，可男人跟平常回来一样，给她和孩子们讲笑话，出怪样。一个星期都缺席的欢笑声又脆生生地来报到了。可她心里还是难受，恨不能男人打她一顿。第二天一早起来，男人说，就着星期天，我赶紧把鸡窝拾掇拾掇。趁女人不注意，男人把十八块钱放在鸡窝上的两块砖头缝里。

　　男人躬着身子清理着鸡粪，不时地用手背抹一把额头冒出的汗。"哎，我说，快出来，你看这是啥？"突然间，男人兴奋地高声喊着。女人在屋里有些没精打采地搭着腔："咋了，不会是天上掉钱了吧。""可不是咋的，还让你说着了，真是掉钱啦！"女人将信将疑撩开门帘走了出来。

　　老天，真的啊！男人手里真的攥着几张钞票。女人揉了揉眼睛，是！没错！男人把钱塞到女人手里，一张十块的，一张五块的，还有三张一块的。男人注视着因激动而有些发呆的女人，佯装嗔怪道："你真是晕头了，肯定是忙活着喂鸡，把钱随手搁到鸡窝上头的砖头缝里，一转身就忘了，还硬说自己丢了钱，跟我闹着玩吧。""去你的。"女人红了脸，嘴角一挑，笑了。

　　女人把钱数了好几遍，一张一张的，真像做梦一样。女人怎么也没想到，这十八块钱还能重新回到自己手上。那天可能真的是忙晕了，光想着到集上添点这买点那，把钱顺手放在鸡窝上也忘了。见男人一直在看自己，有些不好意思。

男人亮开嗓门唱起了歌"……我当个石油工人多荣耀，头戴铝盔走天涯……石油滚滚流，我的心里乐开了花。"凡遇上高兴事，男人都会唱起这首歌。男人是真的高兴，因为女人终于轻松地笑了。男人心里揪起的那一小团渐渐地舒展开来。

男人见女人喜滋滋地攥了钱回屋了。他琢磨着："这个月控制一下烟、酒，菜票先不买了，几个咸菜疙瘩能凑合。省出十五块钱，把钱给老季还上。待会大小子放了学，我得好好嘱咐他，可别让他把小卖店的事说漏了。"

四

女人回了屋。失而复得的十八块钱带来的巨大喜悦来得那么突然，来得那么不真实，如同踩在云彩上，她觉得自己都已经飘起来了。摸摸自己的脸，烫热。她挨着床沿坐下，稳了稳神。前一个礼拜一直乱成一锅糨糊的脑袋现在好像一下子变得条理清晰起来。猛然间，她一下子想起了什么，又把那几张钞票摊开来仔细看，反复地挨张看。

真的看清楚了，这几张钞票上都没有圆珠笔写上的数字。她记得赶集那天早上，她把钱放在饭桌上，又给四丫端上早饭，转身又到院子里喂鸡。等喂鸡回来，看四丫正拿着二丫的圆珠笔在钱上不知在划拉啥，见她进来还仰着小脸骄傲地说："妈妈，我把这钱都排好队了！"四丫在每张钱上依次写上了"1""2""3""4""5"。"乖啊，你咋能往钱上胡乱划拉啊？以后可不能这样！"

她还沉着脸轻轻打了四丫屁股一下。

隔着窗户向外看，明媚温暖的阳光洒满了小小的院落，男人依旧唱着歌拾掇着鸡窝。女人心里泛起一波丝丝缕缕的疼，这疼如一层层微微漾起的涟漪，搅得女人心底慢慢腾起一种酸的味道，这酸最终汪成眼底里的泪，落下来滴在衣襟上。被怜惜、被体恤的隐隐的甜，继而又替代了酸，充盈着女人的心底。女人擦干眼泪，洗了一把脸，扎好围裙，满面春风地走出屋，冲着正往外铲鸡粪的男人喊："我说当家的，今中午就做你最爱吃的肉丝烩饼，家里有日子没吃了，你想吃辣的还是不辣的？"

裙　子

一

吃过了晚饭，胜丽和小瞿跟往常一样，挽着胳膊有说有笑地去大队机关大院的篮球场跳舞。一聊起昨天在大队机关大院放映的露天电影，小瞿还是压抑不住地兴奋："哎，《庐山恋》拍得太棒了！里面那个女主角张瑜长得真漂亮，瞧人家穿的那些衣服，多时髦啊。前前后后，她得换了有三十多套衣服吧？"

"我数了，四十三套，光是裙子就有二十多套。"胜丽说。

"说起裙子这事，我说胜丽，大队里的姐妹们这一阵买裙子都买疯了，咋不见你有啥动静？知不知道交谊舞大赛就要开始了，你还不紧不慢的，你这千里马不急，我这伯乐还急呢，过两天我陪你一起到指挥部买去！"

"别，别，不用了。"一听小瞿不容置疑地要陪自己去买裙子，胜丽有些着急，脱口说道，"我已准备好裙子了。"

"准备好了？啥样的？咋从来没听你提过？快拿出来我瞅瞅！"小瞿瞪圆了眼珠子，显然有些惊讶。

"非得都拿出来显摆呀？"胜丽镇定了一些，有些俏皮地眨了眨眼睛，"现在要绝对保密，到时你就看到啦！"

"到底是种子选手，啥都留一手。咱大队就指着你出彩了！"

小瞿亲昵地掐了一下胜丽的腰。

刚才随口胡诌的那句话一出口，胜丽就有些后悔了。小瞿热烈的回应与期盼让胜丽更发愁了。这段时间，胜丽一直在为裙子的事发愁。前几天，她已经去过指挥部了，特意逛了逛几家服装店，也相中了几条样式新颖的裙子，可价钱都一百多块，最贵的二百多呢。

胜丽所在的这个大队是整个指挥部最偏远的采油大队了，离着指挥部近两百来里路。大队有三个采油队，一个联合站，胜丽就在采油队的小站上班。这几个基层单位的职工宿舍跟大队机关都在一个大院，大队上年轻人居多。当年这儿发现了新油区，从各个队抽调上来的都是年轻人。这里前不着村，后不靠店的，平常下了班，大家伙也没地方去，小伙子们就几个凑一堆喝酒、打牌、吹大牛。姑娘们就窝在宿舍里织毛衣，做点针线活消磨时间。这不，大队为了丰富职工业余生活，决定下个月举办一次交谊舞比赛，大队还专门选派了小瞿负责这个活动。小瞿在大队机关工会工作，今年年初指挥部工会干事业务培训，其中一项就是学跳交谊舞，说是要普及交谊舞，充实职工业余生活，达到大众健身娱乐的目的。听说这次比赛就是小瞿的提议呢。

小瞿说这次比赛指挥部宣传科要来人专门报道，还特意邀请了专业老师，指挥部打算成立舞蹈队，正在选拔人呢。所以这次比赛大队的各个基层单位领导也很重视，哪个队哪个姑娘小伙不想争口气露个脸啊。本来年轻人就心气盛，这次交谊舞大赛，姑娘小伙们早就暗地里憋足了劲。大家早就找好了自己的舞伴，近一个月的时间没白练，舞伴相互间的动作协调磨合得也差不多了，三步、四步、探戈，伦巴、水兵舞……前进，后退，左转，右转，投入而优雅，远不是一开始刚学时候的笨拙、滑稽和拘谨。自学会了跳舞，大家伙觉得充实了不少，晚饭后多了一个去处，既能健身娱乐，还能心情愉悦，多好的事。

舞练得基本差不多了，剩下来的，就是要准备跳舞的行头。男的嘛，好说，不外乎一条裤子配一件衬衫，再扎条领带。姑娘们嘛，那名堂可就多了。为了这次比赛，姑娘们早就开始着手准备自己的服装了。跳舞嘛，当然是要穿裙子了。这段时间，姑娘们议论最多的就是穿什么样的裙子上场，一谈起这个话题，姑娘们简直有些热血沸腾。一件漂亮、别致的裙子对于交谊舞比赛来说，是至关重要的。舞跳得如何先暂且不论，哪位姑娘不愿穿着一件与众不同的裙子翩然出场，成为舞场的焦点呢。有的姑娘还特意写信让在外地城市的亲戚专门给挑一件跳舞穿的裙子寄来。姑娘们三三两两搭伴去基地、去省城买裙子，隔不了几天，队上就有人买到新裙子，姑娘们都一起去看，叽叽喳喳地评论一番。

胜丽明白，这次交谊舞大赛，她是极有可能夺冠的。以前小瞿教跳舞的时候，她是学得最快的。她乐感好，一点就透，一起步，一侧身，那动作有模有样。小瞿一眼就在众多的初学者中看中了她，说她是天生跳舞的料，于是小瞿教胜丽教得格外用心，胜丽也很认真，加上她的悟性，没有多久就跳得相当不错了，两人也因此成了要好的朋友，小瞿经常骄傲地说她自己是个慧眼的好伯乐。年龄相仿的她们经常扎在一起，说一些往事，说些女孩子的小秘密、小心事。通过接触，小瞿发现胜丽不是一开始印象中的沉默寡言、羞涩拘谨，其实她挺开朗、挺幽默的，是个很有意思的女孩子。除了这些，胜丽身上还有一些东西吸引着小瞿，具体是些什么东西？小瞿也说不准，那些东西说不出来，却强大地存在，是友谊双方彼此的惺惺相惜，是一种懂得和体恤。两个人在一起很开心，总是不时爆出一串串清脆的笑声。她喜欢看胜丽跳舞，准确地说，是欣赏。胜丽的舞步可谓是行云流水，身姿、双臂、步伐浑然一体，她不是在跳，跳用在胜丽身上太突兀，她是飘，是飞，是滑翔，是清风徐徐吹过林间，是小溪淙淙流过山谷，是一匹华美的缎子慢慢展开。

前几天，队长见了胜丽还说："都说你跳得不错，好好跳啊，给咱队跳个第一回来！"胜丽想，大家对自己抱很大希望，这也是给队上争光的事，定是该好好跳。可没一条像样点的裙子，会大打折扣的。前几天去指挥部服装店里一问价钱，心里霎时就落了一层灰。她也想过要不就做一条，可所有的布店、布摊她都看了，布料都大同小异，实在没有入眼的。再说在裁缝店里做，除了手工费不便宜外，还得排号，等大半个月过后再来取，就耽误事了。

二

胜丽最初是叫胜利来着。当初，胜丽爹来胜利油田参加石油大会战的第二年，她在老家降生了。给她取名的时候，娘说："孩子她爹不在跟前，也没有商量的，要不就叫胜利吧，上口，也响亮。"爹把她们娘几个接到农场不久，她就该上学了。娘领着她去学校报名，写名字的时候，报名处的女老师摸着她的头说："小丫头真水灵。胜利，咋看是个男孩名，把'利'改成'丽'吧，美丽的丽。"娘笑着说好，好，好！回去的路上，娘一个劲地对她说："妮子，还是人家老师有文化，知道吗，老师说，你名字里的那个丽是美丽的丽，你懂啥叫美丽不？就是俊，就是好看，就跟年画上的仙女一样。"老师给自己改了一个字，娘比自己还高兴。

胜丽从小就喜欢跳舞。跳舞是件多么好的事啊，一跳起舞，心就像是飞向了蓝天，变成了云彩，悠悠地飘着，舒展，欢畅，所有的烦恼都没了。学校里每次演节目排练舞蹈，老师总是把胜丽排在最前面。小时候，跟着爹和娘到别人家串门，大人们总爱逗弄胜丽跳个舞，胜丽也不扭捏，大大方方地站在那，边唱边跳，只是跳完后，大人们拍巴掌的时候有些不好意思，咻溜钻进娘的怀里。隔壁家的玉群姐在油田基地上幼儿师范，每年放假回来，胜丽几乎天天长在玉群姐家，玉群姐会跳好多好多的舞，她还教胜丽形体训练啥的。娘那时候常对胜丽说："愿跳就好好跳吧，女孩子家的，将来考个幼儿师范啥的，也挺好。"胜丽的音乐老师也对胜丽说："只要你的文化课能过关，考个幼师或是舞蹈学校之类的，没问题！"那时候，若有人问她以后长大了干啥，她想也不想就会说："跳舞呗！"

娘再忙再累，也总要抽出空打扮小胜丽。娘变着花样给胜丽梳头，娘心思巧，看电影里、年画里人家梳啥样的头发好看，娘就寻思着给胜丽梳。娘给胜丽梳双抓髻，再系上两个蝴蝶结；娘给胜丽梳一个高马尾，再一分为二，结成麻花辫。那年"六一"，学校里文艺会演，胜丽要跳独舞《洋娃娃》。娘把铁筷烧热了，一绺绺地给胜丽卷头发。裙子是上一个礼拜就准备好了的，是胜丽以前穿小的一件裙子，娘重新拆了它，把袖子改成了泡泡袖，裙摆又拼接了一些零碎花布头。那天，观看会演的老师和同学们都记住了台上那个微卷着头发，穿一条斑斓彩裙，活脱脱一个洋娃娃的小姑娘。胜丽在大家艳羡的目光中谢幕的时候，她看见不知啥时候来的爹和娘正站在台下，那么开心地笑着，注视着她，起劲地为她鼓掌。

如果不是爹走得早，胜丽肯定是按照自己以前预想的轨迹运行，做自己喜欢做的事。可爹一走，所有的梦想一夜之间全部凋零，她也从飘着的云端一下子跌到了地面。这样的时刻，这个家需要她做出选择，做出担当。她不后悔。

最初上班，胜丽每个月的工资不到一百块，后来涨了工资，能拿到一百多了。胜丽记得爹在的时候，每次爹领了工资拿回家，娘总是把工资分成好几份，先给老家的爷爷奶奶、姥爷姥娘各寄一份，再留出孩子们的学杂费，然后是家里用的油盐酱醋啥的。每　分钱，娘都安排得妥妥帖帖。

自打一上班，每个月发了工资，胜丽除了留一点很必需很必需的生活费，其余的全都交给娘。记得第一个月发工资的时候，胜丽把那薄薄的几张钞票递给娘，娘接钱的手有些哆嗦，从那几张里又抽出两张，坚决塞给胜丽，胜丽又更加坚决地把那两张钱塞给娘，她让娘把钱放好。娘起身进屋放钱，胜丽隔着窗户看见背对着自己的娘用手抹了两把眼角。

十八九岁的姑娘，哪个不要好呀。看队上的姑娘们每天这个霜那个粉地擦着，胜丽也羡慕。要不是家里这个情况，谁不愿意美呀。从上班到现在，胜丽买过的衣服是有数的。可就是这几件有数的衣服，一经胜丽的妙心巧手，竟能焕发出别样的韵味。胜丽经常别出心裁地在衣领处加缀上两根飘带，或是在裙摆边沿加一层荷叶边，转眼就变成今年刚时兴的样式；穿旧的裤边磨损得厉害的牛仔裤，干脆将膝盖以下剪去，再将新剪的裤边打成毛边，就成了一条顶时髦的牛仔短裤。还有姑娘们头发上戴的发卡，有机玻璃的、塑料的、绢质的……今天你买个艳紫的戴着，明儿我就买个明黄的别上，胜丽的头发上经常扎着的是一方白色的周围一圈淡蓝色小花的手绢，雅致、脱俗。有时，胜丽会把头发绾起来，别一枚小小的半截木梳。这个木梳是爹买给胜丽的，不小心断成两截之后，胜丽舍不得扔，她把其中半截木梳边缘仔细地打磨成圆润的弧形，随意别在发上，如同半轮弯月，自有一番别样的清丽。所以，很少买衣服、买小饰品的胜丽，穿的戴的非但不寒酸，反而还显得卓尔不群，引人注目。爱美的姑娘们拿以前不愿穿的旧衣服过来，央胜丽改改，她总是笑着应承下来，根据主人的喜好和衣服的质地，琢磨思量着改成流行的样式。看到姐妹们试穿衣服时流露出的惊喜和满意，胜丽也跟她们一样高兴。姐妹们都夸胜丽巧，夸胜丽能干。胜丽想娘才巧，娘才能干呢！胜丽和弟弟们穿的衣裳都是娘自己裁，自己缝纫的。胜丽喜欢站在娘身边，看娘将一块方整的布做成合身的衣裳。娘有时忙不过来的时候，就让胜丽缝个扣子，撩个裤边啥的，看胜丽做得像模像样，娘就教胜丽踩缝纫机。渐渐地，胜丽也练就了一手好针线活。

一想起娘，胜丽心里泛起一层酸酸的疼，那疼绵细，却又无比柔韧地穿透骨髓。那年爹接她和娘还有弟弟们来农场的时候，一家人挤在一间泥草房里。胜丽拉着小脸嘟囔着："原来油田这么破，还不如在老家好呢！"娘却笑着轻戳了一下她的脑门："死妮子，知道啥呀，一家人守在一起就是天大的福啊。"把她们接到泥草房的第二天，爹就急匆匆地赶回指挥部上班了。爹对娘说，过两天他再回来，指挥部每个礼拜六下午发辆车送职工回农场的家。娘对胜丽说："妮子，别嫌乎这不好。你看，咱在老家离得远，你爹一年也回去不了几趟，他挂念着咱，咱也挂念着他，可是够不着摸不着的。咱现在到了这，虽说住得差点，可咱就在你爹眼皮底下。咱娘几个知道你爹在离咱百十里地的地方采石油，你爹也知道在百十里地之外有间房，有咱娘几个等着他，候着他，咱每个礼拜都能见着你爹，多好啊，咱一家人的心里都踏实安稳。"

娘在泥草房外面垒起了鸡窝，跑到好几里外的集上买回了鸡崽。娘用红纸剪了两只大鲤鱼贴在门上，那两只胖胖的红鲤鱼跃腾而起，喜人着呢。邻居们纷纷来看，这家要娘剪对公鸡，那家要娘剪个老虎，没几天，这排泥草房统共八户人家，都贴上了娘的剪纸。

泥草房漏雨漏得厉害。好几次，胜丽半夜里睡得正迷糊，觉得有人搬着她挪地方。早上醒来一看，她和大志小涛睡到床紧靠东边一侧，也是整张床唯一干爽的地。床另一侧已掀起来，家里的盆盆罐罐都摆了上去。地上全是水，娘挽着裤腿赤着脚正一盆盆地往外舀水。胜丽赶紧爬起来，帮娘一起往外舀水。娘说："死妮子，睡得真沉，娘要是不紧着往外舀水，你们几个让雨水

冲走了都不知道。冲走也好，我倒省了心了!"胜丽揉揉眼睛说:
"俺们就是冲走了，再下场大雨，又把俺们冲回来了，又冲回到
这间破草房。"娘扑哧一下笑出了声，骂了她一句。胜丽看娘肿
胀干涩的双眼和泡得发白的脚，知道娘肯定是一夜没睡。后来，
爹拿了一些油毡纸铺了屋顶，下小雨的时候还好，一下大雨，还
是漏，但比以前强多了，娘不用整夜地往外舀水了，好歹能依着
炕沿打会儿盹。

　　一次爹回来的时候，兴冲冲地对娘说:"农场要在西边盖砖
房了，一家两间房呢，咱是第一批!"娘也高兴得不得了。对那
个时候的娘来说，这是最大最大的喜事了。胜丽记得那段时间，
娘最常对她们说的一句话就是:"知道吗? 咱就要住砖房了，咱
是第一批，洋灰砖房，结实着呢!"娘说这话的时候，整个脸庞
都泛着红光，那红光里是满满的喜悦和向往。每个礼拜爹再回来
的时候，总是爹抱着小涛，娘领着大志，胜丽在前面蹦蹦跳跳地
跑，一家人有说有笑地去农场西边看房子盖得咋样了，夯地基，
砌砖，上梁，封顶，房子就在一家人热切的注视中盖好了。搬新
砖房的那一天，住泥草房的那些邻居们都来帮忙，娘忙得一直脚
不沾地，可娘一直在笑，眉眼处的笑意止不住地往外淌。爹也在
笑，爹还说，他真想在屋里的洋灰地上打个滚。

　　两间砖房，爹和娘一间，胜丽大志小涛一间。爹用淘换来的
铁板焊了一个茶几，刷上了一层红色的油漆，还用废木头打了一
对沙发。娘拆了家里的线手套，钩了一块蕾丝台布，搭在茶几
上。用积攒的一些零碎毛线，钩了五颜六色的沙发垫。那时候，
沙发在农场还是稀罕物，家里漂亮的茶几和沙发着实让胜丽自豪

了好长时间。娘扯了漂亮的碎花布做了窗帘，娘还绣了一幅喜鹊登枝的门帘。后来，爹和娘一起垒起了院墙，院墙靠东墙一侧，娘开了一小块菜地，红彤彤的西红柿、紫盈盈的茄子、绿油油的辣椒……如一块神奇的调色板，随着季节的转换，轮番变换着颜色。一进院门的地方，娘种上了鸡冠花、凤仙花，整个小院，花香四溢，瓜果累累。

后来，农场的砖房一批批地陆续都盖好了，也陆陆续续地搬来好多人家。农场里的家属们这时候已组织起来，分成了好几个生产队，开垦荒地，种粮种菜。那一大片一大片的庄稼地和菜地啊，都是娘和生产队里的阿姨们一点点地翻土、播种、修剪、喷药、捉虫、浇水。每天天还黑着，娘就起来了，扛着锄头到田里忙活一阵。胜丽他们醒来的时候，娘就回来了，又忙活着给孩子们做早饭，忙活着给小涛穿衣裳，打发胜丽和大志上了学。娘顾不上吃饭，随手从锅里拿一块干粮，送小涛上了托儿所，娘接着又去田里上工。中午，娘赶在胜丽他们放学之前回到家，忙活着做好午饭，等胜丽他们回来坐到饭桌上，娘胡乱扒拉几口饭，就算吃完了中饭，娘一边忙着往水壶里灌水，一边嘱咐胜丽把碗筷收拾好了，下午放学回来别忘了把大志从托儿所里接回来，扛着铁锹锄头又上了田里，娘再回来的时候，天都黑了。赶上农忙那阵，娘就一整天地长在田里。胜丽记得每年割麦那阵，下半夜，也就是三四点钟吧，娘就不睡了，轻手轻脚拿着镰刀就出门了。娘说，割麦得早起，趁着早上有露水，麦粒不炸。太阳一出来，麦粒子就炸了。

上小学三年级，胜丽就学会了做饭。放了学，看娘不在家，知道娘在田里忙得紧，就把干粮热一热，和弟弟们一道吃了饭后，再从锅里拿上两个干粮，把炒的咸菜丝放在罐头瓶里，再灌一大瓶水，放在篮子里，胜丽挎着去给娘送饭。

那时候，每个月拿粮本去粮店买粮，仅有的一点细粮娘总是宝贝似的放着，等着爹礼拜六回来的时候再吃。所以，大部分的时间，娘和胜丽她们都吃粗粮。胜丽和大志吃窝头已经习惯了，就是小涛看着窝头有些难以下咽，娘就拿手划拉着他的圆脑袋，笑着数落："臭小子，就你嗓子眼细，饿得轻!"娘看孩子们光吃窝头确实也怪可怜，便想着法换着花样做。娘用玉米面蒸发糕，再嵌上从老家带来的大红枣，绵乎乎的，甜丝丝的;娘用玉米面摊煎饼，薄薄的，脆脆的;槐花开的时候，娘撸了槐花，烙槐花玉米饼;榆钱飘香的时候，娘用榆钱拌上玉米面做榆钱菜窝窝，淋上蒜汁，好吃着呢。

那时候，胜丽大志小涛最盼望的就是礼拜六了。那一天对家里来说，无异于是一个节日。更确切地说，节日的气氛星期五的时候就已经开始酝酿了，如同酿着的米酒，盖子不知被谁不小心揭开了一条窄窄的缝，醉人的气息一丝丝一缕缕止不住地往外蹿，酽酽的，甜滋滋的。到了礼拜六，这种气息就更浓了，简直就要醉人了。那天，娘会特别高兴，眼底眉梢都泛着神采。一大早，娘就解开盛白面的口袋，舀几勺面准备发面。"娘啊，今天蒸花卷还是烙饼还是蒸包子?"每次小涛都像只小狗一样蹭到娘跟前这样问。娘两只手沾满了面，转身用额头抵一下小涛的额头："馋鬼，是不是又想吃糖三角了?娘专门给你做两个，只给我的小涛吃。"小涛心满意足地到哥哥姐姐跟前炫耀去了。那天中午，娘比平常收工早，张罗着吃完午饭，用肥皂洗净手，撩开收音机上蒙着的红绸子，小心拧开开关，有咿咿呀呀的唱戏声传来，娘一边跟着哼唱，一边手脚麻利地擦擦这，抹抹那。大衣柜的镜子、墙上的相框擦得明晃晃，五斗橱上的茶壶茶杯抹得光亮，水泥地也拖好几遍，纤尘不染。院里的地也扫得干干净净，连房檐下那几个咸菜坛子都擦得锃亮。娘烧上一锅水，胜丽知道娘要洗头了。胜丽从屋里拿出一盒"海鸥"洗发膏，这还是爹从指挥部的商店里买回来的。胜丽打开盖，娘用手抿一些，刚想往打湿的发上抹，觉得自己刚才抿多了，又抿回盒子里一点，娘让胜丽把盖扣好，放回屋里。院里飘浮着洗发膏好闻的香味，娘擦着湿漉漉的头发，迎着柔媚的阳光，胜丽觉得娘笑得真好看。

下午上第一节课的时候，胜丽想这时候爹正乘着大卡车往家赶呢。上第二节课的时候，胜丽想这时候爹已经进家门了。一放了学，胜丽他们就一溜小跑着回家。

礼拜六的晚饭是一星期里最丰盛的，不但可以吃白白的油花卷、人包子，还有平日里饭桌上轻易不见的土豆烧排骨、青椒肉丝、韭菜炒鸡蛋啥的。爹不在家的时候，娘很少炒菜。娘自己用黄豆做豆瓣酱，每回吃饭的时候，从坛子里舀一勺酱出来，蘸着娘从田里收工时顺手拔的苦苦菜、曲曲菜，或是从院里的菜地里拔几根葱，或是摘两根黄瓜、几个青辣椒啥的蘸着吃。娘还自己种了好些洋姜、萝卜泡成酸菜，放几个干红辣椒炝炝锅炒炒，开胃下饭。娘泡的酸菜味道好，爹说队上的人都喜欢娘做的酸菜，带去的一罐头瓶酸菜一会就见了底。娘攒了几个罐头瓶，每次爹回来，娘都给爹带上好几瓶炒酸菜，说大伙爱吃，就分分吃吧，整天在荒野地里风吹日晒受大累，不在家跟前，难得吃个可口的。

爹走的那天，也是个礼拜六。那天一大早，娘就发好了面，说晚上烙葱油饼。晌午头，娘从院里凉棚下的铁丝上取下吊着的一刀腌猪肉。前几天农场杀猪，家属们每人分了一刀肉，娘把肉用盐细细地抹了好几遍，然后吊起来，说等爹礼拜六回来的时候吃。胜丽放了学，跟往常的礼拜六一样，领着大志小涛一路跑着回到家。家门口停着一辆吉普车，是爹单位的车，胜丽见过。胜丽觉得吉普车是最威风最神气的车了，爹这次是坐吉普车回来的！胜丽颇有些自豪，大志小涛更是新鲜得不行，围着车摸了好几遍。

推开家门，胜丽没见到爹。爹队上的陆伯伯和一位叔叔在。娘对胜丽说爹在下班的路上不小心让车撞了一下，现在在指挥部医院，要接娘过去看看。娘让胜丽唤回还围着吉普车转悠的大志小涛，让他俩看家，拉着胜丽就上了车。陆伯伯脸色凝重，娘攥紧了胜丽的手，娘的手出奇地凉，攥得胜丽生疼。车上的气氛让胜丽觉得爹肯定不是"撞了一下"那么简单。等胜丽和娘赶到医院时，爹已被蒙上了白布。

爹走了，一句话也没留，爹就走了。那段日子胜丽一直不敢再回想，突如其来的这场变故来得毫无防备，来得血淋淋，惨烈烈，把这个家震懵了，震散了。一向利落开朗的娘，瞬间失了神，大病了一场。

以前一家人盼星星盼月亮地盼着礼拜六，现在看到别人家的孩子簇拥着自己的爹欢欢喜喜地回家，胜丽的心里堵得难受。她知道，曾经家里为了礼拜六这一天而滋生的那些散发着丝缕甜蜜、丝缕醉人、丝缕焦灼的气息再也不会有了。取而代之的，是饭桌旁永远空缺的那个位置，是如野草般疯长的追念，是怅惘，是创痛，是一生也填不圆的缺憾。

看着一下子就衰老下去的娘，看着年幼的大志和小涛那怯怯的眼神，胜丽决定不上学了，爹不在了，作为长女的她就是家里的顶梁柱了，她要撑起这个家。那年，胜丽连初二都没上满，就上了班。

三

在指挥部服装店里看到的那几件裙子，一直在胜丽眼前晃啊晃，她反复地比较着，想着自己穿哪件会更合适。她想象着自己穿上其中的某一件起舞的样子，她辗转，遐想，以至夜不能寐。那晚做梦，她还梦见自己不知怎么成了《庐山恋》里的女主角，穿着那些漂亮的裙子，一会换一套，胜丽的心里那个美呀，把自己给笑醒了。醒了以后，胜丽挺懊恼，她真愿在那个梦里多停留一会，她真愿那些裙子在她身上多待一会，哪怕那只是个梦。

一二百块啊，怎么跟娘开这个口呢？自己是不是有些太奢侈了？这个要求是不是太过分了？家里每个月就指着她的这点工资呢。她知道，只要她开口，娘就是再难再紧，也会应她的。关键就是自己开不了口。娘不容易，熬死熬活地上大田挣那几个工分，还得拉扯两个弟弟。弟弟们正在上学，正在长身体，正是用钱多的时候。上个月胜丽听大志说学校里开运动会，他和小涛要走仪仗队，学校让统一穿白衬衣、蓝裤子、白球鞋，没有的赶紧买齐。发了工资，胜丽留了十来块钱买饭票，剩下的全交给娘了。她对娘说，这个月队上额外给每个职工发了奖金，她足够了。娘有些半信半疑，但她知道犟不过胜丽，只是说："以后，你自己多留点，姑娘家家的，哪有不要好的，看时兴啥就买点啥。钱，娘先放着，你有啥事可得言语一声。"胜丽点了点头。

她思量了无数遍，脑海里一会浮现那些漂亮的裙子，一会又浮现佝偻着腰的娘，她否定了自己无数遍，又无数遍地给自己鼓起勇气。她想好了，再回农场的时候，见了娘，她就跟娘说，她要买跳舞穿的裙子，下礼拜发了工资就不交了，再从娘那里拿一点，这些，就足够了。

礼拜六下午，胜丽坐指挥部的交通车回农场的家。在车上，胜丽想了一路。胜丽决定，这次回家见了娘，她就跟娘开口。那句话盘在肚子里好几天了，搅得她一直不安生，她想好了，她要开这个口，一定要说。

车刚拐进农场的停车点，胜丽从车座上一起身就看见大志领着弟弟小涛在车亭那正往这边张望呢。

一下车，大志和小涛就雀跃着拥上来，"姐姐，姐姐"地叫着。胜丽攥紧了他俩的手，一个礼拜不见，胜丽也是想得紧呢。胜丽问："娘是不是在菜地呀？"大志点点头。胜丽又问："这礼拜你俩没惹娘生气吧？""没有。我们帮着娘锄地、喂鸡、做饭，娘还夸我们呢。"小涛抢着说。"娘还咳嗽得那么厉害吗？""嗯，一到晚上就厉害，整晚上咳个不停。"听大志这么一说，胜丽心里咯噔一下。

胜丽把肩上挎着的深紫色的布包取下来。布包是大志以前穿旧的条绒罩衣改的，袖口、肘弯都破了，胜丽就把它改成了一个挎包，边沿上嵌上了一层荷叶边，在包的左下角绣上了一朵百合花，洋气着呢。

回到家，胜丽从包里掏出一个特大号铝制饭盒，打开盖，里面塞了六个黄澄澄、金灿灿的炸油饼。她给大志、小涛一人拿了一个，盖好盖，把饭盒又小心放回包里。油饼是队上食堂炸的，中午下班一进队部院子，她就闻到炸油饼的香味了。真香啊，一缕缕诱人的香气直往鼻孔里钻。打饭的时候，她买了六个油饼搁进饭盒，扣紧盖。她又给自己买了一个馒头，就着上礼拜从家里带来的咸菜，算是吃完了午饭。

胜丽坐下来，咕嘟咕嘟喝了一大杯凉开水。大志两三口就把那个油饼消灭干净了，小涛把手里最后一点油饼塞进嘴里，又眼巴巴地瞅着饭盒。胜丽笑着刮了一下小涛的鼻子，又打开饭盒，拿给大志小涛 人 个油饼。"还想着留给你俩明天再吃哩，吃了也好，也没啥念想了，省得你俩惦记得慌。吃完了油饼，把手洗干净再去写作业。我去菜地帮娘干点活去。"胜丽兑了些温水，灌到军用水壶里，把剩下的两个油饼用笼布包好，出门去了菜地。

走近地头，她看见娘正弯着身子给黄瓜秧搭架子。"娘。"胜丽唤了一声。"是胜丽回来了？"娘应声抬起头。可能是刚才弯腰的时间太长，胜丽娘很艰难地试图挺直腰，有点心急，觉着腰晃了一下，不由自主"哎哟"了一声，接着又剧烈地咳嗽起来，胜丽紧着上前两步扶住了娘。

扶着娘到地头坐了下来。胜丽先递上水壶，让娘喝了几口水，又递上一个油饼："娘，尝尝，队上食堂炸的。""我不吃，吃油大的不得劲。"胜丽知道娘就会这样说。"让你吃你就吃，每回给你点好吃的，你就说吃了这不得劲那不得劲的。"娘看胜丽有点生气，怕凉了胜丽的一份心，就连声说着："我吃，我吃。"娘接过油饼，又撕开一半，递给胜丽："妮子，咱娘俩一起吃！"胜丽又塞给娘："哎呀，别让来让去的了。我在队上天天吃，都吃够了。"胜丽大着嗓门说，"娘，下星期我带你去指挥部的医院去查查，别再拖了！"娘嗫嚅着嘴唇刚想说些啥，一触到胜丽那不容置疑的眼神，闭了嘴。这妮子，死犟死犟的，自己的孩自己知道。看娘默许了，胜丽轻舒一口气："娘，你先在这歇着，我去搭架子。"

不一会儿，她的额头、鼻尖就渗出了汗，擦汗的间隙，胜丽回头望了一眼娘。娘正坐在地头揉自己的膝盖，肯定是关节又不舒服了。娘的身子浸在夕阳的余晖里，显得那么单薄，那么孤独，那么弱小，像一个无助的孩子。风吹起娘额头一绺灰白的头发，颤颤地，苍凉。娘咋老得这么快？蜡黄的脸，深密的皱纹，微弓的腰，眼睛里再没跳跃过曾经熠熠闪亮的神采，有些空洞，有些浑浊，甚而有些迟钝，还有一些……寂寥。

要是爹还在，多好啊。胜丽叹了一声，喉咙一阵发热，忍住眼底就要涌上来的泪，硬硬地憋回去。然后，她咽了一口唾沫，把那句盘在肚子里好几天的话也生生地咽了回去。

在家住了一晚上，礼拜天一早起来，胜丽赶到菜园里把昨天还剩的一点活干完，吃完早饭后，胜丽洗了一大盆衣服，把大志和小涛的球鞋也刷净了。下午，胜丽坐交通车回了队。

裙子！裙子！她现在满脑子都是裙子，一条别致的，能与她合二为一，随她一起飞舞的裙子。下星期要带着娘去医院看病，裙子的事，她只能自己想办法了。吃过晚饭，胜丽去洗碗。天边那一轮夕阳如加了冰的草莓汁，鲜亮欲滴。聚拢在天边的那些云啊，穿了银灰、橘黄、暗紫、洋红各种色彩的裙子，变换着各种姿势，骄傲而优雅地舞动着。胜丽痴痴地望着，真想扯下一片云彩围在身上当裙子。

同宿舍的姑娘们有的到站上上夜班了，有的出去看电视了，宿舍里只剩下胜丽，她打开自己的木头箱子翻腾起来，里头原本那几件不多的曾让胜丽改了几改的衣服、裙子是不能再派上用场了，胜丽掂量了掂量，摇摇头又放下。真的是"山穷水尽"了，她实在想不出还能有啥好办法。

第二天中午下班的时候，胜丽和站上的工友们一起推着车子往外走。出了站，大家都骑上车子往队部赶。胜丽今天有点磨蹭，她慢慢地骑行在人群的最后。前面就是那条小土沟了，胜丽的心紧了一下，不由得有些慌乱。她心虚地朝后面看了一下，没人，她是最后一个，前面大家伙正有说有笑地骑着车子。胜丽横下心，闭着眼，猛蹬了两下，车把一歪，冲着土沟就飞快地骑过去了。

胜丽的脚如她所愿地崴了，腿也擦破了，脚踝肿得老高。

胜丽的脚崴了！这个消息让所有认识胜丽的人都不由自主地发出"啧啧"的惋惜声。

胜丽心里却是这段时间以来从未有过的平静。她斜倚在宿舍的床上，平伸着双腿，以淡定微笑的目光迎接前来探望的姐妹们关切的询问。胜丽真的很平静，好像一下子从一个纠结焦乱的网中挣脱了出来，不但平静，还有些庆幸，她不用再为裙子的事焦头烂额了，她简直要为自己拍掌叫好了。她看见脚面青紫青紫的，用指尖轻轻一点，就钻心地疼。好，这样的疼，真好！干净利落地切断了一直飘摇不定的念想，这些念想一直蠢蠢欲动，像不安分的小虫子钻进了她的五脏六腑，搅得她寝食难安。现在好了，轻松了。胜丽都有些感激这肿得老高的脚踝，青紫发乌的脚面。

躺在宿舍的床上，胜丽不知怎么睡着了，好久没睡得这样沉了，而且胜丽还做了一个梦。她梦见自己在缝制裙子。裙子很特别，是她随手扯了几片天上的云彩缝起来的。她的身子那么轻，能飘到天上去，那么多云彩，那么多颜色，随她挑，她眼睛都不够使的了。她终于不用再羡慕云了，她也可以跟天上的云一样，随心所欲地穿各种颜色的裙子了。然后不知怎么她一下子又飘到农场的家里，从院子的墙根下采了好多好多娘种下的凤仙花，还是花骨朵，小小的花苞微闭着，胜丽把它们缝缀在裙摆上。她穿着这件五彩长裙去参加舞蹈大赛，舞曲响起来了，她舒展双臂，踮着脚尖，轻摆腰肢，侧滑，飞旋。大大的裙摆舞起来了，如海浪般起伏，裙袂飘飘。那些缀在裙摆的花骨朵，此时也齐展展地绽开了，花香四溢，引来好多彩蝶在胜丽周围翩跹。更让她惊喜的是，她看见爹和娘了！爹和娘就在旁边一眼不眨地看着她跳舞呢。爹老了，还微微地弓着腰，她还清楚地看见了爹头上的白发，甚至她还闻到了爹身上总也散不去的"巨轮烟"的味道。娘倒是出奇的年轻，居然还梳着两条大黑辫子，眼里闪着胜丽好久好久都没有见过的，那种动人明亮的神采。胜丽一手揽着爹，一手揽着娘，又哭又笑。爹还说，闺女，快去跳吧，你跳得多好看啊，俺们就愿看你跳舞。

胜丽幸福得都快窒息了，她无比投入地跳呀，舞啊，一曲接一曲，不知疲倦……

胜丽醒来后，还一直沉浸在梦里。爹要是活到现在，该是梦中那个样子了吧？多么奇异的一个梦，那么清晰的感觉，怎么会是梦？在梦里，她害怕是梦，还问爹，这是不是梦？爹那么坚定地答应她说，傻闺女，咋会是梦？爹和娘不就在你旁边吗？爹咋会骗她呢？

胜丽一遍一遍地回味梦里的每一个细节，每一点，每一滴都细细地咂摸。脚崴了后，她似乎有些轻松了，但轻松过后，心里也空落了一大块。这个梦非常及时地来了，加倍补偿一般地充盈着她，填实着她，绵延不绝地让她体验，让她感觉。这体验，这感觉，如此真实，如此丝丝入扣，有这样的一个梦，她知足了，甚而感恩。

第二天小瞿急急火火撞开胜丽宿舍的门，喘着大气说："前几天我回家了，今一回来，就听说你的脚崴了，你咋这么不小心？真想不明白，挺宽的道，你咋就骑到沟里去了？练了这么长时间，就要比赛了，咋就在这节骨眼上掉链子了呢？"

"不要紧。不就是一场比赛吗？以后还有机会。"胜丽笑着对小瞿说。

"你还有心思笑？我都替你急死了。准备了那么久，不就为了那一天吗？"

胜丽又想起昨晚的那个梦，眼神变得如梦般迷离，她自顾自地，幽幽地说："其实，我已经参加过舞蹈大赛了，我已经跳过了。"

小瞿莫名其妙地看着她，上前摇了摇她的肩膀："我说胜丽，你没事吧？到底是你的脚崴了还是脑子崴了?"

丁香花开

一

上午，柳娟坐客车从三姨家回农场的家。每年暑假，柳娟总要去三姨家住一段时间。天很好，瓦蓝瓦蓝的，七月的阳光灿烂透明，靠着车窗坐的柳娟被阳光照得格外煦暖。光线从路两旁婆娑的树叶间倾洒而过，映在地上的影子斑驳摇曳，晃啊晃的，晃得人心里痒痒的，好像心底里憋着一首歌，非要唱出来才畅快。不知那件淡紫色的旗袍妈做好了没有，妈说做完那件旗袍就给柳娟选块好看的布料，也照着样子做一件。这段时间柳娟一直在想，选块什么样的布料呢？绸缎的料子自然是好，那样的质地和光泽是做旗袍的最佳选择，可太精贵，从家里情况出发，不太切合实际。选块小碎花的的确良或是棉布的就挺好，最好是素淡的底面上缀着浅浅的紫花的那种，花型雅致清丽。等九月份开学的时候，气温不是很凉，还可以穿穿。

每个女孩子的心中都有一袭绝世的霓裳，不是说它本身有多么华丽，有多么流光溢彩，但它必须是最贴合心意，最能让自己旖旎绽放的。在青春的梦里，在浅浅地涂抹了一层忧伤的遐想中，无数次地，自己穿着这袭霓裳去赴一个亘古不老的约会，而那个人一直站在相约的那一个地点守望。如果让柳娟选一件心底里的霓裳，她会首选旗袍。旗袍真是美啊，女性气息十足，端然又妖娆，含蓄又灵动，一抬步，就有缕缕韵意无限流转。一想到傍晚时分，自己穿着小碎花旗袍，散步在校园的小路上，夕阳橙红色的余晖柔和地泼洒下来，旗袍上的小碎花连枝带叶地沐浴其中，越发飘逸，平添了几分妩媚动人的神韵，压不住的风情就要流泻出来，柳娟的心里甚至都有些迫不及待了，漾满了细碎而快乐的涟漪。一圈圈无休止扩散的涟漪里，夹杂着焦灼、期待、欣喜，还有五彩梦般的遐想，这停不下来的涟漪搅得她心里一刻都不安生，以至于她在三姨家都待不住了。想着那件淡紫色的旗袍妈应该做得差不多了，所以尽管三姨一再让她多住几天，可柳娟说啥也要执意回家。

三姨家离农场不算太远，两个来小时就到了。下了车，又走了二里来路，就到家了。进了院，房门虚掩着，她觉着有一种不同往日的闷与静。她喊了声："妈，我回来了。"没人应。往日这时候，红萍和小磊只要在家，听到动静早就蹦跳着出来迎接了。推门进去，妈正坐在东屋的床沿抹眼泪。红萍缩在门口，眼里含着泪，耷拉着头。"咋啦？出啥事了？"柳娟紧着问。红萍看看妈，又看看柳娟，嘴巴朝摊在床上的一团衣物努了一下。柳娟上前急走几步，这才注意到床上摊着妈这段时间倾尽心劲缝制的那件浅紫色的绸缎旗袍，一个边缘延伸着黄黑夹杂的焦煳渍的破洞，赫然呈现在旗袍胸前的位置，那么醒目，直刺人的眼睛，叫人不忍心看。

柳娟倒吸一口凉气，顾不上细看，忙把红萍拽到一边。红萍哭得抽抽搭搭，断续着把事情说了个大概。说爸和妈今早赶集去了，红萍又跟以往一样，在东屋帮着妈熨烫衣物。正打算熨一下这件刚做好的旗袍，正巧停电了，柳娟就随手把电熨斗立到一边，想着啥时来电再接着熨，自己到西屋拿出一本刚到的《少年文艺》躺在床上看了起来。没一会儿，弟弟小磊撞开院门，满头大汗地跑进来，气喘吁吁地问红萍："姐，我那铁环呢？爸做的那个！"红萍捧着《少年文艺》正看得入迷，有些不耐烦："在东屋，床底下，自个找去！"不一会，小磊拿着铁环，一溜烟地跑出去疯玩去了。爸妈赶集回来，一进院门就闻到一股煳味。到东屋一看，熨斗歪倒在旗袍上，正冒着烟。妈叫了一声"我的老天哪！"赶紧拔下插销，断了电。红萍听妈这一声喊，赶紧放下书出来，一看，知道自己闯了祸，吓得不敢吱声。妈气坏了，随手抄起一把笤帚，朝红萍的后背劈头盖脸就打了下来，爸紧着上前夺下了笤帚。

家里就两间屋，都不大。西屋是孩子们住，两架双层床占了整个屋子大部分空间。双层床是爸特意焊制的，本来孩子就多，再加上老家常来人，双层床是必须要有的。东屋放了一张双人床，一个大衣柜，两只单人沙发，一个小小的木桌，再加上缝纫机和案板，屋里挤得满满当当。案板跟床之间仅有一个人转身的空当，今早上肯定是小磊急急火火地钻床底下找铁环，不管不顾地碰了案板，熨斗倒在旗袍上。也不知道啥时候来的电，把旗袍给烫坏了。

柳娟把红萍额前散落的一绺发拨到耳后，轻轻抚着她单薄的脊背，怜爱地问："疼不？"听柳娟这么一说，红萍眼底里又蓄满了泪，她没说话，只是紧闭着嘴唇，使劲地摇了摇头。柳娟环视了一下四周，问："爸呢？小磊呢？"红萍说："爸刚才还在呢，出去了？小磊打一早找着铁环出去，现在还没影哩！"小磊才六岁，正是忘我地玩耍调皮的年龄，整天跟在一帮半大小子后面，满农场地疯跑，掏鸟窝、玩弹弓、滚铁环、弹玻璃球……玩得乐不思归，每次吃饭，还都得满农场地喊他。

妈坐在床沿上失神无助的样子挖得柳娟的心酸疼酸疼的。这件旗袍妈做得多用心啊，顶上妈平常做两三件衣服的心劲。你看，脱俗淡雅的浅紫色，滑爽柔软的绸缎质地，短袖，领口下挖一个弧度优美的水滴形状，增添了玲珑剔透的味道。盘扣婉转典雅，袖口、对襟、下摆都滚着黑色的边，精巧细腻。妈近些日子的工夫都搭在这件旗袍上了。可是前胸那一个龇牙咧嘴的破洞让这件旗袍飘在云端的空灵与美好一下子掉进烂泥里，完全没有一个缓冲的过程，以至于是那么猝不及防，让人无法接受，也让柳娟这几天一直荡漾的关于小碎花旗袍的怀想一下子收敛起来，强行被塞进一只密实的不透光的黑口袋，扎紧口，又被扔进不见天日的地窖，最后，还封上一块厚实沉重的水泥板。

柳娟还记得前两个星期妈刚收下这个活时，妈拿着这方浅紫色的绸缎，眼睛都兴奋得发亮，那种发亮是来自于心底本能的一种欣赏，一种懂得，是遇到心仪的物件时从心底由衷生发出来的一种惺惺相惜，仿若伯乐遇到千里马，古董商遇到稀世古玩。"娟，来瞅瞅！这可是上好的绸缎，正儿八经的苏州绸缎！苏州，天堂苏州！专门产绸的地，精贵着呢！好些年都没见这么好的绸缎了！"绸缎闪着幽微的光泽，稀贵优良的质地决定了它的矜持和略带着些许寂寞的忧伤，而这样的气息与格调是让人迷醉的。

柳娟小心翼翼地捻起一角，冰爽润滑的凉意自指尖滑过，又不可遏制地蜿蜒淌过每一根敏感的神经末梢，艳羡与渴望弥天盖地漫过柳娟的世界。"扑棱棱"，柳娟心里惊起一只飞鸟。这只原本一直安静蛰伏的飞鸟如从前尘旧梦中醒来，亮着眼睛，抖擞着羽毛，它飞翔着，鸣叫着，提醒着柳娟那些往昔的存在。"苏州，苏州"，她怎么会不知道。小时候看过一部电影叫《梅花巾》，不就是说的苏州的事吗？那些古意温润的街巷，那些让人惊艳的刺绣，那些含蓄迂回的情感，不知在柳娟心里揣想过多少次了，也因为此，柳娟痴爱上了刺绣。还有那首插曲《姑苏城里好风光》，柳娟喜欢得紧，一字一句地抄在自己的歌词本上，时不时地拿出来看看，唱唱。初一那年班里开元旦联欢会的时候，她还独唱过这首歌，歌词到现在还一直清晰地记得。

"妈。"柳娟走到妈跟前，小心地叫了一声。这声"妈"里有心疼，有体恤，有怜惜。柳娟看到妈的发间又添了几根刺目的白发，颤巍巍地，颤疼了柳娟的心。柳娟轻轻揽住妈的肩膀，妈怎么这么瘦？似乎一把就揽住了妈肩膀上所有的骨，每一寸骨头都硌痛了柳娟。一层雾蒙蒙的泪水一下子充盈了柳娟的眼底，一刹那间，柳娟有些恍惚，有些错位，仿佛此时的妈是个小小的无助而柔弱的孩子。记得小时候，只要受了委屈，就扑到妈怀里，妈温暖的怀抱将那些委屈消释得无影无踪，妈的怀抱就是安放孩子委屈的地方。从小，在柳娟心里，妈是无比强大甚至是无坚不摧的。就是天塌下来，有妈在，有妈温暖的怀抱在，什么都不怕。有妈在，就有热腾腾香喷喷的饭菜；有妈在，就有得体好看的衣服和鞋子；有妈在，就有暖和的被窝；有妈在，就有一个每天充满着欢声笑语的家；有妈在，就有好多好多美好的憧憬和愿望，就有一个接一个做不完的美梦。

什么时候妈开始不再那么强大，并且开始有衰老的迹象？柳娟心里突然惊觉，一个接连一个的片段不断地在柳娟脑海里闪现：妈顶着草帽在酷日下割麦子，脸上、身上晒得黑红，曝起了皮，汗水漫过妈的眼睛，汗水浸透妈的粗布衣衫。妈挥舞着镰刀，顾不上擦汗，成片成片的金黄的麦子在妈身后倒下；妈晚上守着菜园浇水，天上的星星如一颗颗饱满晶莹的米粒。妈卷着裤腿，拿着铁锨，躬身，挖土。四周静谧，只有水沟里的水汩汩地流啊流，流进妈辛勤栽种的每一亩菜地，浇透妈用心栽种的每一棵秧苗；好多次深夜，从酣沉的梦中醒来，见妈还在灯下踩缝纫机，"嗒嗒嗒、嗒嗒嗒"，不知疲倦……妈真的太累了，就是铁打的，也受不了这样折腾。这几年，家里的事多，柳娟几个上学啥的每年也需要不小的开销，老家那边还三天两头地来人要这要那，尤其是爸的腿伤了以后，家里的担子几乎全压在妈一个人身上。

二

妈看了柳娟一眼，又低下头喃喃地说："前一阵你奶奶病重，家底全都打扫干净寄回老家了。这么稀贵的料子，咱得赔人家多少钱啊？上哪倒腾去？"老家！又是老家！柳娟下意识地蹙紧了双眉。柳娟一家来油田后，老家断不了地来人。三舅要结婚，来了；小叔考上大学，来了；甚至大姑的公公要住院开刀，大姑、姑父也一起来了……不同的人来，却都有一个共同的目标：拿钱。之所以不说借钱，是因为老家人嘴里所谓的"借"，从来就没还过。而且，在相当长的时间内，压根就没有归还的可能。

柳娟对老家人有看法，也不是空穴来风。那时还没来农场，爸一个人在油田上班，妈带着柳娟和红萍在老家，那时还没有小磊。奶奶见妈连生了两个丫头，脸上从早到晚都挂着一层霜，跟妈说话从来就没好气。两个姑姑也是想当然地站在奶奶一边，跟妈说话从来就是话里带话。柳娟打一出生，奶奶就没看过她一天，都是妈自个咬着牙带她。妈上地干活就把她放在地头，干会儿活，就返到地头看看，喂点水喂点吃的。柳娟五岁的时候，红萍出生了。那时的柳娟已经是个像模像样的小姐姐了，照看红萍的任务义不容辞地落了柳娟肩上。妈上地干活，还是照例把她们搁在地头。不过，有柳娟哄着红萍，照应着，妈省心多了。爸工作忙，常年不在家，就是偶尔回来，也是住两天匆匆就赶回去，地里的活都是妈自个干，奶奶家从来也没人搭把手。

柳娟知道，今天这事还有让妈窝心的是，妈做裁缝这几年来，还没出过差错，农场的人谁不说妈做的活板正啊。这件整坏的旗袍，在妈心里，就是堵在心里的一团铁疙瘩。

妈不容易。爸在指挥部作业队上班，整天在荒野地里风里雨里地忙，妈在农场的生产队里下大田，张罗着三个孩子。前年爸走亲戚的时候被车撞了，伤着了腿，住了好几个月的院，花了一大笔钱。后来，爸好了出院了，可腿瘸了。爸的工作单位从作业队前线调到了后勤，各种津贴和奖金明显地少了，一家人的日子捉襟见肘。妈寻思来寻思去，决定揽些缝纫活挣点钱贴补家用。

妈这几年一边忙着大田的活，收工回来还得紧着拾掇拾掇家里，张罗孩子们。晚上有点空，就忙着做缝纫活。连轴转的操劳，让妈眼见着老了。做针线活费眼，妈的眼神也明显不如以前了，尤其是绣花这样的精细活，妈明显的是力不从心了。

妈是个巧人，做得一手好针线，整个农场的人都知道。记得有一次，农场放露天电影《街上流行红裙子》，银幕上那些花花绿绿、五彩缤纷的时髦衣服式样，扰乱了底下齐刷刷紧盯着银幕的姑娘们的心。那几天，好几位大姐姐拿着好看的布料来家里，迫不及待地给妈说做电影上谁谁谁穿的这样那样的式样。妈凭着看电影时的记忆，自己又寻思比量半天，做出的衣服裙子比电影上演员们穿的还漂亮。大姐姐们拿着做好的衣裳裙子，一个个高兴得手舞足蹈，夸妈的手艺好，还说妈是一流的服装设计师。受了如此多的夸奖与肯定，妈心里自然也是美滋滋的，给别人做起缝纫活来更是用心了。哪怕自己多费心多费劲，也要把接手的每一件缝纫活都做得近乎完美，无可挑剔。

妈要强要好，柳娟心里最知道。妈不善言语，性情耿直。以前在老家那时候，妈整天没白没黑，家里家外地忙，到家来，还得受奶奶、姑姑话里带话的抢白。妈受了气，回到屋里就搂着柳娟无声地哭。哭完了，妈就一针一针地纳鞋底，"刺啦""刺啦"一根根白色的棉麻线有节奏地穿过厚实的鞋底，妈的表情沉郁而专注，炕桌上那盏昏黄的煤油灯伴着妈度过了一个个漫长的夜晚。现在想来，那时，妈满腹无处诉说的委屈全都倾泻在这扎进去、穿出来的绵长坚韧的针线活中了。

柳娟上三年级的时候，爸把她们娘仨接到了油田，虽说条件差，可对妈来说，就已经是无比舒心的日子了。再后来，有了小磊，妈就更知足了，也更操劳更忙碌了。柳娟一家来油田后，奶奶还经常时不时地过来住一阵。妈给奶奶做新衣裳，做好吃的，两人有说有笑的，好像以前在老家那些事从来就没有发生过。有时柳娟偷偷地问妈："你忘了奶奶以前咋对你的？"妈却轻描淡写地说，那也不怪奶奶，那个年景在农村都那样。妈还嘱咐柳娟别再提以前的事。倒是奶奶，有时跟柳娟唠起以前的事，奶奶自己都觉得怪对不住柳娟妈。

　　虽说在油田，妈觉得过的日子挺舒心。可毕竟生活艰苦，妈整天操心受累。妈脾气急，忙不过来的时候就难免地会发脾气。在家上学那会，柳娟没少挨骂。弟妹哭了挨骂，鸡食没剁挨骂……有时啥事没有，也会挨骂。柳娟心里一直清楚地记得一件事，那还是柳娟上六年级的时候。有一次，妈重感冒好几天，吃饭没胃口，每顿饭喝两口稀的就算完事。眼见着妈憔悴消瘦得厉害，柳娟自作主张拿自己积攒的零花钱到农场商店买了一盒麦乳精。回到家又磕了四个鸡蛋，蒸了一碗黄澄澄香喷喷的鸡蛋羹，连同冲好的甜滋滋的麦乳精给妈端到床边。没想，妈发了一大顿脾气，骂了柳娟好几天，骂柳娟死妮子不会过日子，狗窝里放不住干粮，有几个零花钱就得瑟个样买啥麦乳精啊，不知道家里的鸡蛋是待客用的呀，感冒还算事吗？躺在床上多焐焐，发发汗就好了。麦乳精和鸡蛋羹，妈愣是一口没舍得动，到最后还是进了红萍和小磊的嘴。妈知道柳娟心疼她，可妈也心疼那几个钱和鸡蛋啊。妈也觉得骂柳娟骂重了，事后妈对柳娟说，当个家不易呀，家里就这么点东西，啥都得算计着过。

日子久了，柳娟倒也习惯了。妈骂她，并不是真的要骂她，是个习惯。妈太累了，承受的东西太多，需要有个出口发泄一下，或者需要一个人跟她分担一下。在这个家，柳娟是最合适的出口或者人选。这个习惯根深蒂固，以至于柳娟考上了中专，离家上学，好长时间都没能适应过来，总感觉少了什么，后来，她终于想起来了，少了妈的骂。曾经那么深恶痛绝的挨骂，在外地求学的那些孤独的夜晚，却变得那么温情脉脉。每捋一遍，总能感知到妈的体温与气息，和着眼泪，一次次如山溪般在柳娟心底流淌。

柳娟上中专后第一个假期回家，她发现妈不再骂她了，柳娟想可能是妈觉得自己大了，要好了，一个大姑娘家，不该再被骂来骂去的。也就从那个时候起，柳娟把自己界定成大人了，这个家也需要她迅速地成长为大人。

柳娟最喜欢妈做缝纫活的时候了。白天妈跟别的家属一样上大田干活，收工回来，倒饬好家里和孩子就开始忙活缝纫活。这个时候，妈仿佛变了一个人。没有了骂声，没有了叹息与抱怨，没有了一切琐碎的烦恼，时光在这个时刻变得柔和而唯美。妈洗净手，擦干。在案子上铺排开布料。妈轻蹙着双眉，对着布料仔细思忖。一手拿一块薄薄的划粉，另一手拿一把尺子，在布料上量量画画。再端详一遍，没问题了，开始下剪子了。剪刀在布料上游走，发出轻微的"嚓嚓"声，所经之处，布料颤巍巍地轻轻起伏。妈低着头，不时地将偶尔垂下来的头发捋到耳根后面。这个时候的妈是温婉而娴静的，甚而是超脱的。妈似乎忘了世上的所有，忘了劳累，忘了贫苦，在这个由她主宰的针线世界里，她就是高贵圣洁的女王，指点出一片锦绣河山。

三

"娟回来了？"这时柳娟爸推门一瘸一拐地进来，黑红的额头上渗满了汗珠子，不断流地往下淌。柳娟赶紧起身，拿了一条毛巾，又倒了一杯凉白开递过去："嗯。您去哪了？"

柳娟爸用毛巾擦一把脸上的汗，"咕咚咕咚"一口气喝完整杯凉开水，随即把目光投向柳娟妈，眼神热切而灼亮："当家的，别愁啦！"他的口气里明显有压抑不住的兴奋，"我刚才出去揽了个活。"

"啥？揽啥活？"柳娟妈一脸疑惑。

"队上前一阵不是新建了一个单井拉油点吗？看井那小伙嫌条件差，想法调走了。那地儿没人愿去，可空着个岗不像回事呀。队长急了，说谁要是去顶几套班，当场兑现一个月奖金。"

"你跟队长说你去了？"柳娟妈有些着急，站了起来。

"嗯。我刚才就是去队长家里说这事哩。"柳娟爸见柳娟妈有些着急，又解释道，"那地偏是偏点，可一点不累，真不累。"

"不累？人家咋都不去？你也不先跟我商量商量。你看你拖着这条伤腿，我咋忍心让你受那个罪？"柳娟妈一说这话，眼圈又红了。

"放心！队长说过一阵大队上就分派人来，我在那待不了多久。"

"你自个在外头，我咋踏实得了。你腿脚不方便，关节又不好，大野地里寒湿气重，咋抗得住啊？"柳娟妈还是有些不放心。

"没事！我自个多注意！"柳娟爸摸了摸脑门，亮着嗓门说。可能是刚才出去跑了一趟，出汗太多，他又口渴了。他转身给自己倒了杯凉白开，想起了啥似的，又凑到柳娟妈跟前，小声说："娟她妈，不是说给娟也做件旗袍吗？队长说下星期就把钱给我，钱不少呢！赔人家应该没问题。剩下的钱，你就合计合计跟咱娟也做件。闺女大了，要好。"

"正寻思这事呢。"柳娟妈瞅了柳娟一眼，又看了一眼那件淡紫色的旗袍，顿了顿说，"娟这孩子稀罕旗袍，本盘算着做完这件就给她做，可今整出了这么档子事。孩子盼一阵子，怪疼人的。我好好合计合计这个月的开销，挤出钱给咱娟做一件，别空落着孩子。"

柳娟在一旁一直盯着摊开的那件旗袍出神，神情专注，好像在一个封闭的隔绝的空间。窗外，不知啥时候起了风，吹得窗帘呼啦啦响，也吹醒了凝神沉思的柳娟。探头看窗外，天色已阴下来。怕是要下雨吧，她赶紧跑到院子里去收衣服。这阵风挺猛，绳子上晾着的衣服有几件掉到了地上，有一件还被刮落在院东边那棵丁香树上。这棵丁香树还是柳娟移栽的。以前在家上学那会，柳娟有一个特要好的同学叫孟洁。两人很合得来，一起上学放学，好得就跟一个人似的。那时候，上中学的她们正痴迷着诗歌，是学校文学社的成员，戴望舒的《雨巷》让她们喜欢得不得了："丁香一样的颜色/丁香一样的芬芳/丁香一样的忧愁/在雨中哀怨/哀怨又彷徨……"清新忧伤的意境让她们无可救药地深陷与沉迷。当时孟洁家的院子里就有一棵丁香树，每每丁香花开的时候，柳娟去孟洁家的次数明显增多。她围着丁香树，一遍遍地看枝头上亭亭绽放着的十字形的花朵，怎么看也看不够。跟孟洁两人踮着脚挑一些开得丰盈的摘下来，用细线串起来，戴在手腕上，举手之间，便有暗香翩然浮动。就连飘落在地上的丁香花瓣，也被柳娟轻轻地捡拾起来，小心地抻平、风干，夹在书里，整本书都浸着幽香。后来，文学社办起了自己的报纸，名字是她俩起的，就叫《丁香》。初三那年，孟洁的爸爸参加油田大会战，奉命举家迁往千里之外的指挥部。就要分别了，这对要好的小姐妹哭得跟泪人一样。孟洁让柳娟把她家院子里那棵丁香树挪过来，替她照顾它，也好留个念想。柳娟小心翼翼地把这棵丁香树移栽过来，细心地浇水、施肥、剪枝、打药。在柳娟心里，这棵树意义非凡，它是两个女孩子友情的见证与寄托，也记载着一段诗意而美好的青葱岁月。孟洁走后，两个人短不了信来信往，短不了会提到那棵丁香树。每年花还未开时，丁香花的花蕾密密结满枝头，小小的花苞圆圆的、鼓鼓的，就像妈缝制的一枚枚精致的盘花扣。柳娟想，怪不得丁香也叫"百结"呢。待到五六月份，丁香树刚泛青的枝条上便挂满了紫色的小花，一簇簇的，繁茂绚丽，香气怡人，整个小院都变得芬芳有致起来。有心的柳娟还特意摘些丁香花，晾干，连同信塞进信封里寄给孟洁，让远方的她也分享这一缕久违的馨香。特别是到了晚上，丁香花的香气更加纯粹而饱满，躺在床上，闻着从院子里漫进来的香气，柳娟的心情总是湿润润的，无端生起好多遐想。她忆念跟孟洁在一起时那些快乐的时光，那些细碎纤柔的如丁香花般的女孩子的心事；她想起李商隐那句："芭蕉不展丁香结，同向春风各自愁。"

她还想起《雨巷》里的那位丁香姑娘："她彷徨在这寂寥的雨巷/撑着油纸伞/像我一样/像我一样地/默默彳亍着/冷漠、凄清，又惆怅/她默默地走近/走近，又投出/太息一般的眼光……"那位撑着油纸伞走在湿漉漉的青石板小巷里的姑娘，一定是穿着一件紫色的旗袍吧。她眼帘低垂，眉间漾着轻愁。小巷里一定飘满了丁香花的气息，雨丝飘扬，足音清脆……一个个晚上，就在如丝缎般铺展着的丁香花的气息中，柳娟酣然入梦，梦中都少不了那一簇簇如梦似幻的丁香花。

初中毕业后，柳娟考上了油田的一所中专，学校在离家七百里外的油田基地。孟洁则考上了油田的技工学校，也在基地。虽说一个在城东，一个在城西，可总算让这对昔日好友又相聚了。有时赶上周末或放假，柳娟就去找孟洁或是孟洁来找柳娟，两人凑在一起，还是有那么多说不完的话，抖不完的笑。孟洁有些大咧，女孩子该会的那些针线活她压根不开窍，碰上衣服破损、掉扣子之类的，知道柳娟心灵手巧，她才懒得费心，统统拿来让柳娟拾掇。今年春天，三月底吧，她的一件水粉红的毛衣右下摆脱线了，她也没在意，结果越秃噜越大，成了一窟窿。没法凑合穿了，她才拿来让柳娟看着拾掇。柳娟思量了一下，在自己的针线筐里找了一团深玫红的毛线，用钩针把水粉毛衣脱落的线头细细地钩串起来，三钩两钩，最后两朵红艳艳的梅花嫣然开放于毛衣下摆，立体而传神，无论花型还是色彩，都那么和谐悦目，简直是绝配，把孟洁都看傻了。

四

站在丁香树前的柳娟一时有些愣怔。随后，她想起了啥似的，紧锁在眉宇间的那团愁云一下子散开了，一派云开月明。她匆匆地抱着收好的衣服进了屋，此时的她，嘴角浮出一抹释然的笑容，这笑容迅速在整个脸庞绽开，双眸因而也变得晶亮，跳跃着欢快的光芒。刚才突如其来的灵光一闪撺掇得她脸颊发烫，心跳加速。不过，她没有急于大声嚷出来，她还不能十分肯定自己的这个设想能否达到完美的效果。她定了定神，努力克制了一下情绪，上前拿起旗袍，对呆坐在床沿上的母亲轻声说："妈，反正旗袍已经这样了，我拿去倒饬倒饬吧。"妈有些木然又有些诧异地看了柳娟一眼，想想也是。知道柳娟稀罕旗袍，喜欢摆弄针线活，就随她去吧。妈轻声叹息了一声，垂下眼睑，算是默许了。

回屋之前，柳娟还没忘嘱咐红萍说，今儿个妈心里不得劲，自己多长点眼神儿，手脚勤快些，别惹妈不高兴。回到屋里，柳娟把房门关好。她按了按胸口，心还是跳得厉害。她要开始一项重大的工程了！她要独立完成！她把淡紫色的旗袍平铺在她的床上，又折身从床头的小木头箱里，找出一个蓝底白花的小布包袱。解开，是各种各样色彩缤纷的刺绣花样，这些都是她以前闲暇时绣好的。富贵雍容的牡丹、雅致清逸的水仙、娇艳欲滴的玫瑰、高洁不凡的荷花……大小不一，形态各异。柳娟几乎喜欢所有的花。不同的花，不同的传说，不同的底蕴，每一种花都有属于自己的别样的美。她把妈裁衣服时那些弃之不用的零碎布头收集起来，挑一些好看的，用划粉描画出花形，再一针一针细细地绣。绣完了，沿着边小心地剪下来，就成了一幅现成的绣花样。需要的时候，直接把花样缝上去就行。挎包上、裙子上、围巾上、桌布上……缝到哪，都是画龙点睛的那一笔，让原本的平淡无奇立马变得熠熠生辉。每年过年红萍做新衣服的时候，总是要在里面挑些花样，挑了这个，又觉得那个好，哪个都舍不得放手。挑一个还不算完，末了，总是赖着柳娟再让她挑一个，恨不能衣服裤子鞋子都缝上绣花样。

柳娟喜欢刺绣，每年放寒暑假的时候，写完作业，做完家务，就端坐在那里绣啊绣。绣，是多么端雅和恬静的一件事，只需一只圆圆的绣花绷子，一方布，一把彩色的绣线，坐下，轻拈绣针，一上一下地翻飞。把简单清贫的生活翻飞成花的模样，各种各样缤纷的花竞相绽放，绽放在明媚的春风里，姹紫嫣红，花香四溢。绣啊绣，把压在心底的那些纠缠的心事绣成梦的样子，幽怨绮丽的少女心事呵，在梦里如清溪般尽情流淌。细细的针线，绣出一片锦绣，绣出寂寞而热烈的流年。

考上中专离家时，柳娟特意把自己离不了的针线筐一并带了来。学校里功课不是特别紧，空闲时难免想家。想家的滋味挺难熬，想得紧时，心里就像海底的章鱼四处舞扎着数不清的触角，触得心里抓挠似的不安生，刺绣便成了柳娟打发时光、慰藉想念最好的工具。针线在上下迂回，昔日往事如潮涌来，在恍惚中，她细细体味着有关母亲，有关家的一切细节，那些瞬间在柳娟脑海里一遍遍地过滤，淘洗，提炼，软软的疼与牵念从心底泛上来，眼泪一颗一颗砸在绣布上，洇成一个又一个圆。

柳娟一个花样一个花样地翻找，终于，那个纱绸质的紫色丁香花样如愿以偿闯入她的眼帘。各种深浅不一的紫色绣线重叠、并置、交错，色彩浓淡融汇，细微起伏，栩栩如生的色彩效果跃然入目，国画般的渲染效果。这还是她上五年级那年，爸去油田总指挥部开大会，给她买回来一条深紫色纱巾。她一直很喜欢，经常戴着。春秋季节，她绾成一个花结，系在脖子上，恰到好处地从衣领处绽放。夏天的时候，她把长发披散下来，用纱巾松松地把头发束起来，系成一个蝴蝶结。可能是经常戴，洗的次数多，纱巾两端都稀松得不像样了，可柳娟还是舍不得扔，把中间还算完好的部分剪下来，想着以后绣花样用。

上中学以后，柳娟迷上诗歌，尤其喜欢戴望舒的那首《雨巷》。这方深紫色的纱巾自然而然地让她想到了丁香花。她在纱巾上先描出丁香花的图样，又用浅紫色的绣线沿着边缘轮廓细细地绣，然后再小心地剪下来。这个花样是她最喜欢的，飘逸轻盈的纱质，纤柔空灵的丁香花，如梦似幻的紫色，散发着不绝如缕的令人着迷的忧伤……这些都是她喜欢的。

她把这个丁香花的花样放在旗袍前胸处比量了一下，太棒了，就是它！她压抑不住，喉咙里快乐地蹦出"啊"的一声。一整天，柳娟就一直猫在屋里飞针走线。午饭、晚饭时分，都是红萍叫了好几遍才出屋。饭桌上大家都比较沉默，虽然柳娟爸有意识地想调节一下气氛，挖空心思讲了几个笑话，可气氛始终没活跃起来。被红萍唤回家吃饭的小磊大概意识到自己今天做了一件大错事，平常从来都是如猴子般上蹿下跳的他，今天也变得懂事起来，不闹不嚷，格外安静乖巧，时不时地抬眼偷偷瞅瞅妈。柳娟在饭桌上匆匆扒拉两口饭就撂下筷子说吃饱了，急着回屋。她的屋里一直插着门，一家人都不知道她在屋里搞啥名堂。

马不停蹄般，绣完最后一针，柳娟揉揉酸胀的眼睛，长舒一口气。她把旗袍挂起来，细细端详。淡雅的浅紫色旗袍，前胸口处盛开着朵朵丁香花，针脚细腻均匀，深深浅浅的紫，搭配得疏离有致，无可挑剔，铺排得每一朵丁香都秀雅温润，美轮美奂，仿若氤氲着若有若无的雨丝曼妙生姿。领口处盘扣两边也分别绣上了两朵小小的丁香，下摆滚边处也零星撒落了几朵丁香，就像是一阵清风拂过胸口处那一丛丁香，这几朵娇弱纤柔，不胜风力，不小心飘落，平添了一种说不出的意境和味道。

柳娟目不转睛地盯着，仿佛被丁香花散发出的清香忧伤的气息所迷醉。她拿下旗袍举到身前，在镜子前比量着，她深陷在这深浅不一的丁香气息里，镜中的她目光迷离，恍若隔世。不折不扣的一件绝美霓裳，任谁都会爱不释手。她无比陶醉地转了一个圈，幸福的感觉让她眩晕。她要把这巨大的幸福马上跟爸妈分享。她要告诉妈，她让这件旗袍起死回生了！她让这件旗袍变得比以前更空灵，更漂亮，更完美，更有味道！妈，擦干眼泪，笑一笑，别发愁了。我们省了一大笔钱，不用赔钱给人家了！你还是农场最好的裁缝！爸，你也笑一笑，轻松一下，你不是一直很想给妈买一双皮鞋吗？您完全可以用替班的钱去给妈买一双洋气锃亮的皮鞋；还有红萍和小磊，别噘着嘴了，别难过了，你们的不安姐姐已经想办法弥补了……还有，那只塞着小碎花旗袍怀想的黑口袋的袋口不知啥时也悄悄松开了，那些憋闷已久的遐想已迫不及待地探出了头。

柳娟看看窗外，天都黑了。她打开屋门，夜凉如水，月亮的清辉洒满了小院，角落里传来不知名的小虫啾啾唧唧的呢喃，一只白色的小猫从院墙上迅疾窜过。院里那棵丁香树优雅而沉静地站在月光下，因了银色月光的晕染，细密的树叶闪烁着细碎的水波纹般的光泽，多了灵动与神秘。爸和妈正坐在树下默然相对，小方桌上摆着的两杯茶同样默然相对。柳娟捧着那件旗袍，轻轻走到院子里。她走得那样轻盈，像踩在云朵上，走得那样虔诚，那样小心，仿佛怕惊扰了丁香花纤美的梦。她走到爸妈面前，迎着爸妈的眼光，慢慢地，轻轻地，抖开这件缠绕着丁香花气息的旗袍。

月亮走，我也走

一

拌饺子馅的时候，兰顺比平日多放了一汤匙油。猪肉芹菜馅的饺子，油多了才香。猪肉和芹菜是今早从集上刚买的。延文爱吃芹菜，只要是芹菜馅的，包子、饺子、菜饼，哪样都落不下地喜欢吃。

除了饺子，兰顺还炸了藕合、卷煎、豆腐盒子，整个小院飘着诱人的浓香。这些都是他爱吃的。一个月前，单位派他去几百里外的基地学习，他天天吃食堂，不管好吃不好吃的，都得往嘴里填。每天上课学习，可不少费脑子，离家在外的，想吃个可口的都捞不着。今儿是八月十五，多做点顺口的。

延文前两天倒是从基地学习完回来了，可没顾上回家。听说指挥部有个要紧的任务，刚从基地学习回来，脚跟还没站稳，又让车拉着去指挥部开会了。不过，他昨天托人捎信回来说，今跟着值班车回来。

今一大早天不亮，兰顺就起床了，忙这忙那。整个家，里里外外收拾得窗明几净，就连院墙根下那几个咸菜坛子也让兰顺擦得锃明瓦亮。这几个咸菜坛子可是过日子少不了的家当，平日饭桌上少不了的。最西边坛子里装的是黄豆酱，黄豆酱是兰顺娘这次从老家带来的，自己做的，味道正着呢；挨着黄豆酱坛子的，是腌的萝卜疙瘩、洋姜；再紧挨着的是个空坛子，预备冬天里腌制雪里蕻的；最东边那只双耳坛子，腌的咸鸡蛋，这个坛子不轻易打开，隔三岔五，兰顺捞出两个煮给娘吃，或是延文回家的时候，切两个给他当下酒菜。看孩子们实在馋了，兰顺也让孩子们尝尝，自个一口也不吃。

延文"讲究"，兰顺就可着心思，啥都往"讲究"里做。就拿每家每户常吃的咸菜疙瘩来说，不少女主人从坛子里捞出一个咸菜疙瘩，在菜板上用刀随便切两下，堆放在白粗瓷碗里，就端上了桌。兰顺不这样。捞出的咸菜疙瘩用清水洗净，再切成均匀的细丝，用凉开水浸泡上十来分钟，泡去咸菜的腌气，沥干水，淋上香油、醋，拌上葱花，拨到一只深蓝细瓷祥云图案的浅口盘里，最后还不忘把切好的香菜段撒到上面。这么一来，本来不招人待见的咸菜疙瘩，摇身一变，成了饭桌上的"香饽饽"，一家人都抢着吃。当年兰顺出嫁的时候，娘陪送了一只白底青花的八宝咸菜盅，瓷的质地很好，细腻光滑。咸菜盅的外形是个憨态可掬的大南瓜，揭开盖，里面有八个小格。每次家里来人喝酒，兰顺就把家里腌制的各种小菜精心调制后，分类放进这几个小格，端上桌，在一桌鸡鸭鱼肉中，这道菜别具特色，养眼又开胃，成为兰顺家的"招牌菜"。

西屋小书柜上排满了书，兰顺拿着鸡毛掸子，挨着扫了扫上面的灰。这个天蓝色的小书柜是延文自己做的，几根角铁，几块木板，一小桶油漆，在延文手里这么一折腾，就成了一个漂亮实用的小书柜。这个书柜可是延文和孩子们的宝贝，也是兰顺家跟农场里别人家不大一样的地方。延文喜欢看书、读报，知道书的好，自己再节省，也舍得挤出钱给孩子们买书。兰顺没上几年学，认不了几个字，对看书钻学问的人仰慕着呢。在她看来，看书是正经事，是大事。所以每当延文和孩子们静静在桌前看书的时候，兰顺再忙，也不喊他们搭把手，怕打搅了他们。倒是延文和孩子们看到开心的地方，忍不住笑出声来，急唤着兰顺来，讲给她听，让她也一同分享。每每，忙活得团团转的兰顺停下手里的活计，仔细地听他们抢着讲，跟着呵呵地笑。有时延文也唤兰顺一起看书，那种挺大的画报。他一边翻着指给她看，一边给她解说着，就这么着，兰顺也懂得了不少外面的事，长了不少见识。

下午三点多钟，兰顺跟娘在东屋正包着饺子，想起家里的醋瓶子见底了，忙唤着二芹去商店买醋，顺便看看值班车回来没有。二芹接过兰顺递过来的钱，拿着醋瓶子出去了。包饺子的兰顺一边跟娘闲说着话，一边听着外面的动静，眼睛不时瞟着墙上的挂钟。

窗前屋后响起了纷杂的脚步声，还有男人们说话的声音。回来了！兰顺的心跳得快起来，包饺子的手不知咋的，不大听使唤了，捏出的褶咋也不像一开始那么匀和好看了。她偷偷看了娘一眼，正好娘微撇着嘴瞅她呢，兰顺的脸一下子红起来。她跟娘说去灶房看看猪蹄卤得咋样了，别把汤给卤没了。从东屋出来，兰顺悄没声地溜到西屋镜子那照了照，哎呀，脖子下面一抹白面，她赶紧用手扑打掉。眼角那沾了个啥东西，虽说不起眼，还是没逃过兰顺的眼睛。用指尖轻轻刮下来，弹掉。左右端详了一下，兰顺笑了。

兰顺寻思着，延文回来后，先让他去理发，再让他赶紧去农场东头的澡堂洗个澡。换洗的衣服都给他准备好了，衬衣裤子都熨烫得整整齐齐。别看他平日里上班一身泛了白的工衣，下了班回家，总是把自己收拾得利落得体，虽说衣服裤子都是穿了好些年，可终归干干净净。

灶房大铁锅里的卤猪蹄咕嘟咕嘟冒着泡，空气里到处充溢着猪蹄的浓香。真香呀，身上所有的毛孔似乎都敞开了，尽情吐纳这样的美味。看水不多了，兰顺又加了一瓢水。

听到屋后老杜师傅的声音了，没错，粗声粗气的大嗓门。兰顺踮着脚透过灶房的玻璃往外看。今看出过节来了，值班车回来得比往日早多了。兰顺看见延文单位上的老丁、老张、大老刘都回来了。他呢？咋还没回来？正纳闷着，二芹拿着一满瓶醋回来了，另一只手里还提了一个纸包。

妈，这是爸分的月饼。

你爸呢？

爸不回来了。爸让朱大爷带话，说今个井上有急活，回不来了。让咱别等他了！

兰顺的心一下子就悬在半空中，没着没落的。刚才还四敞八开的，身上所有的毛孔此时仿佛也关闭了，再也感觉不到空气中四处充溢的鲜香。

说好今回来过八月十五的，咋就不回来了呢。兰顺看着灶房里准备好的碗碗碟碟，轻叹了口气。兰顺用漏勺拨弄着锅里浮起的一只只雪白圆滚的饺子，隔着热腾腾的蒸汽，兰顺望着外面的天，愣起了神。一片云彩漫不经心地飘过，一个想法也在瞬间划过兰顺的脑子。

晚饭比平常开得早，很丰盛。饭桌就摆在院子中央。兰顺一个劲地招呼娘和大芹二芹小川多吃点，自个却没吃几口。收拾完饭桌，兰顺又把月饼、鸭梨放在白瓷碟上，摆在桌上，又给娘沏好一杯茉莉花茶。

娘，我想给延文送饺子去。这大过节的，他自个在外，想想心里就不得劲。娘也觉得不落忍，顺啊，要去你紧着去，天还没黑。

娘，我给他送下饺子就回来。走小道，近便，用不了多大工夫就到了。

甭急着回来。天晚了就住下吧，你陪着他说说话。家里有我哩。再说孩子们都这么大了，甭挂着。路上当心。

兰顺拿了一只绿瓷盆，挑了两只猪蹄放进去。又用筷子挑了些藕合、卷煎、炸肉放进一只搪瓷杯里。兰顺把依然温热的饺子一只只挟到铝制饭盒里，用白笼布把铝饭盒、瓷盆、搪瓷杯分别一层层包好，塞进车前筐里，筐满满当当的。兰顺又急急火火地洗了一把脸，梳了梳头发，从大衣柜里找出那件白底青花的罩褂换上，跟娘说了声，推上车子就走了。

收敛起白日的热烈，此时就要下山的太阳有些依依不舍，柔和的如橘子汁似的色泽染透了天边那一抹抹云彩。小路坑坑洼洼，颠得车子"咣啷咣啷"响。兰顺担心骑得太快，怕把前车筐里的饺子颠碎了，便放慢了速度。四周空旷寂寥，原野寂寂。路两旁的青草葳蕤，气息清新，直往鼻孔里钻。路边沟畔上盛开着艳紫、明黄的小野花，一朵朵的，像贪玩的孩子，太阳快落山了，还不想回家，赖在草丛中，伸长了脖子，探头探脑地张望。路边的垂柳低着头，在风中轻轻拂动，像羞答答的新娘子。

附近的村庄炊烟袅袅，时不时还传来鞭炮声。兰顺想，这个时辰家家户户都聚在一起吃团圆饭了，也不知延文在井上干完活了吗？在食堂吃过饭了吗？

近一个月没见着他了，不知他现在啥样？瘦了还是胖了？黑了还是白了？想起他，心里那湾水就不自禁地微微荡漾，漾起一圈圈细微的涟漪，绵延不绝。

兰顺一直觉得自己命好，嫁给延文这样一个男人。他温和心善，对她、对孩子从来不粗言粗语，更不会像别家男人那样动手打媳妇孩子。他知道疼人，每次回家来，总是闲不住，拾掇拾掇这，修理修理那。他稀罕孩子，当年生了大芹二芹两个丫头，他呵呵笑着，说自个还真是老丈人的命，还对兰顺说，咱以后等着咱闺女女婿往家拎好烟好酒吧。说得一直为生了俩闺女、心里挺堵得慌的兰顺扑哧一下笑了。等到了油田后，生了小川，延文的眉梢眼角乐得弯弯的，止不住的笑意往外滚。周围没外人的时候，延文掩饰不住，抱着小川，一遍遍地对兰顺说，我有儿子啦！我有儿子啦！

闲下来他就看书。兰顺识字不多，也不知道他看的那些书上面究竟有啥名堂。可她敬重那些书，敬重能看懂那些书的人。每到这时候，她再忙也抽空给他沏杯热茶。他看书看得入神，时不时，嘴角还浮出一抹会心的笑。她或远或近地看着他，他笑，她也笑。

他心思巧。大芹头上戴的塑料发卡掉地上断成两截，他用钳子夹着发卡在火上烤软，将稍长的那一截弯成一个精巧的蝴蝶结，把稍短的那一截抻直，凉透后，把一端打磨成尖头，便成了发簪。这样大芹梳马尾的时候，先把蝴蝶结扣在发根处，再用打磨好的那只发簪把蝴蝶结固定住。这个发饰让大芹的女同学们艳羡不已，有的还故意折断发卡效仿做。

延文用废弃的木头块给小川刻了一把手枪，找了根红绸带系在枪把上。小川天天宝贝似的拿着，领着一帮小伙伴们到处疯跑，神气得不行。就连要睡觉了，还得放在枕头边。

那时候时兴用钩针钩东西，农场里好多女孩子，都喜欢钩些电视机套、沙发垫、茶盘垫。手巧的，还会钩漂亮的毛衣。钩针大多是家里的男人自己做的，挺简单的，将一根细针一头弯个小钩就成了。同样是做钩针，延文做的就精致多了。他给兰顺做了一根，针尾是一块有机玻璃，做成鱼的形状，弧度恰到好处，拿在手里比别人家光秃秃一根针的受用多了。

延文见识多，眼界宽。家里的大家当都是他置办的。来农场后，家里置办的第一个大件是收音机。那时收音机还是稀罕物，整个农场只有一台广播。每天晚饭时候，农场东边那高高挂着的喇叭下边，聚满了孩子们，或蹲或站，专心致志地听评书《杨家将》。有时候，广播里放豫剧《朝阳沟》、黄梅戏《天仙配》，是兰顺最喜欢听的。兰顺不好意思凑到大喇叭那听，就站到院子里，侧着耳朵听，一边跟着咿咿呀呀地唱，一脸的陶醉。延文跟兰顺商量，想家里置台收音机，兰顺一个劲地摇头："有大喇叭听着就挺好，你是有钱烧的?"半年后，延文还是自作主张把收音机搬回了家。那天，就像一个节日，房前房后的邻居们都凑过来看。延文拧动按钮，传来一个银铃般的童音："小喇叭开始广播啦!"引得在场的孩子们一片雀跃。再调一个台，在放电影《李双双》的录音剪辑。再调一个台，是越剧《追鱼》。聚在兰顺家的女人孩子们止不住发出由衷的赞叹，眼睛里满是羡慕。大家笑着，议论着，时不时爆出的响亮的笑声似乎要掀翻屋顶。一开始有些生延文气的兰顺、心疼着钱的兰顺，此时也受了快乐的感染，眼睛里也跳跃着闪亮的神采。她微挑着嘴角，越过一堆正热切议论着的女人们，正好碰上延文投过来的目光，眼神汇在一起，催开了兰顺唇边的笑容。这台收音机成了家里的宝贝。延文听新闻，大芹跟着它学英语，二芹听故事，小川听评书，兰顺听戏。兰顺想，收音机是好，还是延文有眼见，买得值。

再以后，家里又陆续买了电风扇、缝纫机、电视机，隔一年，家里攒够了钱，就置办个大家当。兰顺没再拦延文。她觉得延文置办的东西没错，确实好用。跟着延文过日子，带劲。

延文会吹口琴。夏天的晚上，兰顺在院里铺张凉席，孩子们躺着或坐在上面。延文从屋里拿出口琴，问孩子们想听哪首曲。孩子们叽叽喳喳，抢着说，《军港之夜》《听妈妈讲那过去的事情》《大海啊，故乡》……小院里悠扬清越的口琴声缓缓流淌，听得兰顺入了神。夜空辽远深邃，星星晶亮，菜地里各种菜蔬的气息轻轻漫溢。兰顺抬头望，一弯月亮慢慢从云彩后面钻出来，满脸含笑地凝视着，兰顺的心微微醉着，醉在这样的夜晚，醉在这样的时刻。

兰顺喜欢看月亮，月亮就像是她的贴己，她所有的心思与念想，月亮能懂。以前在老家，白日里自个咬着牙受苦受累受屈，晚上，孩子们都在炕上睡沉了，刚收拾停顿的兰顺拖着酸疼不堪的身子躺在孩子身边。透过木格窗，月亮正悬在天际。兰顺望着月亮，月亮望着兰顺。在或淡或明的月光里，兰顺想延文，想他这个时候是睡觉了还是在井上，想他睡觉盖的被子厚了还是薄了，是不是该拆洗了。想他这个时候要是在井上干活，大野外的，风是不是挺大，吹得人眼睛睁不开。想着，念着，温热的眼泪淌下来，湿了枕巾。流完了眼泪，再望月亮，想着同一个月亮这个时候也在望着延文，兰顺的心不那么凄惶，不那么孤单了。有时候睡得迷迷糊糊中，听到外面门闩响，是延文回来了！一个激灵，兰顺从炕上跃起，慌不迭地跑去开门，却一个人影也没有，只有风吹得树叶簌簌响，只有一地清凉的月光。

二

那年，一路奔着去找他，也是这样的月亮地吧？那年，他在油田，兰顺带着大芹二芹还在老家。正值麦秋，兰顺带着干粮、水，恨不能一天到黑都长在地里，急得嘴里都起了疮。就是这样不停歇地干，也赶不上人家有男劳力的。说起家里的男劳力，兰顺就一肚子气。

公公早些年就走了。延文是老大，下面还有一个弟弟延武，也就是大芹他小叔。延文本来说好，这次要请假回来帮着收麦的。可又赶上指挥部会战，延文队上打了好几口新井，他实在走不开。延武呢，哎，这个延武呀。延武比延文小了足足有一轮，许是因为这个原因，一家人都宠着延武，把他护得不像话。延武嘴甜，哄得婆婆团团转，把延武当心尖疙瘩一样。延武在县城上了三年高中，虽说末了没考上大学，又回到村里，可这并不耽误他常常绘声绘色地描述县城的生活，看电影、逛马路、吃冰糕……好像那才是他该过的日子。挺大的人了，天天穿得倒是人五人六，中山装的上衣口袋，无论啥时候，都像模像样地别着一支钢笔。面子功夫耍得挺花哨，家里、地里的活一样也做不来，愣是袖着一双手等吃等喝。

兰顺看人家地里的活都比自家干得快，心里急得火烧火燎，巴不得能变成孙猴子，长出三头六臂。那天收工回来，腰酸背痛的兰顺说，明个让芹她小叔去地里帮着一起割麦吧。话音未落，婆婆的脸就黑了，说出的话也夹冰带雹："片她小叔是读书人，打小就没干过地里的活。你要是嫌累，明你在家带着孩子，俺豁出这把老骨头，俺去割麦！"几句话噎得兰顺差点背过气去，肠子都打了好几个结，憋起了满腹委屈。婆婆光知道一个劲地心疼延武，心疼起来没个边，自己在地里累成啥样，她恐怕一点也不疼不痒。兰顺心酸，委屈，折身回屋，收拾了一个小包袱，当即带着俩孩子回了娘家。

兰顺娘家不远，顶多三里地。一进娘家的村头，兰顺的眼泪就在眼眶里打转。还是当姑娘好，虽说娘家也不富裕，也是兄弟姐妹好几个，可爹娘待孩子们都是捧在手心里疼啊。

推开院门，爹和娘正坐在院里说话。看兰顺领着俩孩子回来，挺吃惊。俩孩子一见姥爷姥娘亲得不得了，一下子就扑进老人怀里。

咋啦？跟婆家打仗了？就着月影，娘盯着兰顺问。

兰顺挤出一丝笑容，哪呀？您想哪去了？这几天收麦子，忙，顾不上孩子，这不把她们姊妹俩放这几天。我还得赶紧回去。

这么着啊。孩子放这就行，俺老俩也想孩子了。你别急着回去了，也不差这一会，你住一宿再走。

不了，娘。回去家里还好多事呢。猪还没喂。

出了娘家的门，夜风清凉扑面，天上的星星像一颗颗刚蒸熟的米粒，剔透莹润。月亮从云层里钻出来，比刚才亮多了。银色的清辉倾洒下来，整个大地就像水洗了一样。兰顺想起，那些有月亮的晚上，那时旁边有延文，他给兰顺讲荒原，讲地下汩汩淌着的石油，讲高高矗立的井架，讲出了村，沿着油漆路一直向南，碰到路口，再一直向西，向西，看到荒地里一上一下的"磕头机"，就是他上班的地了。

一路上，兰顺走着，哭着，想着，静寂的黑夜里，空旷的路上，隐隐的月光底下，一个挎着花布包袱的女人疾步如飞，她要去找他，她心里憋屈啊，太多的话，太多的眼泪，盛不了了。她得给延文说道说道。她知道，她心里所有的酸，所有的痛，有他接着呢。夜风吹，吹干了泪，脸庞紧绷绷的，又涩又疼。

向南，一直向南。过了一个镇，三个村了，还没到向西拐的路口。路，咋这么长啊。周围一片静寂，兰顺呼哧呼哧的喘气声此时无比清晰，在夜风中起伏。

等兰顺走到西拐的路口时，已是下半夜了。站在路口，看着黑黢黢的不知哪是尽头的路，兰顺脊背有些发凉。又想，再走到头，就能看到延文了。她稍稍舒口气，又上路了。

天快亮的时候，兰顺实在有些累了，也有些饿了。从包袱里拿出一只玉米饼子，玉米饼子硬邦邦的，她只能一小口一小口地嚼。困意挡不住地袭来，兰顺的眼皮子撑不住了，难怪，走了整一夜啊。她靠在路边的树上睡着了。

醒来的时候，天已经大亮了，太阳都升起来了，兰顺赶紧起身，好在路上还没人，要不让人看见一个女人家靠着树睡着了，不让人笑话死。路下边有条河，兰顺溜到河边，捧起水洗了洗脸，河水凉爽清澈，一下子让人神清气爽。河对岸，远处那一上一下的是啥呀？再一想，兰顺心跳加快了，是"磕头机"！跟他说的一模一样！她还看到一些房子。到了！兰顺从河边跑上大道，向那些房子走去。那些房子看着挺近，可要绕过这条河就不那么近便了。不过心里有了谱，也觉不出那么累来。走了个把小时，兰顺才走到房子那。这才看清，所谓的房子是用苇箔、泥巴垒起来的。

一个穿着油乎乎工衣的男人从一辆绿色槽子车上跳下来，俺老天哪，吓了兰顺一跳，那人脸上、手上全是黑腻腻的油污，看不出啥模样来。兰顺想，怪不得人家管他们叫"油鬼子"呢。兰顺认识这工衣，延文常穿着这个样式的工衣回家。兰顺上前怯怯地喊了声师傅，说了延文的名字。那人笑着说，原来是嫂子，快进来！那人领着兰顺进了院，院里的人都称呼那人"大队长"，兰顺想，这么大个官还上井。都说石油工人苦，可不是说着玩的。想着延文平常也得这么样浑身是油地干活，兰顺心里挺不是滋味。

大队长把兰顺领进队部办公室。大队长说，大队里有好几个基层队，你家老陈在七队，离这还挺远哩，我派车把你送过去。大队长让食堂煮了葱花鸡蛋面，给兰顺端来。葱花面很香，翠绿的葱花，油汪汪的汤水，可兰顺却吃不下。她本想说，要是有车现在就走吧，又怕人家笑话她心急。又一想，人家好心好意煮了面，怎好拂人家的心意。再说，从昨晚到现在只吃了半块硬邦邦的玉米饼，兰顺按捺住一个劲往上蹿的念想，把那碗面都吃光了。

"大队长"叫来一辆大卡车，安排兰顺坐进驾驶室。兰顺有些惴惴不安，长这么大，没坐过几次车。这样的车，还是第一次坐哩。司机倒是挺爱说话，自我介绍说姓贾，叫他小贾就行。小贾说，你家陈师傅可是个较真的人，他负责技术资料这一块，可上心了，天天盯在井场。路不好走，尽管小贾尽量平稳慢速地开，可越来越厉害的颠簸让兰顺的胃翻江倒海般搅得她难受。

兰顺一下车，就哇啦哇啦吐了个干净，连同那碗葱花鸡蛋面全吐了出来。队上的人对兰顺很热情，这里的房子也是苇箔房，指导员把兰顺领进屋，派人去井上叫延文回来。

延文从井上回来时，天都正午了。屋里的人都知趣地退出去了。他黑了，瘦了，眼窝都陷下去了，胡子拉碴的，头发也乱糟糟的，跟平日里兰顺见到的他不一样。兰顺心里酸疼着，眼泪扑簌扑簌掉下来。

咋啦？你咋来了？家里出啥事了？麦子收完了？

延文起身，倒了一杯水递给兰顺。这一阵，我回不去，你也没个帮手，苦了你了。

一句话扯出了兰顺的眼泪。兰顺靠着延文的肩膀，无声地哭了一阵。延文不说话，只是用手轻轻拍抚着兰顺的后背。

哭了一阵，兰顺心里豁亮多了。她抹去泪，冲延文笑了一下，低头说，没咋。家里都好。俺，俺……就是惦记着你呗，过来看看。

三

虽说小路近便，可路上沟沟坎坎的，也不好走。到延文单位的时候，天都黑透了。进了工业点的院子，里面静悄悄的。兰顺来过这，推着车子径直向他宿舍走去。宿舍敞着门，黑着灯。兰顺叹一口气，想总归是男人家，大咧，出门也不知道把门带上。兰顺打开灯，宿舍里乱糟糟的。地上有烟头、废纸片。一身油渍麻花的工衣胡乱搭在椅背上，床上被子也没叠，堆在床尾，枕边横躺着几本书，上面密密麻麻的数字、符号啥的看着就叫人眼晕。枕巾上也布满了头油浸渍的痕迹。兰顺把床单、枕巾一股脑都扯下来，连同那身工衣扔进洗脸盆。南墙窗户下的办公桌上散乱着碗筷、火柴盒，还有几张图纸。

宿舍门口南边就是水管，兰顺可不陌生。农场地偏，交通不方便，每次回老家，兰顺总是领着孩子们坐值班车先到工业点，然后兰顺和延文各骑一辆自行车，带着孩子，骑二十多分钟就到县城汽车站了，再坐直达老家的客车。如果延文跟着一块回，他们就把车子寄存在车站。如果延文不跟着一起回，延文就骑一辆，另一手推一辆回工业点。等兰顺娘几个从老家回来，在县城汽车站下车，延文再这样"骑"着两辆车去接。所以，延文在工业点的这个宿舍就成了这个家与老家之间的"中转站"，每次来，兰顺总是顺带着把宿舍里的物件洗的洗，擦的擦，收拾得洁净齐整。

兰顺拿起扫帚把地扫干净，又把凌乱的物品一一归位，把带来的饺子、猪蹄、藕合摆上小铁桌。想着一会延文从井上回来，一进宿舍，定会诧异得张大嘴巴。想着他大口大口吃东西的样子，兰顺抿着嘴角，绽出一抹笑。

月亮兴许快出来了，你看天上那云彩透着亮呢，月亮就躲在后面，非掐着时辰出来。看来今天井上这个活要急，他到现在还没回。兰顺闲不住，干脆端着那盆要洗的床单啥的到水管那，就着宿舍里的灯光，把这一大盆床单枕巾都洗出来了。拧干，晾在屋里的绳子上。

月亮不知啥时候出来了，银亮的月光安详倾洒下来，整个大地朦胧而温润。这么晚了，他咋还没回来？还饿着肚子在井上吗？再忙，再忙也得吃饭啊，再说，今个是八月十五啊。兰顺坐不住了，她起身向门外走去。

拐过两排砖房，大队部西边两间办公室亮着灯，兰顺鼓足了勇气推门进去。

嫂子，你怎么来了？正在屋里打着电话的小胡一见兰顺进来，惊讶极了。

小胡是大队的调度员，兰顺认识。小胡家也在农场，小胡的媳妇是农场卫生所的医生。当年小胡两口子还是延文和兰顺牵的线呢。哦，是小胡啊。你大哥说好了今回家的，今过午又捎信回来说井上有活，回不去了。俺在家都包好饺子了，这不紧着给他送来，不是过八月十五嘛！

哎呀！陈工今是上井了。大队长说，陈工在外学习了一个月，刚回来连家还没顾上回，又到指挥部开会。今是八月十五，咋也得让他回家看看。当时井上正好有辆值班车要回农场，陈工连工衣都没来得及换，硬是让大队长连推带搡地硬塞进车里了。小胡看了看表，都九点多了，陈工这会早到家了。

兰顺不知说啥好，也不知道该咋办，看着脚面，有些手足无措。小胡说，天挺晚了，队上也没有车了。嫂子，我看你先在陈工宿舍凑合一晚，明一早派车送你回去。你安心睡，车来了，我去叫你。

从小胡那出来后，兰顺坐在宿舍床上，看着铁桌上的那些吃食、那双筷子，眼泪不争气地流了下来。

我在这待一晚，他在家里肯定也不安生。一家人团聚的这么个年节，分开两地咋也不是个事啊。兰顺这么思忖着，一下子从床沿上忽地坐起来。

明儿不上班，这些吃的放到后天肯定就坏了。兰顺把小铁桌上的吃食又按原样包起来，又按原样放在车前筐里。

临出门前，看了看已收拾得焕然一新的宿舍。想了想，又折身进屋找了半截铅笔。兰顺本识字不多，空暇的时候，延文便教兰顺识字，日久天长的，兰顺也学会不少，字也写得像模像样了。兰顺撕了一张小纸条，写了几个字，是留给小胡的，告诉小胡她回家了，明天别麻烦车再跑一趟了。

外面真静呀，月亮照得大地明晃晃地亮。兰顺心里头却止不住地打鼓。这大晚上的，外面一个人也没有，怪怵的。

兰顺想还是走大路吧，大路虽说远点，可铺的是沥青路，好走。再说大路敞亮，走起来也不那么害怕。那条小路荒郊野外的，两旁的矮树丛密密实实的，风一吹，叶子簌簌作响，就跟有人藏在里面一样，想想就瘆人。还有一件事压在兰顺心里。那条小路途经一条河，以前跟兰顺在一个生产队的袁姐，嗓门又高又亮，笑声能传好几里地远。那天都晌午头了，兰顺收工前还叫了袁姐一声，约着一块走。袁姐说还剩地头这一点了。没想到，就是那天，收完工的袁姐许是急着回家，不愿绕远道，想从河上架着的管线上过去，不知咋的，就掉进了河里，再没了声息。每次从河边路过，兰顺就禁不住一阵阵叹息。

在沥青路上，兰顺骑得飞快，夜风撩起她的短发，她甚至能听到发丝飘拂的声音。他在家正等得心焦吧？不知道他吃饺子了吗？出门的时候，忘了嘱咐娘了，饺子要是凉了，他吃的时候，用油煎一下。

月亮又大又圆，骑着车子的兰顺时不时抬头望一眼月亮。月亮里人影绰约，是嫦娥站在桂花树下跳舞吧？跳累了擦着汗往下看吧？天上好是好，可自个孤零零的，她肯定早就后悔了，后悔吃那长生不老药了。当初要是留在凡间，守着后羿，给他生儿育女，一大家子人热热闹闹的，多好啊。

兰顺替嫦娥惋惜着。打小就听嫦娥奔月的故事。嫦娥真好看，那眉眼，那腰身，咋看咋美。要不，人家一说起谁谁长得俊，都说长得跟月亮上的嫦娥一样。

一边骑着车，一边念叨着嫦娥。这个时候的兰顺忽然想起了一个人，就是以前住在兰顺家南边的刘老师。刘老师在农场学校教小学语文，教过大芹。刘老师的男人也在指挥部上班，前几年得了癌症撒手走了，留下刘老师和两个未成年的儿子。

刘老师是上海人，说起话来，绵绵的，软软的，叫人听了，从耳朵根到心坎，都觉得那么熨帖舒坦。刘老师对穿衣打扮讲究着呢。她用烧热的火钩子，给自己的头发烫出漂亮的大波浪卷，再抹上桂花香味的头油，谁都禁不住多看她几眼，女人们都眼热呢。刘老师喜欢穿裙子，有的是她自己做的，有的是她姐姐从上海寄过来的。款式洋气，刘老师穿在身上，别有一番气韵。

刘老师身上还有一种说不上来的东西，这个东西让她跟农场里别的女人不一样。除了她能识文断字，算得上当时农场为数不多的"文化人"之外，走路的姿势，说话的语调，还有她的眼睛，都有那么一些与众不同。她走起路来，头微扬，腰肢轻摆，走过之处，留一股雪花膏的香味。她眼神柔润，但柔润之中又有一些拒人千里之外的冷清。

兰顺觉得刘老师就像嫦娥，不是说长得有多么像，而是身上不自觉往外透着的一缕缕的气息，跟月亮上寂寞清高的嫦娥真有几分相似。兰顺常跟大芹说，女孩子还是要多读点书，你看人家刘老师，一看就跟别人不一样，读书人的样子，文文静静的，多好。

刘老师自个拖着两个儿子，日子过得也不轻快。兰顺每回蒸了包子，炸了油饼，总是让大芹给刘老师一家送去。家里种的丝瓜、豆角、茄子，腌制的咸菜，兰顺也不忘给刘老师送去。刘老师家换灯泡、修炉子、安水管这样的活，也都是延文过去帮忙弄的。

刘老师喜欢看书，她家里到处堆着书，五斗橱、高低柜、三屉桌上摆满了书。刘老师常让大芹二芹去家里看书，知道兰顺家订了不少书，所以刘老师来串门的时候也顺便借上几本。

那年夏天，兰顺娘病了，兰顺回老家照顾了半个月。待娘稍稍好一些，能下地了，娘就一个劲赶着兰顺回家。说自个不碍事了，已经好利索了。说兰顺舍着孩子们，不放心。兰顺拗不过娘，看娘的气色也挺不错，就紧着赶回家了。

那天傍晚，吃过晚饭，孩子们出去疯窜了，延文在屋里看《新闻联播》。兰顺洗完锅碗，又把小院清扫得干干净净，还撒了些清水，小院显得清爽洁净。兰顺见依着东院墙搭的丝瓜架下有几根挺粗的丝瓜，沉甸甸地坠在那。丝瓜架搭得挺高，兰顺伸手试了试，还差一大截，便回屋搬了一个方凳。刚踩上去，无意间一探头，看见院墙外小刘老师手捧几本杂志，走到院门口。看到兰顺，又犹犹豫豫地往回返。

刘老师，进来呀！走到门口了，咋不进家啊？兰顺在方凳上侧着身子热情地跟刘老师打招呼。

……哦，是嫂子啊。仿佛兰顺的招呼惊着了刘老师，她有些语无伦次，嫂子，你……什么时候从老家回来的？

今晌午刚回来的，本打算多住些日子，这不明儿是孩子他爸的生日，我咋也得回来张罗张罗。兰顺摘下那几根丝瓜，从方凳上跳下来。

刘老师穿了一件浅蓝色白圆点的连衣裙，白色的小翻领，马蹄袖，是今年时兴的样式。头发湿润润的，刚洗完头吧，散发着洗发香波的馥郁气味。

刘老师，新做的裙子呀？真好看。哪买的布料？

……哦，从……县城买的布。刘老师的眼神有些躲闪，不大敢直视兰顺的眼睛。

倒是兰顺爽快，看见刘老师手里拿着的几本杂志，知道是从家里借的。就快言快语地说，刘老师，这几本书看完了？来，给我，你上俺屋里去瞅瞅，再借几本看吧！兰顺接过刘老师手里的书，顺手放在院子里的小方桌上。

刘老师本来是要告辞的，可兰顺热情地递过马扎，说有日子没见了，好好唠唠。延文也从屋里出来了。兰顺沏上热茶。三个人就这么坐在小院里，聊着天。

风，吹起来了。先是轻轻地，吹起刘老师的发丝，刘老师坐在马扎上，轻轻抚弄着被吹起的裙角。风中裹挟着洗发香波的味道，一缕缕钻进兰顺的鼻孔。刘老师微低着头，偶尔把散落的发捋到耳根后面。刘老师今个有些不一样，表情、眼神，甚至说话的语气，都跟平常不大一样，一开始兰顺就感觉到了。

风，又大了些，吹得延文低着头，不大说话，只是一杯杯地喝茶。兰顺带着笑，一遍遍给茶壶续满水，心里却叫风吹得起了褶皱。又一阵风吹来，吹得方桌上那几本杂志的书页呼啦啦响，一张纸条翩翩然飘出来，在风中飘呀飘，飘落在东边那块菜地里，疏忽不见了。

刘老师红了脸，延文干咳了两声，兰顺假装没看见，掂了掂暖壶，说水不多了，便折身去灶房烧水。刘老师慌不迭地站起说，嫂子，别忙活了，家里还有事，我得走了。

目送刘老师出了小院，天已黑了。就着小院的灯光，兰顺在菜地的黄瓜秧上找到了那张纸条。纸条上的字小巧娟秀，跟大芹作文本上的批语一个样。兰顺拿着字条，手有些颤，心有些颤，颤得眼泪控不住地往外淌。兰顺紧咬着嘴唇，颤颤地把字条又夹回杂志里，看了一眼一直低着头的延文，一句话也没说。

时间凝滞了，一动也不动，沉静异常。兰顺咬着嘴唇，一动不动。隔壁家常来串门的黄猫蹿上墙头，好奇地看着院子里的两个人，似乎嗅出了什么，无趣地"喵"了一声，跃下墙头，跑了。

从那以后，小刘老师再没来家里，她也不再叫延文上家里帮忙。没过多久，小刘老师的姐姐来农场把她们娘几个都接走了。那天，小刘老师的两个儿子很兴奋，在人群中蹦蹦跳跳地穿梭，跟所有人宣布，我们要去大上海啦！小刘老师的姐姐烫着"大爆炸"发型，穿了一件很鲜艳的黄底大花的连衣裙，手指上戴了好几个大金戒指，跟电影上见着的一样。听说，小刘老师的姐姐在上海做生意，这几年发大财了。小刘老师的姐姐一边帮小刘老师收拾东西，一边数落着刘老师，噢呦，脑子怎么又开窍了？老早说要接你回去，你还不肯！姐姐又打量了打量屋子，"啧啧"了半天，噢呦，不晓得鬼迷心窍了还是脑子坏掉了？这么个鬼地方！

小刘老师走后，来过几封信，都是写给兰顺的。兰顺让大芹念着听。信上说，她们娘几个都已在上海安顿好，她在一家报社上班。在农场的那段日子多亏了兰顺一家的照顾。说以后有机会，让兰顺一定来上海转转。小刘老师还给孩子们寄来了礼物，都是地道的上海货。大芹的是一条泡泡纱的连衣裙，二芹的是一顶白色的太阳帽，小川的是一架望远镜，这些礼物让孩子们满农场地炫耀了好长时间。

再后来，刘老师就没再来信了。日子一天天滑过去，一点动静也没有。就像刮过一阵风，啥都没有了。

夜风轻拂，兰顺的心思也在风中起起伏伏。一大家子人在家等急了吧？虽说晚点了，可一家人还能守着，尝着月饼，看着月亮，热热络络地拉拉家常，多好啊。想到这，兰顺不由自主加快了骑车的速度。风，灌进了她的衣裳，鼓鼓的，就像张开了翅膀。兰顺此时恨不能变成一只鸟，快点飞，飞回家。

月亮正圆，安详地看着大地。兰顺在这满地的月光中有些恍惚。这恍惚里，夹杂着喜悦与急切，这恍惚让她的心在清朗的月色中轻轻飞舞，竟然有一些微醺微醉了。

终于到了院门口。远远看着窗户里投射出的橘黄的温暖的灯光，兰顺的心，说不出的踏实与稳妥。

兰顺下了车子，从裤兜里掏出一块小手绢，擦了一把额头的汗。气，喘得厉害。她轻拍了几下胸口，气息稍稍平复一些。又将了将被风吹乱的发，整理了一下衣领。

月光更亮了，像白花花的银子，淌得小院满地都是。银亮的月光溢进兰顺的眼里、心里，刚才路上那种微醺微醉，到了这个时候，发酵地更浓烈了。

　　踩着满地醉人的月光，兰顺推开了门。

天堂鸟

一

卫青比卫东大六岁。爸妈离世那年，哥哥卫国已结婚，卫青上高二，卫东上四年级。爸妈是在老家出的事。走亲戚回来，爸骑着摩托车带着妈。乡村的夜，黑漆漆的。爸又多喝了几杯。连摩托带人，一下子冲进了路边的深塘，再也没能上来。爸妈连句话也没留，就走了。

爸妈的房间，卫青一直保留着原样。月白色的蚊帐、棕黄色的躺椅、枣红色的衣柜……每次，卫青上这屋来，就感觉爸妈还在，只是他们出门上班去了，屋子里原封不动的摆设，让卫青的心里少了一些凄惶，多了一些安稳。唯一跟以前不同的是，屋里多了一盆花，是卫青在安城的大街小巷转了大半天才买回来的。这盆花叫天堂鸟，也叫鹤望兰。天堂鸟是卫青在一个偶然的机会得知的。听说，天堂鸟这种花有灵性，能给在天堂的亲人传话。

卫青把这盆花摆在父母的相框前。常常地，卫青久久地凝视着这盆天堂鸟发呆。橙黄的花萼、深蓝的花瓣、紫红的花苞，多像一只只翘首盼望的鸟。洒点水上去，花朵水灵灵的，像一只只灵精秀美的鸟，刚从山涧小溪流里嬉戏完，抖擞着羽毛，甩出一串莹透的水滴。阔大的叶子那么绿，阳光好的时候，叶子都绿得近乎透明似的。天堂鸟的影子映射在白墙上，分外清晰，风吹来的时候，影子也随着花、叶的摇曳而摆动，真如轻轻飞起来一样。

它真的能飞到天堂吗？能给爸妈带话吗？哪怕在梦里带着我去看看……无数次，卫青痴痴地想。每当卫青心里攒了话，盛了事，就到父母房间里，守着那盆天堂鸟，倾诉一下。想着绽开的花能带着自己的心事翩翩飞到天堂，讲给父母听，心里就好受多了。

卫青伺弄这盆天堂鸟可上心了。知道它适宜于疏松的腐殖土生长，卫青专门骑车跑到附近村子的场院里，从麦秸垛跟下取一些疏松的土当花土。这种花离不开光照，光照又不能太强，她特意找了木柜上靠东边的位置，能保证窗外晴好的阳光能照到，又不直射，最适宜的角度了。

这套单元房是父母留下来的，卫青如守护生命一样守护着它，近乎偏执。这套房子有父母留下来的气息，环绕的气息让卫青充满力量，充满温情，让卫青不孤单。父母不在了，她就成了一只展开羽翼的大鸟，羽翼下保护着的是卫东。

卫东，卫青一直把他当孩子的。父母走的那一年，卫东一双懵懂的眼睛，不知所措，无辜地看着家里进进出出张罗后事的大人，卫青的心绞成一团。卫东，打小就是惹眼的，乌黑清亮的眼睛，宽的额头，无论是在大院，还是在学校，卫东都是焦点。他格外聪颖，招人喜欢，是父母的心尖肉疙瘩。卫青知道，因为哥哥，父母的心一直打着结。哥哥五岁那年，因一场高烧导致小儿麻痹症，右腿行走不便。也许是因为身体的缘故，自小，哥哥在外面没少受伙伴们的戏弄与恶作剧，本来就沉默寡言的哥哥更加沉闷，一天也说不了几句话。

而卫东，聪颖、健康、活泼的卫东，一句话、一个动作常引得父亲哈哈大笑的卫东，最大程度地弥补了父母心头的缺憾，给了父母无尽的希望与底气。

二

于丽华在成为卫青嫂子之前，在卫青家所在的安城幸福小区支了个小摊卖水果。卫青一直不太喜欢这个嫂子，一双眼睛滴溜溜转得快，与她交谈的节奏赶不上她眼睛转来转去的节奏。

于丽华家在农村，她的姨妈跟卫国在一个单位。于丽华对自个从小出生、长大的农村，深恶痛绝，来姨妈家的次数多了，更是羡慕外面的生活。初中没上完，就死活不念书了，央求姨妈找份工作。一开始，姨妈给她找了一份烧锅炉的活，干了也就有大半年吧，就不干了。丽华说整天自个在锅炉房待着，见不着一个人，闷死了。这还不说，身上脸上就是捂得再严实，照样是一脸一身的煤灰。后来，姨妈又在单位食堂找了份工，帮着做做饭啥的，丽华干了一年，嫌钱太少了。姨妈说，这不行那不行，你干脆自己做点小生意吧。于是，丽华的水果摊就开张了。

丽华能说会道，自来熟，很会招揽买卖。几年下来，丽华的水果摊买卖还算兴隆。摊前人来人往，小区里的居民丽华没有不认识的，见了谁都主动招呼，热乎得就像自己家人。

这个时候的丽华转眼就二十二周岁了，家里一遍遍地催着她回家结婚呢，这让丽华心烦不已。她可不想再回到那个她心里诅咒了千万遍的农村，她更不想跟村里的姐妹们一样，找个村里的男人嫁了，在黄土地里耗磨一辈子，憋屈一辈子。

别看于丽华读书不开窍，对人情世故却有着超乎寻常的悟性与灵性。她早就琢磨好了，要想在外面立足，站住脚，再也不用回到农村去，女孩子最实用的一招就是嫁人，找个稳妥的人嫁了。那时，于丽华一心要跳出农门，在找对象这方面可费了不少心思。算下来，丽华接触的小伙子也不少，到最后，还是嫌弃她是个农村姑娘，没有正式工作，最后都拜拜了。

那时在安城轴承厂上班的卫国，上下班常打丽华的水果摊前经过。虽说卫国老实少言，还跛着一条腿，但有个正式工作，家境也不错，卫国父亲还挂着一官半职。再说，卫国还有个城市户口呢，这是顶关键的。尤其听姨妈那天偶尔聊起，说卫国的父母正托人在老家物色儿媳妇呢，丽华急了。

对这个程卫国，丽华有十足的把握。虽然丽华比卫国大四岁，但是她爱打扮，爱穿粉蓝、粉黄、玫红之类明艳的色彩，脸上也是粉啊霜啊地抹着，倒也看不出比卫国年龄大来。很快，人们发现卫国在丽华的水果摊前逗留的时间、次数明显多起来。

当卫青父母察觉时，丽华已将生米做成了熟饭。虽然，父母当时给卫国盘算着找媳妇时，鉴于卫国的自身条件，在县城里就近找的话，条件好的，看不上卫国；条件差的，程家面上也不好看。还是回老家寻摸一个本分稳妥的女孩子，长得差不多就行，端端正正的就好。那时父母已经托人在老家帮着寻着呢。

对于丽华，程家父母不是太看好。他们本能地觉得丽华太活，心眼多，眼珠一转一个主意，十个卫国绑在一块，也不是丽华的对手。还有，丽华是自来熟，许是做生意的需要，丽华见了谁都笑着搭讪，那世故圆滑的劲头，其为人处世的秉性跟厚道本分、不善言语的程家不在一个调上。话又说回来，既然丽华怀了程家的骨肉，作为程家，就得负责，有所担当。父母算是默许了这门婚事，丽华顺顺当当地进了程家的门。结婚后，卫国单位就分了一套楼房，在锦华小区，两人搬出去住了。

没多久，丽华生下了一个女婴，起名朵朵。

三

那年，张罗好父母的后事，最初一段时间，卫青和卫东是住在哥哥家的。毕竟卫青、卫东还小，这么巨大的一场变故，让这两个孩子茫然失措，本能地要向唯一的哥哥靠拢。住在哥嫂家的卫青，从失去双亲的巨大打击中慢慢清醒后，很快察觉出了嫂子丽华的不悦。

那时朵朵刚一岁多。结婚后，嫂子在锦华小区开了一家丽华超市。朵朵一直是卫青妈妈带着，丽华也乐得图个清闲。自从卫青父母离世后，丽华不得不自己带着朵朵。朵朵从小跟惯了奶奶，跟丽华并不亲，丽华揽着哭闹不止的朵朵在超市门口，烦躁不已。卫青放了学，先跑到丽华超市，照看朵朵。有经过的人，跟嫂子搭着话，嫂子说，你看我，啥命啊。光凭卫国那点死工资咋行啊。我整天累死累活，得扒拉好几口人吃，连个帮手也没有。

回到家，朵朵还是哭，嫂子点着朵朵的鼻子骂，哭啥哭，讨债鬼，一个个的。哥哥是不敢言语的，说一句，能换来嫂子整宿的骂。

多添出来的两张嘴让嫂子的脸阴得厉害。那天嫂子在院子里跟哥哥说，女孩子书读多了，也没啥用。你看隔壁老张家的二桂，早就不上学了，早早招了工，一个月几百块呢。嫂子的声音荡在风里，一波一波送进卫青的耳朵。卫青咬紧了嘴唇。

晚上躺在床上，卫青翻来覆去，睡不着。卫东还小，将来初中、高中、大学一路下来，得需要不小的花费。自己明年高考，要是考出去，几年下来，也是一笔不小的花销。自己怎么也好说，不是有勤工俭学嘛！自己走后，就扔下卫东一个人在哥嫂家，这一点，是让卫青最不放心的。虽说还有亲哥哥在，可哥哥……说起哥哥，卫青止不住地叹气。那天，学校要交学费，卫青回家，瞅着嫂子不在，跟哥哥说了。哥哥为难地小声说："你跟你嫂子要，钱都在她那。我就是身上有钱给了你，她也会闹，说咱们把她当外人。"嫂子就是这样，啥事都能找出理。

一天在饭桌上，卫青跟哥嫂说，不上学了。哥哥停下低头扒饭的动作，抬起头刚想说啥，正好碰见嫂子扫过来的眼神，哥哥又低下头，继续往嘴里扒拉饭。嫂子放下筷子，清了一下嗓子说，卫青啊，这可是你自己不愿上的，咱得先说清楚啰。我可不想让街坊邻居们说三道四的，以为我这个嫂子拦着你不让上了。

卫青说，我知道。是我自己不想上了，上学太累，上够了。

很快，卫青到父亲生前的单位找了一份质检员的工作。工作不累，挺清闲的。卫青知道，是大家照顾她，体恤她。她会尽自己所能，把这份工作干好。

卫青工作了。工作了的卫青，把自己当成了大人。她决定领卫东回自己的家。

一段日子没回去住了，屋子是要打扫收拾一下的。那天，她请了半天假，回家收拾屋子。一踏上楼道的楼梯，心，就开始缩，一下一下的。到了门口，钥匙怎么也捅不进锁眼。开了门，熟悉的味道扑面而来，只是物是人非。慢慢走近爸妈的屋子，床上依然铺着红蓝条纹的床单，五斗柜上那只座钟发出嘀嘀嗒嗒的走针声，墙上的相框里，父母正慈爱地凝视着卫青，微微笑着。这笑容击中了卫青，她扑到在床上，失声痛哭起来。

不知哭了多久，当，当，当，当……座钟清晰地发出声响，惊醒了卫青。卫东快放学了。卫东，卫东，以后就要跟卫东相依为命了。卫青洗了一把脸，甩了甩头，

四

刚开始，从嫂子家搬出去，撑着门户过日子的卫青，有些手忙脚乱。毕竟，以前父母在的时候，她没为衣食住行操过心。后来，时间长了，也把卫青逼出来了。买菜、做饭、缝缝补补啥的，很有些像模像样了。

卫青刚上班，工资不高。每个月领的工资也就那么薄薄的几张，真不经用。一有个什么事，就得借钱去。借钱，唉，一想起借钱，卫青就头大。再不愿跟嫂子开口，也得厚着脸皮去借。

这个哥哥呀，想起哥哥，卫青心里起了薄薄的怨气，哥哥，一个大男人，咋就让嫂子牢牢攥着，嫂子说啥就是啥的。哥哥的工资每个月是要如数上交的。

哥哥来卫青这送过几次钱。哥哥说，是他帮别人干私活挣的。以前，哥哥也是往家里送过钱的，说是厂子里发的加班费，是单独发的，没跟工资一起。后来轴承厂发加班费这事不知怎的让嫂子知道了。也难怪，进出丽华超市的人，来来往往的，人多嘴杂，家长里短的，就溜到丽华耳朵里了。嫂子可是结结实实大闹了一场，说程家兄妹看不起她这个从农村过来的，卫青缺钱，直说就行了。卫国偷偷摸摸地给卫青钱，显得她这个嫂子忒不懂事理。这个嫂子，啥事在她嘴里都能说出花来。

卫青问哥哥帮别人干什么活，哥哥说，就是帮别人修理机器，你嫂子不知道。一天卫青单位加班，下班的时候，天都有些蒙蒙黑了。卫青走到一个拐弯路口的时候，抬头看见前方不远处，有人推着一辆自行车前行，背影、姿势看上去像是哥哥。卫青仔细瞅了瞅，没错，是哥哥。哥哥弓着腰，一跛一跛地。车座后捆着一个鼓囊囊的蛇皮袋。这么晚，哥哥这是上哪去？卫青没叫他，悄没声地跟在哥哥身后。拐了几个弯，走到一家废品收购站跟前，哥哥停下了，支好车子，从后车座上费劲地抱下蛇皮袋，弯腰，去解扎紧蛇皮袋口的细绳，不知咋的，解了半天没解开。收购站的人不耐烦地嘟囔了一句，转身，随手拿起一把利器，割开了蛇皮袋，提起，一股脑全倒在地上。卫青不敢离得太近，借着收购站门口的灯光，卫青看得不是很清楚，好像是轴承之类的金属物，听动静好像还有似螺丝钉之类细小物件的声音。

她知道，这些东西应该是哥哥厂子里的。她的脑海里立即浮出一幅画面：周围同事都下了班以后，厂区静悄悄的，一个男人，拖着一条病腿，把墙角的一个轴承，以尽可能快的速度，塞进蛇皮袋里。再继续沿着边边角角逡巡，看到一根螺丝钉，也弯腰拾起。男人是忐忑的，从他不住四处张望的眼神就能看出。卫青心里酸了，眼里起了一层雾气。也就在那一刻，透过泪水漫延的眼睛，望着哥哥略显佝偻的脊背，她曾经对哥哥那些薄薄的怨气烟消云散，原谅了哥哥所有的不争。

哥哥再送钱来的时候，卫青坚决不要。说这阵单位涨工资了，奖金也不少，她和卫东用，还行，挺宽裕。等赶上事，需要用钱，她肯定跟哥哥开口。

以后，逢遇上事，钱见了底，实在没辙的时候，卫青就跟嫂子开口。卫青也想过跟爸爸相熟的陆伯伯家借钱，又担心嫂子借题发挥，说卫青四处借钱，是故意给她这个当嫂子的不好看，街坊邻居们以为嫂子不管姐弟俩呢。

嫂子倒是从来不说不给，但是脸上的那种神情不阴不阳的：卫青啊，可别说借，要是传出去，别人会怎么议论我这个嫂子。卫青每次借的并不多，三十、五十都借过。嫂子把几张钞票轻飘飘扔到茶几上，还附带着数落卫青几句，说过日子得细着过，哪能整天这样吃了这顿没下顿的。

眼见着卫东就上初中了，个子一下子蹿高了不少。他的脚长得可真是快，前几个月买的鞋，眨眼间就顶着脚趾头了。还有衣服、裤子，也是变戏法似的紧了，短了。卫东初二暑假的时候，因为学习成绩优异，被推荐参加省里组织的科技夏令营，去北戴河。姐弟俩高兴之余，卫青又发起了愁。卫东出趟门，怎么也得置办一身像样的衣裤鞋袜，别的同学们都有父母给准备，收拾得光鲜，卫东也不能太寒碜。还有，到了北戴河，肯定是要游泳的，怎么也得给卫东买条游泳裤。还有路上，还得给卫东准备一些吃的喝的。这么一算下来，也是笔开销。

　　家里的钱怎么算都不够，想了半天，卫青还是决定去向嫂子借钱。这一阵，朵朵上幼儿园了，全托，早上送，晚上接。嫂子挺自在的，常约了一帮人在店里打麻将。

　　去丽华超市的路上，卫青的心一直紧攒着，像握紧的拳头，舒展不开。嫂子那天可能刚输了钱，心情不爽。见了卫青，脸更不好看了。她从收银台抽屉里拿出几张零票，说今天就没大有生意，就这么多，拿走吧。卫青转身的时候，不知是风刮的，还是什么，门重重地"咣当"一下，关上了。夏日正午的太阳毒辣辣的，照得人睁不开眼，热气熏得人喘不上气，可卫青觉得每个毛孔都往外冒着冷气。

　　让钱难为着的卫青，一直琢磨着怎么挣点钱补贴家用。以后的日子还长着，将来卫东的开销会更大，指着自己这点死工资咋也不行。一开始卫青帮烧烤摊串肉串，轮休时帮饭店后厨洗菜刷碗。她选的这两个地方离家挺远，她不想让认识的人看见。最初干，是有些难为情的，有些抹不开。况且总是有人过于好奇地问这问那。因为在烧烤摊、饭店后厨干活的，都是从农村过来打工的。卫青可是土生土长的城里人，又有正式工作，咋还下了班再往这赶。这活可不是啥好活，又累又脏的，像卫青这个年龄的城里小姑娘，有几个能吃得了这份苦的？面对过于关切的询问，卫青不想跟祥林嫂一样，一遍遍述说自己的不幸。只是说家里需要用钱，钱紧。卫青不爱说话，只是一个劲闷着头干活。那一双原本细嫩白皙的手，没多久便粗糙得不像样子。卫东发现了，问卫青的手怎么了。卫青说，这一阵单位上活多，干活干的。

后来，卫青不去了，倒不是因为卫青怕吃苦。她是觉得烧烤摊、饭店毕竟人多嘴杂，久了，总会让人知道。尤其，她不想让卫东知道。再说，离得太远，每天骑车子来回，不安全不说，费时间费体力，照顾卫东也不方便。

在家里揽点活最好。于是卫青就揽些缝制小玩具、做绢花之类的手工活，按件计钱。晚上，卫东复习功课，卫青就安静地做手工活。有时，卫东复习完功课，也过来帮姐姐一起干。姐弟俩一边低声说着话，一边手里忙活着。就这样，客厅里那盏橘黄的灯光陪伴着姐弟俩，度过了一个个宁静而忙碌的夜晚。

卫东上高中那年，卫青跟同事们聊天的时候，听同事提到了毛衣编织机。那时，毛衣编织机还是个新鲜玩意。手工织毛活太费劲，买成品的羊毛衫、羊毛裤，价格昂贵不说，羊毛真实含量也让人不放心。买好毛线送到店里用机器织，加上加工费，也比买成品实惠不少。凭着女孩子的直觉，卫青觉得毛衣编织蕴藏着可喜的商机，如果做好了，比做那些手工活实惠多了。

卫青着实考察了一番，她转遍了安城，找到两家毛衣编织店。她装成要在店里加工毛衣的样子，挨件翻看店里挂着的已加工好的毛衣，店主编织毛活时，她站在旁边仔细地看，毛衣编织机的构架、型号，她心里有了大致的底。在店里，她不可能逗留太长时间，要是店主察觉了，会不愿意的。

这两家毛衣编织店，生意都不错。卫青看到店里案板上堆满了等着加工的毛线。想了好几个晚上，卫青辗转难眠，终于决定，买一台毛衣编织机！

买编织机的钱可是个大数，加上缝合机，近小万数块钱呢。跟哥哥商量，哥哥说，老天哪，这么多钱！万一做砸了，不得全赔进去？这一次，卫青也不知从哪来的勇气，执意要买，简直有些破釜沉舟了。她横下心，厚着脸皮，嫂子、陆伯伯、同事……能借的，卫青都借了个遍。

她把靠近门的那间卧室收拾出来，编织毛衣用。费尽周折，终于把这一套大家伙请回家后，除了上班，给卫东做饭，她的精力全都用在它身上。卫青知道，自己是背水一战，只能成功，不许失败。

对照着说明书，卫青一次次地试。加放多少的量，每种毛线编织后的行数和针数，每个花样的行数和针数，线的松紧度等等，无数次的反复试验，卫青总算摸索出一些门道。

卫青动脑子。她先逛服装店，把店里时尚的新款毛衣都看一遍，回家根据记忆迅速画出毛衣的式样，再比对着毛衣编织画册，对毛衣款式重新设计、改良。她编织的毛衣样式新颖，花样别致。如果毛衣完工了，还剩一点线，卫青就会琢磨着再额外织一顶配套的帽子，或是小手包，这些配饰，卫青是不收取手工费的，所以大家都愿意到卫青这来。卫青还买了一些五颜六色的蕾丝花边，毛衣完工后，卫青会比对颜色，挑选色彩搭配相宜的，在袖口、领口处缝缀一圈漂亮的蕾丝花边，让整件毛衣增添了柔美飘逸的味道，常常让过来领取毛衣的顾客欣喜不已。

秋冬季节是毛衣编织的旺季，这个时段，卫青常常忙到深夜一两点。困极了，就趴在线团上打个盹。醒了，再继续干。早上还是依然要早起，给卫东做早饭。尽管忙，卫青还是挤时间给嫂子一家，还有卫东，各织了一件时尚洋气的毛衣。

来卫青这编织毛衣的顾客越来越多，大部分都是回头客。有了固定的客源，生意还是很不错的。卫青陆续还完了买机器借的钱。以前从嫂子那借的钱，一笔笔的，卫青都记在小本子上了。这一次，卫青也一下子都还了。

剩下的钱，卫青存到了银行，有了姐弟俩的第一张存单。这张存单，对卫青来说，是具有里程碑意义的。她翻来覆去地抚摸着这张存单，这张存单让她信心倍增，底气十足。卫青把存单放在父母相框前，让父母看一看。她相信，以后的日子，她凭借自己辛勤的劳动与付出，会换回一张又一张的存单。这些存单，会最大程度地帮助她和卫东从容面对未来。"未来"，曾经多么让卫青窘迫而恐慌的一个词，现在，突然换了一副面孔，居然也温情脉脉了。

有钱压家底的感觉真好。啥时缺钱了，就能随时取出来用。终于，再也不用那么为难，那么低声下气地借钱了。

五

时间就像卫青手下的毛线团，轻轻一拽，就骨碌碌跑远了。卫东如愿以偿考上了北京的大学，朵朵也已经 10 岁了，乖巧伶俐，读小学三年级了。接到录取通知书那天，一向节俭低调的卫青叫上哥嫂一家到饭店庆祝。那天卫青很开心，破例喝了一杯白酒，脸上漾着绯红，一直在笑。卫东穿着浅灰色的 T 恤，外面罩一件绿格子的棉布衬衫，下面一条浅蓝色的牛仔裤，阳光，帅气，挡不住的青春气息扑面而来。真快呀，卫东都长成大小伙子，比自己都高出近两头了。卫青揽着朵朵，蹭着朵朵的脸蛋说，朵朵，好好学啊，跟你小叔一样，往北京考，首都啊。

卫东去北京念大学了，屋子一下子空荡下来。不用忙活着照顾卫东了，闲下来的卫青似乎还有些不适应。有时，卫青站在窗前发呆，觉得空落落的，些许的茫然。

窗外，楼下的小广场有老人们散步，有的老人腿脚不便，颤颤巍巍地走着。卫青想，爸妈要是活到现在，也是这样的年纪了。

那年爸妈掉进深塘，肯定也是大声疾呼过，而寂静的黑夜，却无人应答。深秋时分，池塘的水，该是冰凉刺骨吧？爸妈在挥臂挣扎的那一刻，最挂念的，该是在家的三个孩子，该是怎样的绝望、无助与揪心。想起这一幕，心悸、心痛如潮水般席卷着卫青，让她窒息。那年深塘冰冷的水，一次次漫过卫青，淹至头顶。入骨的寒彻，不停歇地袭来，她溺在其中，不能呼吸。

跟同事们闲聊，有同事皱着眉说家里老头老太烦死人了，天天唠叨，不放心这，不放心那；有同事不耐烦地说，家里老人病倒卧床，照顾起来啥时是个头？卫青心里没来由心酸，有人唠叨，有人惦记，是多幸福温暖的事。这么多年，一直扛风扛雨，冷暖自知，薄凉味道只有自己心里明白。如果爸妈在，哪怕爸妈苍老羸弱，或是因病行动不便，迟钝呆滞，都不要紧，卫青愿意倾自己所有照顾、呵护他们，只要他们在，这个家，就是圆满的，齐整的。

唉，卫青长长地叹口气。

卫青清楚地记得，很早以前，所住的家属院后面，是一大块空地。从大院出来后，一直往东走，就是成片成片的田野。那时，一家人常在晚饭后出来散步。在卫青的脑海里永远定格着一幅画面：绚烂的晚霞在天边涂抹出七彩织锦，舒爽的风轻轻吹着，溪畔边青草的气息，柔润、腥甜，湿湿地扑在脸上。卫东穿了一条前面绣着小白兔的背带裤，蹦蹦跳跳。哥哥走在妈妈的一侧，虽然不多说话，嘴角却绽出不多见的笑容。爸爸披着藏青色的中山装，一只手领着卫青，爸爸的手掌阔大温暖，焐得卫青小小的手心里出了汗。爸爸扭头跟妈妈低声说了一句什么话，妈笑了。风吹过来，吹起妈颈间系着的鹅黄色的纱巾，轻轻飞扬。真好看，像仙女一样，卫青心里这么想着。挣掉爸的手，跑到妈那，要妈脖子上的纱巾，也要当仙女。

走到一个小土坡的时候，孩子们期待的眼神不约而同转向爸爸。迎着孩子们的目光，爸爸却依然不紧不慢的，跟妈妈说着话。卫东急了，跑过去拽着爸爸的手，晃着。爸妈都笑了。爸从衣兜里掏出几个土豆，或是几个地瓜，或是一把花生，有的时候，干脆就是几片馒头片，孩子们一下子雀跃起来，熟门熟路地去捡柴。家里再平常不过的食物拿到外面来，就有了不一样的风味。柴火点起来了，发出噼里啪啦的声响，像一首动听的歌谣。火光映红了一家人的脸庞，天边的晚霞好像飘到了每个人的脸上。食物烤熟的香味出来了，越来越浓郁，一直钻进人的五脏六腑。

这个画面烙在卫青脑子里，午夜梦回的时候，一遍遍地，如电影胶片般来回播放，一遍遍让卫青泪流满面。

这几年忙着毛衣编织，卫青的眼睛都累得不行了，还有颈椎，也是常常酸疼。卫东上大学后，就对卫青说，别接毛衣编织的活了。他在北京边上学边找活干，没问题。卫东大二后，就没从卫青那拿过钱。他说他利用课余时间找了好几份家教，足够他的生活费用了。这几年，卫青的工资也翻了几番，卫青明显感觉到压力小多了。不过，卫青还是继续做着毛衣编织的活，她在想，现在吃穿虽不用愁了，可用钱的地方还多着呢。卫东工作后，没几年就要结婚了。现在结一个婚花费太大了，她得早备着。

卫东毕业后，进了北京一家大企业，待遇很好。卫东，一米八三的个头，高大挺拔，标准的衣服架子，穿什么都能穿出味道。卫东要好，爱体面，衣服、裤子总是叠得横平竖直，把自己收拾得利利索索。上大学后，卫东常穿白色的 T 恤，浅色休闲裤，啥时见了，衣裤总是整洁一新的样子。工作了以后，卫东给自己买了两套做工精良的商务西装，穿上后，更把卫东衬托得气宇不凡。

休假的时候，卫东会坐火车回来看望姐姐。有时，姐弟俩会去菜市场买菜，卫青在柿红椒绿的菜摊前挑挑拣拣，称好了，便放进卫东提着的菜篮里。回来的路上，卫东提着满满一篮子鲜嫩的菜，都是他爱吃的。上午，晴好的阳光暖暖地照着，卫青侧过脸，卫东眼神晶亮，发间跳跃着明晃晃的阳光；还有，脸上的绒毛微微颤着，青春的光彩蓬勃而出。卫青想，要是父母看到卫东这个样子，会多欣慰啊。

晚饭后，卫青会带着卫东在小区里散散步。街坊们见了高大英武的卫东，免不了一番夸，问起卫东在哪上班？"北京。公司还凑合。卫东还年轻，慢慢混吧。"卫青尽可能让口气平稳而清淡，但眉梢的喜悦是掩不住的。

六

一天下午，快下班的时候，哥哥打电话到卫青单位，说晚上带人去卫青家吃饭。卫青一看时间也不早了，就在下班路上买了几样小菜。哥哥偶尔会带相熟的伙计来家吃饭。男人嘛，谁没有一些应酬，你来我往的。嫂子顶烦下厨房做饭，自打开了丽华超市，基本上每天都在店里，更有了不做饭的理由。现在朵朵上高中了，寄宿制，半月才回来一趟。卫青念及哥哥一个男人整天买菜做饭，每次做饭多炒两个菜，喊哥嫂过来一起吃。嫂子嫌去卫青家远，说来回路上的工夫耽误生意，让卫国吃完饭，给她带点就行。嫂子的饭菜，卫青预先拨出来，放到饭盒里，哥哥吃完给嫂子带去。

卫青的厨艺是练出来了。这么多年，跌跌撞撞着，撑着门户过日子，啥不得自己长着心，摸索着。从最初进了厨房一片茫然，不知道先干啥后干啥，到现在煎炒烹炸，很利索能整出一桌色香味俱佳的菜肴。哥哥胃不好，卫青每天都要熬粥，小米粥、玉米粥、地瓜粥……卫青熬粥，火候把握得好，黏稠浓香，哥哥每次能喝两三碗。跟卫青在一起，卫国依然话很少。卫青问一句，卫国答一句。卫国吃饭还是老样子，低着头只是扒饭，菜很少吃。卫青端起盘子，往哥哥碗里一个劲地拨菜，哥哥嘴里含着饭，含混不清地说，够了够了。唉，哥哥呀，从小在外面没少受奚落、委屈，家里虽有父母疼着，可也明白父母眼神里的无奈与叹息。到了婚配的年龄，遇到了嫂子，轻而易举地被嫂子牵着鼻子走，自己不敢有任何主张，洗衣、做饭、照看朵朵，嫂子以盯在店里为由头，都推到哥哥身上。好在现在朵朵出去上学，哥哥可以轻松一下了。

哥哥也有高兴的时候。哥哥在厂子里也有几个不错的老伙计，卫青也认得。有时，哥哥带着他们几个来卫青这吃饭。卫青每次尽心尽力地张罗，他们都夸卫青的厨艺好。哥哥几杯酒下肚，话就多起来，跟老伙计们聊这聊那，很开心的样子。看着哥哥难得的开心，卫青再忙活得腰酸背疼，心里也释然了。

卫青一进家门，就钻进厨房忙活开了。以前哥哥带人来吃饭，都会提前告诉卫青。这一次，都快接近饭点了才说。心里正埋怨着哥哥呢，门口响起了敲门声。当认出哥哥身后站着的人是戈亮时，卫青还是吃了一惊。

　　戈亮是哥哥的发小，小学、中学都在一个班。戈亮家以前也住在幸福小区。那时，戈亮常上家里来，跟哥哥好得像一个人。因为哥哥的跛腿，因为他老实少言，逆来顺受的性格，哥哥没少受戏弄和欺侮。戈亮，常在哥哥身边的戈亮，无疑充当了保镖的角色。因为这，卫青一家都是充满感激的。因而，戈亮在卫青家是很随意的，赶上饭点，就跟着一起吃，也不外道。卫青挺喜欢这种感觉。卫青常想，哥哥和戈亮两种性格，怎么会成为好朋友。戈亮跟哥哥不一样，戈亮敢想敢干，卫青想吃河里的泥鳅，想吃树上的槐花，戈亮撸起袖子就上。

　　戈亮聪明，满脑子的奇思妙想。记得小时候，戈亮把一根细细的竹竿锯成长短不一的段，由空心处串过细绳连接起来。组合成一个小木偶，两手提着余出来的细绳，拽拽拉拉，小木偶就能做出各种不同的动作。这个木偶让卫青对戈亮崇拜得不得了。戈亮也做坏事，一次，哥哥班里的大勇子欺负哥哥，尽管戈亮帮着哥哥，可大勇子他们仗着人多，戈亮和哥哥挨了不少拳头。气不过，戈亮偷偷逮住大勇家的那只最肥的芦花鸡，宰杀干净，叫上哥哥和卫青，跑到大野地里，给鸡抹上黄泥巴，架到火上烤。真香啊，扑鼻的香气现在卫青还忘不了。三个人围在一起，开心而解气地吃着"泥巴烤鸡"，快乐无比。

　　哥哥初中毕业后招工上了班，戈亮上了高中。就在戈亮上高中的时候，戈亮父亲调动工作，去了另外一个城市，就联系很少了。后来只是听哥哥偶尔说起，说戈亮考上了南方的一所大学，毕业后就留在那个城市了。

十多年了，戈亮的皮肤还是一如既往的黑。身材比以前魁梧敦实了，胳膊、腿还是依然瘦长，卫青还记得，因为戈亮瘦长的四肢，他有个外号叫"螳螂"。开玩笑的时候，他还是喜欢微低着头，眼光稍稍朝上，一脸的坏笑。只是，他的口音变了，带着那座南方城市的口音。

卫青把几样熟食、小菜端上了桌。酒也打开了。卫青今天也破例坐下来，端起一小杯白酒，轻轻地抿了一口，浓醇的酒香在唇齿间漫延开来。时间过得真是快，三人一起感慨着。想起那年三人一起吃"泥巴烤鸡"的情景，就像在昨天。

卫青想起啥似的，起身到厨房，从冰箱里拿出一小把香椿，洗净，切碎，放到打散的鸡蛋液里，上油锅炒。香椿炒鸡蛋端上桌的时候，戈亮笑了。这是他爱吃的，卫青记着呢。

戈亮说，他父母就要退休了，打算再搬回安城住。他自己厌倦了朝九晚五的上班族生活，已停薪留职，自己做建材方面的生意。经过几年的摸爬滚打，生意渐入佳境，最近刚在省城开了分店，省城离着并不远，百十里的路程，开车一个来小时就到了。这次来省城，顺便回安城一趟，转一转，看看这座伴随自己长大的小城，看看曾经的伙伴们，留意着给父母选一套楼房。

这个晚上，他们聊了很多。哥哥问起戈亮的婚姻，戈亮说离了，没孩子。临散场的时候，卫青说，今天太仓促，改天邀请戈亮再上家里来，她好好准备一下。

过了大约半个月，哥哥告诉卫青说这个周五戈亮要来，说聚一下。为了这次聚会，卫青早就着手准备了。她从菜市场买回一指长的小鱼，这些小鱼择洗起来麻烦异常，剖膛去鱼鳞，一道工序都不少，卫青站在水池子边上，弓腰弯背大半天。收拾干净后，卫青用保鲜袋装好，放到冰箱里。

戈亮来的那天，卫青提前下班，在家里忙活开来。那天，戈亮和哥哥进门的时候，卫青已经把一桌菜肴做好了。干炸椒盐小鱼、韭菜茄盒、凉拌海蜇头、梅菜扣肉、豆干芹菜、青椒爆腊肉。戈亮每吃一口，都会煞有介事地说一句："就是这个味!"惹得卫国、卫青哈哈大笑。他们三个人围坐在餐桌前，喝着聊着，卫青又像回到小时候，那段无比快乐、温暖明亮的时光。

戈亮说，他觉得安城东边的开发区，环境幽雅，挺不错的，在那选套房子，应该不错。

戈亮在省城的分店刚起步，很多事情需要戈亮打理。戈亮这段时间，省城、安城来回地跑，来安城的时候，常上卫青这来。有时候跟哥哥一起，有时自己。

与戈亮的邂逅，让卫国、卫青兄妹有久违的亲切感，他们并没有因为十多年的分离而感到生分，反而曾经一直都在心底的那份情谊，因了岁月的酿制，更为醇厚。

周六下午，三人在卫青家包饺子，卫青擀皮，哥哥和戈亮负责包。哥哥单位来了电话，让哥哥紧着去厂里一趟，临时有活。屋里就剩下卫青和戈亮了。刚才三人一直有说有笑的，哥哥一出去，屋里霎时安静下来，擀面杖在面板上滚动的声音，汤匙舀馅碰擦盆沿的声音，一下下的，搅得气氛发酵般，起了微妙的变化。没来由的，卫青有些心神不宁，起身说到厨房先烧上水，慌乱中，没放稳擀面杖，"当"一声落在地上，赶紧弯腰去捡，戈亮也弯腰去捡，两人的手几乎同时抓住了擀面杖。两人的手碰到了一起，卫青的脸一下子红了。卫青的手腕被温热有力的手掌牢牢攥住，继而被揽进怀里，卫青只听到两颗心"咚咚咚"跳得厉害，恍惚的刹那，听到戈亮不容置疑地说："卫青，答应我，我要跟你在一起!"

就这样，爱情不知不觉地就来了。天是蓝的，云是白的，树是绿的，卫青看啥，啥都那么入眼入心地好。就连那盆天堂鸟也新长出了两簇新叶，嫩嫩的绿，舒展的叶片，看着就养眼。一朵朵花，伸长了脖颈，翘首企望，想迫切地找人诉说。快飞吧，振翅的鸟，快飞到天堂给爸妈带个话，告诉他们，我现在很好，真的很好。

曾经十八九岁的年纪，芬芳四溢的季节，也有条件不错的小伙子跟卫青表示过。那时候，卫东初中还没毕业，将来高中、大学的，还需要不小的花销。还得自己豁出心思挣钱。卫青想，自己要是谈恋爱了，难免会分心。自己带着卫东，负担重，日子久了，看人眼色，不如自己心净。还是等将来卫东成人了再说吧。于是，一拖再拖，等卫东大学毕业后，有了稳定的工作后，卫青才蓦然发觉，自己已近三十岁了。日子怎么这么快!一不小心，就滑过去了。有时在街上，看到年轻的恋人相偎相依，周围的空气都溢满了蜜糖的味道，这味道让卫青浮起一缕缕惆怅。

卫青觉得，爱情对于自己，是奢侈品。这么多年，她一直依靠的是自己的肩膀。戈亮来了，卫青觉得是生活的恩赐，那些孤单无依的日子结束了，生活终于对她展开了欢颜。心里一直荒芜的这块地，如今淌着一条澄澈的溪流，溪流两畔绿草茵茵，阳光普照，就连走路时也像踩在云端，美好而不真实的感觉，常让卫青恍惚。那条溪流在卫青心里淌啊淌，淌遍她身体里的各个枝节末梢，她眼神明亮、柔软，唇边也常常泛起水花般的涟漪。难怪朵朵每次回来，都惊呼，姑姑越变越年轻越漂亮了。

戈亮公司驻点虽然在省城，但是为了谈项目，戈亮常天南海北地四处跑，上午还在北方小城，晚上也许就到了南方都市，不管到哪，晚上，戈亮总会给卫青电话。每天至少一个电话是必不可少的程序。

只要不出差，在省城办公的话，戈亮会开车赶回来，陪卫青吃晚饭。二人世界的晚饭是浪漫的、宁静的、妥帖的。精心准备晚餐的卫青忙碌着，幸福着。卫青最喜欢冬天吃小火锅，锅里咕嘟咕嘟翻滚着绿的菜叶、白的豆腐、红的羊肉、黑的木耳，热烈而恣意。温一壶黄酒，两人坐在窗前的饭桌前，慢慢地喝，慢慢地吃。窗外，大雪纷飞，大片大片地往下坠，有不可言说的美。不一会，树丫间便落了厚厚的雪，终于，那根斜逸着的瘦伶伶的干树枝承受不住，"咔嚓"一声，断了。喝了几杯黄酒的卫青，脸颊浮起两朵绯色的云。躲开戈亮的目光，起了兴致的卫青拉着戈亮，跑到外面。雪花静静地飘，飘到发间、眉毛、衣领，厚厚的积雪，踩上去"咯吱咯吱"地响，雪地上留下深深浅浅的脚印。

戈亮在安城开发区买了两套房。一套房给戈亮的父母，老年人不喜欢爬高，戈亮选了一楼。另一套房是六楼，房型是卫青喜欢的复式结构，有着宽敞明亮的落地窗，开阔的露台，卫青很满意。两套房在一个小区，戈亮说住得近，两头都能照顾得上。

那天看完房后，戈亮就把房产证交给了卫青。房产证上赫然写着卫青的名字。自两人计划结婚开始，戈亮就把一大串沉甸甸的钥匙交给了卫青，戈亮一把一把钥匙地交代给卫青，这把是咱新房的钥匙，这把是我办公室的钥匙，喏，跟办公室钥匙放一起的，是我办公室里抽屉、柜子的钥匙。还有这一把，你得拿好了，这是保险柜的钥匙，保险柜里有银行存单、股票证券、珠宝……戈亮一样一样地交代，卫青心里，如一滴水落在宣纸上，一点点洇开，温润潮湿。存单上的数字是卫青从来没敢想象的。她知道做生意的艰辛，戈亮的奔波与劳顿，她是看得见的。戈亮一个又一个的电话，电话里生意双方无休止的商讨、谈判、定夺……卫青都替他头疼。戈亮的繁忙，让卫青心里有细细的疼。卫青知道，戈亮的生意里，有灰色的东西在，这又能怎么样呢？现在做生意的，哪那么好做？

人们都喜欢钱，卫青也不能免俗。以前，爸妈在的时候，卫青是无忧无虑的，吃的，穿的，啥也不用愁。爸妈早就备好了呢。父母的早逝，让卫青过早地体会到了尘世炎凉。曾经来人不断的家里，霎时冷清下来。还有老家那些亲戚，以前都一窝蜂地往家凑，爸妈走了后，看着未成年的姐弟俩，都一个劲地往后躲，生怕沾上什么。当然也有好心人，大院里的陆伯伯，还有顾阿姨，三天两头地过来看姐弟俩。做了好吃的，就给姐弟俩送过来。逢年过节的，就喊着姐弟俩一起吃饭。别人给予自己一点一滴的恩，在卫青心里都会刻着，记着。

这一大串钥匙，是一个闯荡商海的男人的身家性命，在这样一个喧嚣浮躁，到处充斥着戒备与诱惑的当下，一个男人毫无保留将自己的身家性命交付给自己。多少年来，没有了父母的庇护，自己一直卑微着，强大着，冷暖自知，对这样一份巴心巴肝的情意，怎不让卫青动容。卫青心里暗暗发誓，要一辈子陪伴这个男人，直至终老。

卫东工作后的第二年，卫青去了一趟北京。卫东邀约好几次了，说让卫青来北京转一转。在电话里，卫东给卫青讲香山的红叶，讲天坛公园，讲长城……卫青也想着去北京看一看，看看卫东工作的地方。那年秋天，卫青坐了八小时的火车，到了北京。在北京出站口，远远地就看见卫东在等着了。高高大人的卫东，使劲地挥着手，生怕卫青看不见他。见面的一瞬间，卫东兴奋之余，居然一下子把卫青抱了起来，卫青都不好意思了。这卫东，还跟孩子一样。

卫东所在的公司在一座气派的大厦里，离天安门广场才四公里。大厦表层镶嵌着古铜色的窗框，茶色的双层玻璃，太阳光一照，通体熠熠生辉。阳光下，卫青眯着眼，一遍遍仰视这座三十多层的大厦，想着卫东能在这么气派壮观的地方上班，心里自豪得不行。卫东住的一套小公寓是跟另外两个小伙子合租的，房间还不错。虽然面积不大，但卫生间、厨房都配备齐全，挺方便的。卫东给卫青订好了酒店，离住的公寓楼不远，酒店干净舒适。卫东给卫青定的这一间，视野开阔，站在窗前能看到北京城的夜景。当年卫青妈妈一直有个夙愿，想到首都北京来看一看。记得爸爸说，等卫青考上大学后，暑假就带着一家人来北京。晚上，看窗外灯火璀璨，车流浩荡，卫青久久地凝视着，眺望着，百感交集，恍如隔世。

在北京的几天，卫东专门请了假，领着卫青跑了好多地方。这是卫青第一次来北京，曾经卫东在电话里描述的那些地方，他们都去了。秋天的北京，绚烂着，寂静着，高远着，有大气的美。卫青看着跑前跑后对自己呵护有加的卫东，觉得卫东真长大了。逛街的时候，卫东给卫青买冰糖葫芦、买烤肉串、买桂花糕，带她去吃全聚德烤鸭、冯家爆肚……恨不能让卫青吃遍北京的小吃。在王府井百货大楼，卫东执意要给卫青买一只玉镯。清雅的绿渗透着温润的光泽，戴在腕上，有凉意沁入肌肤。

卫青想自己这次来，又玩又吃又住的，再加上这只玉镯，卫东攒了好几个月的钱都得搭上。卫青要买单，卫东随即耷拉下脸来，不高兴，一副受伤的样子。卫青知道卫东的心意，也不再勉强。

七

嫂子丽华近两年好像也改了脾性，跟卫青也空前热络起来，时不时地来卫青家坐坐。丽华的眼神带着钩，每次到卫青这来，眼风到处瞄。"呦，青，这是刚买的项链？不错呢！配我那件连衣裙正合适。""你从哪买的沙发巾，家里的那套沙发巾早就想换了，就是店里太忙，出不去门。"……每次，卫青就笑着说："嫂子，你看着好，拿去就行。"丽华推辞几下，瞬及便眉开眼笑地放到自己包里。

闲聊的时候，嫂子总是有意无意提及哥哥的胃病，无非是胃病需要好生养着，不能着急上火。胃病养起来，一年到头得花费不少呢。嫂子记性好，哪次去医院开药，哪次住院，花了多少钱，都记得清清楚楚，一笔一笔地，在卫青面前，一一报来。

戈亮没少照顾丽华超市的生意。戈亮的几个关系铁的哥们，或自己开公司做生意，或在单位有公职的，凡是需要给员工搞点福利的，戈亮打好招呼，让他们从丽华超市拿货。这一下，丽华超市的营业额呼呼往上升，丽华自然乐得梦里都忙着数钱。见了戈亮，丽华老远就送上笑脸。

戈亮的父母，卫青小时候见过。戈亮的父亲是技术干部，带着一副厚厚的眼镜，走路的时候常低着头，像随时随刻都在思考。戈亮母亲也是职工，不太爱收拾，烫过的头发终日毛毛躁躁，像从来没梳理过，衣服就像随意裹在身上一样，也不讲究个腰身、款式。卫青印象中，那时戈亮不是一身绿色的军装，就是一身蓝色的运动服，也是大大咧咧的，有时衣服脏得看不出模样了，也不换。有时卫青妈妈看不过去，就让戈亮脱下来，换上卫国的衣服，给戈亮洗。

戈亮跟卫国天天在一起，是哥哥的"保护神"，卫青的父母心里是清楚的，所以对戈亮，有着特殊的厚爱。卫青妈妈给卫国做新衣服的时候，也会给戈亮做一身；家里做好吃的，也会喊着戈亮来。戈亮也愿意待在卫青家，听戈亮说，他妈妈不太会做饭，一家人常吃食堂。现在想来，当初戈亮愿意在卫青家逗留，很大一部分原因是卫青家里浓厚的"家"味，吸引了戈亮。

戈亮前妻的父亲曾是戈亮单位的领导，他看中了戈亮，把女儿许配给了戈亮。前妻长得挺漂亮，个头也适中，家境又好，戈亮没理由拒绝。戈亮的仕途也会伴随着这段姻缘的敲定而发生本质的变化。

结婚后真过了日子，戈亮才发觉当时的决定太片面性，太仓促了。前妻从小娇生惯养，嫁给戈亮让她颇有些"下嫁"的感觉，况且她又觉得戈亮如今的一切，都是她给予的，所以她在家里始终是一副居高临下，颐指气使的样子。戈亮不能忍受，终于在一次激烈的争吵后，戈亮决定辞职，自己下海单干。

卫青想，戈亮也是不易的。从小，虽说父母双全，还是双职工，可是来自家庭的温暖并不多。大学毕业后，虽说做了单位领导的"乘龙快婿"，让不少人羡慕，可实际上婚后日子没过一天舒坦的。

所以，戈亮遇上卫青，他认准卫青能安放他那颗一直漂泊的心，能让他靠岸，能让他休憩。这几年做生意，他跑东跑西，见惯了灯红酒绿，喧嚣浮华，他多么希望在他挂满一身尘土返程的时候，有一个安静温暖的地方始终为他留着一盏灯，有一个安静温暖的人在等着他。当这一幅幅画面在脑海里重叠至模糊的时候，一个人的面容却越来越清晰，他看清了，是卫青。

和卫青走到一起，两人都有惺惺相惜的感觉，在幽微的尘世，能有另外一颗心切切实实地牵挂着，惦记着自己，怎不让人心生融融的暖意。她与他，是知根知底的，彼此是彼此最为稳妥的归宿。

八

卫东出事那天，是个周日的下午，还有二十多天就要过年了。那天，卫青正用细软的纱布蘸了啤酒，擦洗天堂鸟绿色的叶片。用啤酒擦过的叶片油亮翠绿，一片葳蕤。

电话骤然响起来的时候，吓了卫青一跳，手一抖，蘸了啤酒的纱布竟然掉在了地上。电话是卫东的女朋友晓芸打来的。晓芸在电话里音都变了，叫了一声姐，就哇地哭开了。

从知道卫东出车祸，到火速赶往北京，奔往医院，卫青的大脑空白一片。好在有戈亮在身边。交通事故的后续处理，医院里烦琐的一道又一道的手续，都是戈亮奔前跑后。卫东昏迷了九天，然后被推往重症监护室。最终好歹捡回一条命，但是双腿高位截肢。

从医院出来后，卫东就一直住在卫青这。卫青把家里面积最大、采光最好的一间卧室收拾出来，给卫东住。看着卫东空荡荡的下肢，卫青的心，碎成了粉末。

本来，今年戈亮是打算带着卫青去海南过年的。从北方长大的卫青，对海南的椰林、碧海、沙滩充满了向往。戈亮说起要到海南过年的计划时，卫青心动之余，又很纠结。每年过年，哥哥一家，还有卫东，都是在卫青这过年。过年这段时间，卫青最忙碌。一大家子人凑到一起吃饭，细细碎碎的地方，吃的、喝的、用的、摆的，都得考虑到。

究竟是在海南过年还是在家过年，在这个问题上，卫青一直犹犹豫豫的。那天卫东一个电话过来，说要带晓芸回来过年，卫青立马决定不去海南了。今年国庆节的时候，卫东带晓芸回来过，这是卫青第一次见晓芸，卫青很满意。晓芸，准弟媳妇，地地道道的北京姑娘。妈妈是医生，爸爸是教授，书香门第。晓芸皮肤白白的，说话柔声柔气的，像个瓷娃娃，跟高大帅气的卫东站在一起，咋看咋般配。两人处得挺好，计划着明年就结婚呢。在家这几天，卫青跟晓芸聊得很愉快，很融洽。他俩这次回来，卫青准备好好跟他们俩聊聊结婚的事，卫青心里一直搁着这事呢。凡能想到的，卫青都记在小本子上了，到时，一大家人凑一块，好好商议商议。

决定在家过年后，卫青就一门心思忙活开了。风干鸡、麻辣牛肉、搓萝卜干咸菜……都是饭桌上最受欢迎的。卫东最爱吃香肠。现今，啥都便利，一入冬，街面上就有摊贩支起灌制香肠的机器。买好了猪肉，拿过去，摊贩绞肉、调味、灌制，很方便。可是卫东就喜欢吃卫青自己灌的。卫东嘴刁，一尝，就知道是不是卫青亲手做的。食物准备得不少了，窗户外面都挂满了。香肠、板鸭、腊肉……琳琅满目，把防盗窗的窗棂间隙塞得满满当当。阳台窗户外面的铁丝上，还搭着一排雪里蕻。雪里蕻是备好了做扣肉的。卫东吃这道菜，喜欢把热腾腾的馒头从中间掰开，夹一筷子咸香的雪里蕻，再夹一片油汪汪的肉片，放到馒头里，然后捏扁了馒头大口地吃。卫青最爱看卫东吃饭的样子，从小就是狼吞虎咽。卫青倒一杯温水递过去，笑着说，慢点吃，还大城市的白领呢，一点也不斯文。哦，对了，米酒也要做一些，米酒汤圆是晓芸和朵朵最爱喝的，甜甜糯糯的，冬天喝了，暖身又暖胃。

过几天，把窗帘、沙发巾、床单都扯下来洗洗，房间的边边角角也要打扫一下。这一大堆活一定要在下周前完成。哦，想起来了，朵朵早就跟她说好了，说这些活等她放假回来跟姑姑一起干。朵朵下周就放假了。这孩子越来越懂事，没白疼她，知道帮着自己分担一些家务了。

等卫东带着晓芸回来，卫青的主要任务就是好好陪着他俩，说说话啥的，主要是定定明年结婚的事。这可是程家的大事，哪道程序都得推敲拿捏好了，不能出岔子。卫东这孩子，上了犟脾气，非得让卫青戈亮先结婚再说，还笑着对卫青说，要不咱姐弟俩选个喜日子一块办，一个嫁，一个娶，多热闹！

自卫东的婚礼提上日程后，卫青一直没闲着。被子已经做好了，被面是卫青亲自选的。有百子图、花开富贵、喜鹊登枝、年年有鱼……大红、艳绿、明黄，都是鲜亮的颜色，无一例外地，都是一团的兴旺热闹。卫东一开始就对卫青说，姐，做两床被子就行，晓芸她家里早备下了。卫青想，人家是人家，咱是咱。越是父母不在了，这些礼数上的事，更不能马虎。做被子的时候，按照家乡的习俗，卫青选了双月的双日子，请了曾经跟父母相熟的婶子大娘来家。这几位做被子的婶子大娘，卫青是心里一遍遍筛选过的，儿女双全、家庭和睦、心地善人缘好，也就是老家常说的有福气的人。在家乡，做喜被要用红色的线，并且一根线不能断，从被头到被尾。卫东的每一床被子都是这样做的。

九

卫东眼睛里的绝望、破碎，一刀刀地割着卫青的心，刀刀都有鲜血汩汩流出。凌迟，卫青想到这个词，是的，凌迟，每一刀都让你疼得死去活来。姐弟俩尽量避免注视对方的眼睛。眼睛里面的东西，两个人都不忍卒读。让最亲的人触摸感受自己的痛，是最大的痛。说句残忍的话，她想，哪怕卫东此时是植物人，他不清醒，他没有意识反而会更好，那样他就不会痛苦，不会因自己给别人带来痛苦而痛苦。

卫青突然觉得，这么多年，一直支撑着她的，是卫东。她之所以咬着牙往前奔，是因为前方的关口是卫东成长的每一个关键词，这些关口至关重要，让卫青不敢有丝毫松懈。卫东中考了；卫东考上重点大学了；卫东分配工作了；卫东找女朋友了；卫东要结婚了……奔向一个又一个的关键期，日子沙一样滑过。滑去的，还有她的年华，她的心力。

卫东，从小就相依为命的卫东，是多让她骄傲啊。在她心里，卫东是老程家的门面，将来还是老程家响当当的顶梁柱！她还打算，卫东结婚的时候，她要带着卫东、晓芸，还有哥嫂一家，回老家一趟。除了拜会所有的亲戚，还要到父母的坟前隆重地祭拜。她要让长眠地下的父母看看，他们最疼爱的卫东已出息成一个优秀的青年，还找了一个漂亮温顺的儿媳妇；朵朵也长成一个健康、乖巧、活泼的小少女。她圆满地完成了父母最牵念的事，她可以无愧了。

唉，人这一辈子，说碰上啥事就碰上啥事，意外说来就来。那些灾，那些祸，阴森森地藏在茂密的树丛后面窥伺着，说不准啥时候，就一下子窜出来，瞅准你的要害，咬你一口。卫青心里强大屹立的信念与意志，伴随着这一场车祸，灰飞烟灭。她无法走进父母的房间，不敢看父母的照片，不敢再对着那盆天堂鸟诉说。

窗外，光线一寸寸暗下去，她的心也一寸寸沉下去。灰色的情绪填满了她身上所有的缝隙，然后又化身为全身长满吸盘的怪物，吮吸她体内的血液，很贪婪，吸干最后一滴后，怪物又转瞬间长出利齿，咬噬她的骨骼、肌肉，只留最外面一层薄薄的皮囊。她是空的，轻轻一戳，就碎落一地。

为了卫东，为了这个家，好多年了，自己就像一个"铁人"，一个"特殊材料"制成的人。她永远都有最充足的精力，永远都有压不垮的身体。在人生最好的年华里，她独自面对生活给她设置的一道道难题，一关关障碍，面对风风雨雨，面对人情冷暖，她已练就金刚不坏之身，兵来将挡，水来土掩。

现在，日子慢慢好起来，卫东出息了，她自己也碰到了戈亮，如水的柔情一点点浸润而来，心动、甜蜜的味道她刚刚品尝到，生活对她悄然展开了笑颜。可突如其来的这一场灾难，一下子把她打到十八层地狱，让她承受凌迟般的苦痛。她真的撑不下去了。她累了，这些年，她左冲右突，身心俱疲。

她的生命与血液，早已跟卫东紧紧联系在一起，根深蒂固，不可动摇。这一场车祸，把卫东的前途、卫东的幸福、卫东以后的日子撞得支离破碎。什么都没了，没了。这一切万箭穿心般，扎在卫青心上，让卫青痛彻骨髓。还有晓芸，瓷娃娃一样的女孩子，始终小鸟依人样的女孩子，完全傻了，除了哭，还是哭。卫青知道，晓芸的离开是早晚的事。关于这一点，卫青早就跟晓芸把话说开了，让晓芸忘掉这一切，重新开始。卫青一字一句说的都是实话，让一个正值芳华的女孩子，把以后的日子系在一个双腿高位截肢，生活不能自理的男人身上，是残酷的，也是不现实的。她不怪晓芸，卫东也不会怪。

她知道卫东，特殊的家庭环境，让卫东优秀着，自卑着，脆弱着，自尊着，敏感着……卫东从小就知道，是姐姐一直在用整个的生命庇护他，他也一直努力，用自己的方式回报着姐姐的付出。他知道，怎么做才能让姐姐欣慰，才会脸上有光。他一直努力地学习，从小到大一直远远领先的学习成绩就是证明。考取首都的重点大学，再到顺利进入北京一家知名企业，他一直在努力地朝着最好的目标往前奔。就连找女朋友，他都知道，找什么样的女朋友，姐姐会放心，省心。他是一个标准的男子汉了，是一个可以担风担雨的男人了，需要他回报、感恩的时刻到了！憧憬起未来，卫东雄心勃勃，他发誓要让姐姐过上好的生活，尽情享受她早就该享受的一切。

自卫东出事后，卫青的大脑一直是混沌的。虽然，在外人面前，人们看到的卫青是冷静的，认命的，床前床后，喂饭，翻身，擦洗，端屎端尿……每天，卫青一遍遍重复这些程序，周到而细致，这个时候的卫青似乎无比镇定而强大。

一开始，卫青还试着跟卫东开玩笑，尽量找些轻松的话题，可是无论怎样的话题，在如今这个境地，都如同一种嘲讽与伤害。上次，卫青害怕卫东闷得慌，便随手从书架上拿下一本影集，卫青坐在床边，一页页翻着，随意说着。翻着说着，卫青越觉得自己脑子进水。影集里，学生时代的卫东英姿勃发，在足球场上奋力奔跑的样子活力四射；还有一张卫东跟晓芸的合影，两人在长城墙根下，晓芸甜蜜地依偎在高大的卫东肩膀上……卫青避开卫东的眼神，逼迫自己用轻松的口吻喊着，不看了，不看了，老举着手都酸了。哦，厨房还熬着稀饭呢。到了厨房，卫青拧开水龙头，眼泪跟自来水一起奔涌。

给卫东准备好的结婚的被子，卫青把它们都挪到了被橱里。当时，这些被子都放在小卧室的床上，五颜六色，流光溢彩。进进出出的，看着就喜气。现在，那些颜色蛮横而莽撞地映入眼帘，扎着眼生疼，还有那床百子图的被子，卫青曾经多喜欢那些穿着肚兜的娃娃们，憨态可掬的可爱样子常让细端详的卫青笑出声。她还偷偷思量，要是卫东有了孩子，该是啥模样呢？孩子无论随卫东，还是随晓芸，都丑不了。当然，卫青希望卫东生个男孩，传承程家的香火。生个女孩，也好，只要健健康康的，生男生女一个样。如果生对龙凤胎是最好不过了，一想到这里，卫青简直都有些热血沸腾了。现在，现在……卫青回身，看了一眼躺在床上面无表情的卫东，这辈子，卫东都不会有自己的孩子了。

卫东睡了。只有卫东熟睡的时候，卫青才敢仔细地用目光一遍遍地凝视他。卫东的面容消瘦憔悴，但此时的他无疑还是安详的，一直紧蹙的眉头居然在此时舒展了。原来，只有安睡的时候，才能遗忘尘世的痛，纠结，不安。

十

月亮升起来了，细细的，弯弯的，落寞地斜挂在天边，一言不发。那种暗暗的黄，真让人担心，好似随时都会被深蓝的夜幕淹没。窗外那棵白杨树已掉光了叶子，只剩下光秃秃的枝丫，瘦伶伶地伸展着。外面起风了，风吹着落下的枯叶在地上跑，发出簌簌的声响，更添了萧瑟的味道。

戈亮去省城了，这段日子公司积攒了好多事情，等着他处理。走的时候，给卫青说了，那边事情多，有可能得好几天。一处理完，他就赶紧回来。卫青说，你忙你的，公司的事不能再耽误了。单位那边我已请了长假，我自己能行。

中午，趁卫东午睡的时候，卫青抽空去了趟自己的新家。

客厅、阳台、卧室、厨房、浴室……每个屋，卫青都走进去，细细看了。结婚照从影楼取回来后，一直还没挂，在卧室的壁柜里放着。卫青取出结婚照，放入自己准备好的大布袋里。戈亮给她的存折、珠宝、钥匙，她一并放到床头柜的抽屉里。她知道，戈亮晚上睡觉时，习惯把手机之类的随身物品放到床头柜的抽屉。

正午的阳光透过紫色薰衣草的窗帘，洒在同样花朵图案的床罩上。为了买窗帘和床罩，卫青可没少跑，一直没买到可心的。后来，在一家不起眼的小店，卫青看到这款薰衣草图案的布料，一下子就相中了。买下，做了窗帘和配套的床罩，浑然一体，效果比商场里那些昂贵的成品好多了。为此，卫青还沾沾自喜了好一阵。壁纸也是淡淡的浅紫，整个卧室的色调是粉紫色的，优雅、清新，卫青喜欢的颜色。卫青用手轻轻拂过壁纸、窗帘、壁柜，想着当初自己和戈亮一点点采购的情形，百般滋味齐齐涌上来，堵在喉咙里，紧紧的。卫青用手把床罩抻得平平整整，把枕头摆放整齐。枕头套是卫青自己绣的。在家乡，女孩子出嫁的时候，枕套是由娘家准备的。小时候，卫青回老家，见过就要出嫁的大姐姐们坐在树下，拿着枕套，一面低头飞针走线，一面贴着耳根窃窃私语，忽而爆出脆生生的笑，惊起树上的两只麻雀，扑棱棱伸展翅膀飞走了，几片树叶忽悠悠飘下，落在大姐姐们的发间。并蒂花开、龙凤呈祥、花好月圆……是姐姐们当年常绣的图案。卫青绣枕套时，选了一幅鸳鸯戏水的图案。她记得以前爸妈的枕头套图案就是鸳鸯戏水，后来磨损得都稀拉了，妈才恋恋不舍地扔掉了。妈说，那枕套是陪嫁，是自己一针一线绣出来的。卫青抚摸着自己一针一线绣出的枕套，想着绣枕套的时候，边绣边想着以后的日子，心里有甜的味道慢慢散开。有时戈亮在，看她绣的时间长了，就过来从她手里轻轻夺下枕套，让她歇一会。

　　家里，卫青已收拾得干净整洁。所有的东西各归各位，该擦洗的地方也都擦洗过了。卫青没忘记那盆天堂鸟浇水，天堂鸟阔大的叶片边缘枯黄了，微卷着，花朵也不似往常高昂着脖颈，而是有些颓靡。这段时间，没顾上打理它，卫青有些自责，有些内疚。叹口气，从阳台上找出花肥，均匀地撒在花盆里。

　　卫青从抽屉里的丝绒盒子里取出那只玉镯戴上。玉镯买回来后，卫青一直没舍得戴。平常日子里戴，总害怕磕了碰了，卫东回来的时候，卫青是要戴的，怕拂了卫东的心意。

　　月亮已爬到窗前，许是有云彩遮着，昏黄暗淡。卫青扫了一眼窗外的月亮，缓缓关闭好所有的窗户，步态安详地走到厨房，缓缓拧开了煤气。煤气咝咝地响着，卫青走到床前，轻轻地给卫东盖好被子。握住卫东的手，她无限爱怜地看着卫东。

　　睡梦中的卫东，突然抽搐了一下，痛苦地发出一声呓语，眉头瞬间紧了。梦见了什么？让卫东像被整个世界遗弃的孩子。卫青的心，也紧缩了，揪心的痛。握着卫东的手，疼痛弥天盖地，漫过卫青。

　　卫东，我亲爱的弟弟，别担心。就算世界上所有的人都遗弃了你，姐姐也不会。姐姐永远跟你在一起。卫东，一切痛苦就要了断了。咱们一起去天堂。你知道吗？天堂很美。爸妈都在那里呢。小时候，你受了委屈，就哭着要找爸妈。弟弟，我知道你心里苦，到了那，咱一起好好守着爸妈，把这么多年的心里话好好唠唠。

头越来越涨，迷迷糊糊中，卫青看到自己背着卫东，像小时候那样。姐弟俩缓缓飞起来，卫东笑了。卫青扭头，好多美丽的鸟正跟随他们一起飞，淡橘色的翅膀，纤细的脖颈，似曾相识。想起来了，那不是家里养的那束天堂鸟吗？

"丁零零"，啥声音？一个劲地响，好像执意非要把飞翔着的卫青拽回地面。是电话吧？卫青下意识地想起身接，可身子怎么动也动不了。看见爸妈了，他们正坐在一个小院里。还是以前家里的那个小院。一直以为天堂的房子都是金碧辉煌的。可是你看爸妈两人在小矮桌边喝着茶，还是以前的样子，爸爸披着那件灰色的呢子大衣，抽着烟；妈妈穿着深蓝白花的条绒衣，脖子上还围着绿白条纹的围巾。卫东，咱们快点飞。

爸，妈，我是卫青啊。你们怎么一见到我就把脸阴下来了，眼神里全是责备和见不到底的怨。我……卫青怯了，想开口说话，却啥也说不出。

"咚咚咚"，好像有人在外面敲门，有人在高声喊："小青，小青。"是……是，戈亮的声音。戈亮，哦，戈亮，是他。他不是在省城忙吗？怎么回来了？我……我去开门，怎么动不了？戈亮……

"砰！"门一下子被撞开了。一位肤色黝黑、长胳膊长腿的男人闯进来，刺鼻的煤气味让他捂紧口鼻。他迅速窜到厨房，紧紧地关闭了煤气灶开关。然后，几乎是跳跃式地，如一只敏捷的螳螂，他用最快的速度，打开了所有的门窗。

顿时，四面八方新鲜清冽的凉风不断吹过来，吹向房间里手相握的姐弟俩，吹向房间的角角落落。

并蒂莲

一

　　米慧家所在的安悦小区，在冀市西边的经济开发区。这个小区幽静整洁，环境不错。当初，米慧的父母着实考察了不少时日，千挑万选，终于在安悦小区选了这套单元房。

　　米慧高中毕业后，考取了冀市南郊一所大专院校。平常吃住都在学校，周末回家。

　　那个周末，米慧像往常一样，背个挎包坐公交车回家。路过一楼过道时，听见里面传出叮咣的声音，像在装修。这栋楼有六个楼层，米慧家住二楼。整栋单元楼，只有住一楼的人家，附带着一个院子。

　　午饭桌上，米慧妈夹一块番茄鸡翅给米慧，喏，多吃点。又往她碗里拨了几片香肠。米慧妈说，以前住一楼的那家老头被外地的儿子接走了。现在又新搬进来一户。是个女人。说到这，米慧妈语调低了些，却有抑制不住的猎奇，那女人好像自个。长得嘛，挺漂亮的。这段时间正忙着装修。

　　米慧扒着饭，心不在焉。这小区常有装修的，整天叮叮咣咣的，吵得人不得安生，让人崩溃。

　　讨厌，又睡不成午觉了。米慧一推饭碗，有些恼。

你放心睡。楼下这户一到中午头，就停工不干了。米慧爸不紧不慢地喝了口汤，说道。

果然，如爸所说，中午头，楼下没了动静。米慧美美地睡了一觉。午后的阳光斜斜地照进来，暖暖的。午睡起来的米慧，懒懒地躺在床上。惬意中的米慧，忽而对楼下那户人家，生发出了些许感恩。

二

因为要参加市里的大学生艺术节，学校领导相当重视。米慧作为学生会的文艺委员，自然责无旁贷。每天加班加点排练，好几个周末都没回家了。会演结束，学校参演的几个节目反响良好，米慧和同学们终于长舒一口气，趁着暑假，一起去北戴河疯玩了一周，才风尘仆仆地回家。

回到家，米慧洗完澡，从洗衣机里拿出甩得半干的衣物，抱着走到阳台。一打开窗户，就有沁人心脾的清香一缕缕传来。再一探身，呀！米慧着实吃了一惊。一楼院内，贴着南墙根，新砌了一个狭长的水池，里面碧水漾漾。最要命的，里面居然栽满了荷花。好美啊，宽大碧绿的荷叶，饱满的莲蓬，婷婷而立的荷花，粉的，白的，静静地绽放着。米慧屏住了呼吸。没想到，家里还能养荷花！

米慧踮起脚尖，身子向外又探出一些。院子地面嵌满了鹅卵石，还搭了一个小凉棚。整个小院芬芳有致，仿若一个小小的世外园林。

记得以前，楼下那个老头，性格古怪孤僻，耷拉着一张脸，楼上楼下的见了，也从不抬眼。有几次米慧从他家门口路过，恰巧门敞开些许，屋里黑乌乌的，酸朽腐靡的气息，米慧只能掩着鼻子，侧身走。就拿院子来说，以前一楼的院子里，堆满了杂乱无章的家什，生锈的自行车、铁架子、纸箱、油桶，乱七八糟地堆着，灰头土脸的。以前，家里晾晒衣物，偶尔，赶上起风，衣物掉下去，妈让米慧去一楼捡，米慧就是犟着死活不去。

米慧跑到厨房，问起楼下。米慧妈正戴着围裙摊鸡蛋饼。哦，这女人不太爱出门，也少与人来往。平常很安静，听不出家里啥动静。听人说，好像女人在外面办了一个音乐班，教孩子们弹古筝。

米慧停留在窗前的时间越来越长，一池的荷花，美得就像不真实的梦幻，让人恍惚。

三

中午，陆诚给米慧来电话，说晚上约了几个朋友去吃烧烤。米慧一开始不想去，耐不住陆诚一个劲地磨，有些不忍心，就应了。

放下电话，米慧轻叹口气。陆诚的父母跟米慧父母是同乡，两家关系一直走得很近。米慧家没搬安悦小区前，跟陆诚家住得很近。米慧父母都是上班族，而陆诚父母早些年就下海，现在很是有模有样了。

陆诚比米慧大两岁，一起长大。高中毕业后，陆诚被哈尔滨一所大学录取。两年后，米慧考取了本城的大专院校。放了假，陆诚就来找米慧。两家的父母，对他俩，是默许，肯定的，尤其陆诚的父母。在商海里一路搏来，见惯了八面玲珑，善于周旋的女孩，表面光鲜的背后，复杂的心机，可疑的历史，一切都让人难以揣摩。而米慧，这样单纯清白又本分的女孩子，交到陆诚手上，多让人放心。而米慧自己呢，就这样懵懂着过来了。从小到大，常接触的异性，除了爸，就是陆诚了。陆诚脾气好，对人体贴。他们俩在一起，都是米慧说了算。

米慧还记得，陆诚第一次牵自己的手。那时刚高考完。从剑拔弩张的应战厮杀中退出来，从内到外的放松。陆诚带着米慧，开心地玩了一整天，游戏厅、冰淇淋店、网吧、溜冰场……玩了个遍。那晚，陆诚送米慧回家。玩了一整天的兴奋，还在两个少男少女间缭绕。两人开心地聊着，不由自主地靠近了。陆诚的手，自然而然地牵起了米慧的手。那一刻，米慧有些不好意思。但很快就平静了。就跟小时候，陆诚无数次牵自己的手一样，自然，温暖，家常。

然而，这就是爱情吗？不知怎的，米慧突然对这个词，对未来产生了茫然与恐慌，无可名状的。陆诚给予她的，像一条河，缓缓流淌的、波澜不兴的河。只是，这河太平稳了，平稳得让人感觉不到它的流动。透过河面望下去，河底一览无余。如果能选择，米慧宁愿选择一条桀骜不驯的河，哪怕水浪汹涌，任由它席卷着自己，穿越险滩礁石，到达风景奇美的未知远方。

十八九岁的女孩子，谁对爱情没有旖旎的梦想呢？不说别的，就说寝室里的姐妹们。爱情来临时，或哭或笑，或痴或傻，整个人完全变了。住自己下铺的易阳，来自遥远的北方小城。她的他，在那个小城开一家皮具店。两人的恋情一开始就受到易阳父母的强烈反对。然而，千隔万阻却让两个年轻人的心连得更紧，相思也更苦。每当易阳噙着眼泪，把心里的相思苦，一点点跟米慧诉说的时候，米慧心里是有些羡慕的。爱与苦本就是双生花。苦，因为爱而变得回味不绝；爱，因为苦而变得缠绵悱恻。而这样的爱情，也是米慧一直所期待的。

四

那天，米慧晾衣服，看周围没人，将自己的运动短裤扔下去。盯着短裤轻飘飘坠落在地面，米慧飞快地跑下楼。

米慧敲门的时候，手有些抖。门开了。女人，应该有三十多岁吧，也可能不到。怎么称呼呢？女人似乎看出米慧的犹疑，善解人意地笑了。米慧也挠挠头，笑了。

女人穿月白色麻衣，墨绿丝质裙裤。裙裤一侧下摆处绣了两朵依偎在一起的荷花。女人眉眼清秀，沉静。听米慧说明来意，女人笑着说，随我来。

女人在前面走，脚上一双绣花拖鞋，裸露的右脚踝处，松松地系一根细细的银链。

门厅的小方几上，放着古朴的陶器，里面插着一大束芦苇。主卧的门敞着，深色的雕花木床，酒红色的床幔，古雅。书房门口挂着琥珀色的水晶珠帘，隔着珠帘，米慧看到书房里摆放着一架古筝。

117

到客厅了。闯入米慧眼睛的，是一大幅墨荷，绘在电视背景墙上。整面的墙，只有黑与白。墨黑的荷花，恣意，苍郁，无法言说的美。一时间，米慧愣怔住了。屏息敛气的米慧，低声问，是自己画上去的吗？女人点点头。

接过女人递过的短裤，似乎没有继续逗留的理由了，米慧心里有些泄气。

能看看你种的荷花吗？米慧鼓足勇气问。

当然。女人右手优雅地摊开。

阳台外的凉棚下，藤桌，藤椅。更吸引米慧的，是棚下挂着的两只灯笼，深色木支架，米黄羊皮罩，古典。

池中，荷花盛开。米慧站在池边，瞪大了眼睛看。水里居然还有小鱼游来游去。靠近池边的一株荷花，花瓣中央放着一个茶包。女人说，把茶包放到荷花里，茶包便渗进荷花的香味。再取出茶包泡水喝，就是香气宜人的荷花茶了。

阳光温柔，细细的流苏耳线在女人的耳垂处，微微地摇曳、闪烁，生出万般风情。

晚上，开着窗子睡觉。沁人肺腑的香气飘进来，一点一滴，渗透了米慧的梦，把原本寡淡、清瘦的梦，烘托得莹润而芬芳。

五

两个月的暑假生活，闲适而慵懒。爸爸妈妈出去上班了，家里就剩米慧自己。时不时地，陆诚会打来电话，聊一聊。这个暑假，陆诚的时间安排得挺紧，一直跟着爸妈打理生意。闲来无事，米慧就绣一会十字绣。

这次一放暑假，米慧妈就对米慧说，同事韦大姐的孩子明年结婚，琢磨半天，觉得送一幅十字绣不错，美化居室，也能表情达意。

米慧觉得妈的建议不错，自告奋勇揽下任务。母女俩专门跑到小店去选购。花样真多，风景山水、花卉鱼虫……蓦然，一幅图样闯入了米慧的眼帘：荷叶田田，鱼儿追逐，两朵浅粉的荷花，含情相对。怎么这么熟悉呢？哦，想起来了。楼下女人，墨绿裙裤上，绣着的，也是这样子的荷花。

知道娘俩的来意，店老板热情搭腔，喜欢这幅啊？小妹妹。这幅《并蒂莲开》象征夫妻恩爱，送给别人当新婚礼物，很合适。不过，店老板停顿了一下，好心地建议说，这幅十字绣尺寸大，复杂，绣起来很费劲。有别的比较简单的花样，你看，《喜结良缘》《家》……都是最热销的。米慧的眼光一直停留在那幅《并蒂莲开》，她肯定地说，就要这幅。

这幅十字绣确实如店老板所说，挺耗神。绣累了，米慧就小憩一会。

楼下，此时，女人在做什么呢？是躺在阳台躺椅上看书，还是坐在客厅飘窗悠悠地品茶？或是坐在凉棚下的椅子上，看着一池荷花出神？

米慧家楼下，往南大约百十米，是一个小广场，广场一侧是长廊，顶部爬满了绿植，很是清幽。知道女人下午会去音乐室教课，米慧午睡后，没啥事，就找本书去长廊。

下午三点来钟，阳光不那么刺眼了，却还是热。米慧坐在长廊下捧着书看，时不时地，向远处瞅一眼。远远地，女人走过来了，低着头，好像沉溺在一个不为人知的世界。

不知谁说过，女子，身姿之美胜过容颜之美。真的是啊。女人的举手投足都有特别的韵味。还有，女人走路的样子，摇曳生姿。这个词，让米慧一下子想到晚风中的荷花。

女人头发浓密、黑亮，大的波浪卷，如繁茂的海藻，令人遐想。有时，女人会把头发松松地绾起来，斜插一根木簪。女人不是瘦骨嶙峋，当然，也远算不上胖。想了很久，米慧觉得用"丰饶而骨感"这个看似矛盾的词语，形容女人最合适。

有一种妩媚，是在端庄的底子上，得体，让人赏心悦目。还有，女人穿衣服，怎么搭配，都觉得相宜，入眼入心。纯色的紧身上衣，圆领，简单而平常的样式。女人穿上，立刻凹凸有致，领口处裸露出恰到好处的锁骨。而后背，开口却稍稍深一些，露出光洁白皙的一截后背，自有一番旖旎的风情。配大摆的绣花长裙，颜色会选择稍稍深一些的，湖蓝、祖母绿、葡萄紫，很是养眼。

白或者黑的小吊带，搭一件米或者灰色的开衫。下面一条素色的丝裙。浑身的素，却在颈间系一方酒红或是冰蓝的丝巾，知性而不乏柔媚。

不过，女人常穿的，还是那一身月白上衣，墨绿裙裤。墨绿，米慧从没想到，墨绿竟能让人穿得这么曼妙。那种暗暗的，深色的绿，难有人驾驭。女人袅娜前行，宽大的裤摆飘飘欲飞，裤脚那两朵相依偎的莲花，也随之款款而动，微微摇曳。白衣绿裤，女人穿这一身，本就像一枝清雅脱俗的莲。再加上裤脚处有清丽可人的莲花绽放，更让人痴痴地，恍然。

女人偶尔抬起头，若碰到米慧投过来的眼光，便点点头，浅笑。女人身上有出世的清凉感，晶莹，冰肌玉骨。神情、举止，都带着淡淡的清凉，如青黑夜幕上悬挂的星辰，高远而寒凉。又如雨后，在竹林间轻轻拂过的风，有着沁凉的湿意。

闲暇时，米慧就站在窗前。疏朗有致的荷，矜持内敛又风情万种。一阵风吹来，仿若被人窥破了秘密的心事，荷微微颤着，愈加娇羞。

秘密。荷都有秘密。谁又没有秘密呢？易阳的男朋友按捺不住相思苦，从北方小城赶来，在冀市找了宾馆住下来。易阳绞尽脑汁盘算请假的理由，一有空就溜出学校去陪他。那次易阳从外面回来，在寝室楼前的花坛前正好碰到米慧。易阳给米慧带了两只汉堡。两人就地坐在花坛的水泥台上。米慧吃着汉堡，跟易阳随意地聊着。易阳无意间撩起头发，米慧看见，易阳脖颈处右耳朵下方，有一片淤红的印记。米慧指着那块红印记问易阳，这是怎么了？易阳慌忙从随身包里拿出小镜子，照了照。而后，易阳笑了，附在米慧耳朵上低声耳语。米慧的脸，一下子就红了。回寝室后，易阳找丝巾系在脖子上，正好挡住了那块印记。而米慧，也一直信守承诺，从来也没泄露过易阳的秘密。

那天在家，米慧洗澡。脱光了衣服的米慧，站在镜子前，仔细看自己，一寸寸的。身体也有秘密吧，成长的秘密。还记得自己第一次来例假，初二吧，毫无征兆，坐在沙发上看电视的米慧丝毫不觉，口渴的她，还喝了一杯冰镇的橙汁，看累了，就回房间了。直到米慧妈发觉，拿着已沾染的沙发巾，大惊小怪地跑过来，问米慧。

不知不觉，就成了大人了。微微胀痛的胸部，腋下生出的绒绒的汗毛，一切成长的体验都是新鲜的，慌乱的，羞涩的。

那年，好像是上初三吧。周末晚上，几个同学约了米慧去看电影。检完票，米慧捏着粉色的电影票，等着还在检票的同学们。有个穿着超短裙，抹着艳彩眼影，戴着夸张耳环的女孩，踩着厚厚的松糕鞋，一扭一扭地从检票口出来，后面紧跟上来的少年，挑染着栗黄的发，紧身的黑T恤，左胳膊上，刺着一个醒目的黑色骷髅头。女孩擦着米慧的肩，留下一股脂粉混着香水的味道，动荡的，强烈的。

电影院里昏暗，模糊。待米慧坐定，她才发现，她的右边，坐着的是学校里上高二的那个男生。居然是他！那个弹一首好吉他的男生。在全校的元旦联欢会上，那个男生在台上弹，带着浅浅的忧郁，一点点地，动人心弦。以后，在学校里，米慧会格外留意。他走路的样子，甩头发的样子，球场上奔跑的样子，每一个样子都在米慧的心里，记着。然而，米慧只是远远地看。

那个男生是跟另外两个男生一起来的，是他的同学吧，米慧常见他们三个在一起。他们几个刚踢完球，脸上汗津津的，球衣都汗透了。男生侧过头，也看见了米慧，礼貌地笑了笑。

灯灭了，一下子陷入昏暗。后面传来女孩子有些虚张声势的惊呼，米慧本能地回头，暗影里，黑衣少年和超短裙女孩紧紧搂抱在一起，不可开交。米慧慌乱乱地赶紧回过头，心跳不止。坐在座位上，旁边男生，散着汗味的气息一缕缕飘过来，青春的，新鲜的，蓬勃的。后面，黑衣少年和超短裙女孩，卿卿我我的声音，断断续续。电影演的啥，米慧都记不清了，只觉得自己的鼻尖上一直在冒汗。

六

大部分的时间，都是女人一个人在家。常常的，天色暗下来，女人擎一只高脚杯，里面是酽酽的红，该是红酒吧。女人穿一件大摆的无袖连衣裙，坐在水池边上，微微侧头，望着池中的荷花。女人裸露的肩背，弧度美好。

夜深了。头顶，月光圣洁。女人双手抱膝，脸埋在腿间，长长的裙裾垂下来，空气中流淌着缕缕的伤感。

有时，米慧看见女人拿着手机，一遍遍地摁着号码。然而，最终，却始终没拨出去。如此，好几番。女人叹口气，索性关了手机，放置一边。

好久，女人还是那个姿势，坐在池边，一动不动。米慧的心，没来由地，微微地疼。

那天，米慧在小区门口遇到女人。女人提了满满一篮子菜。今天的女人跟平常不一样，从里到外焕发着神采，脸颊泛着微微的红晕，眼睛丰润，有神，如丰沛的湖水，要溢出来。整个人是明亮的，喜悦的。

果然，米慧留意到，女人家来人了。一个男人。

那天晚饭后，米慧跟同学出去散步，然后回家。走到楼下，米慧发现女人家的厨房灯火通明。这么晚了，还在做饭？米慧下意识地张望了一下。借着灯光，楼前空地停放着一辆轿车，牌照是海城的。哦，海城，离着冀市有二百多公里呢。

透过玻璃，稍踮起脚尖，轻易看到女人家的厨房。女人，还有一个男人。两人一起忙碌着，切、拌、炒、炖。安在玻璃窗右上方的排风扇，无比欢快地转着，一股股浓郁的，诱人的菜香飘散出来。除了菜香，小小的厨房还漫溢出一种特别的气息，黏稠，微甜，醉人。

男人隔上一段时间，会来一次。男人个子高，偏瘦。然而，风骨，玉树临风。眼神笃定，从容，有洞穿世事的安然与镇定。楼道里遇上人，男人温和地笑笑，点点头，侧身避路，礼貌周到。然而，男人身上，却有说不出来的气势，无形而强大，让人过目不忘。

男人洁净，清爽，衣裤平展展的，没有一丝折痕。有时在楼道里碰到男人，米慧会有些窘迫。男人身上那股无形的气势，压得米慧心惴惴然，一个劲往下低。逼仄的空间里，与男人擦身而过，米慧闻到一股淡淡的，夹杂了些许薄荷气息的烟草味，心，不由地荡漾了一下。

男人和女人，可能都不喜欢热闹吧。从来听不到楼下有喧哗声。两人深居简出。

那天，米慧在长廊下看书。已近黄昏，不经意抬头，见男人女人从单元楼方向走来。米慧就近找了一棵粗壮的树木，躲在树后。

女人脸上一抹娇羞，如粉面桃花。男人眼睛温柔地含着笑，满是爱意和懂得。女人走在路里侧，男人走在外侧。过路口时，有几个穿轮滑鞋的少年，从西边路上呼啸而来。男人本能地，轻揽过女人。轮滑少年们几乎是擦着他们的身边，嗖一下，就过去了。男人女人对望一眼，笑了。

男人女人回来的时候，已是深夜。当时，米慧已躺在床上。忽然听到，楼下阳台的玻璃推拉门响动，一下子爬起来。小院里，灯光朦胧，月光清亮。交相辉映中，还是那一池荷花，花苞却已是闭拢，比之于白天的盛开，更添了娇羞与含蓄。

凉棚下女人柔婉的呢喃声，男人热切的喘息声，若有若无地传来。

灯灭了。炽热缠绵的气息，稠稠地，一蓬蓬地，浮上来，把米慧缠绕得水泄不通。

七

一望无际的荷叶，层层叠叠。盛开的荷，粉的，白的，居然还有不常见的紫色、黄色，盛开在望不到边的碧绿中，风姿卓然。米慧乘着小木船，从荷叶深处慢慢驶出。满目的美景，让米慧兴奋不已。她坐在船头上，用手轻轻拂过两侧的荷。偶尔，有鱼从水面跃起，倏忽，又跃入水中。船尾划桨的人，从后面走过来，轻轻环住米慧的腰。他的唇触着米慧的头发，夹杂着薄荷气

125

息的烟草味弥漫开来。那人轻轻扳过米慧的肩膀，就要吻下去。慌乱中，小船晃起来，吓得米慧叫起来。

醒了。梦醒后的米慧，回想梦里的细节，心，跳得厉害。刚才那人就要吻下去的时候，米慧看清了那人的面容，是他，米慧再一次确定，没错，是他！米慧呆呆地坐在床沿，有些惘然。

窗外，天空晴朗，明净。米慧睡不着了，听到楼下有动静，索性起来。

楼下，女人应该也是刚午睡起来，还穿着睡衣。香槟色，细吊带，裸露的背部同样有几根细细的带，交叉缠绕，妩媚性感。女人的睡衣真多，除了这件，米慧还看见女人穿过皮粉色、烟灰色的。丝绸类的质地，在阳光下闪着清冷华丽的光泽。女人穿着睡衣，在院内晾晒衣物。看着忙碌的女人，米慧心底浮起说不清、道不明的思绪。

一天，米慧自己在家。午睡起来后，脸也没洗，头发也没梳，打开随声听，跳了半小时的舞，大汗淋漓。正准备洗澡的时候，忽然听见门铃响。

妈，您怎么又没带钥匙？米慧嚷嚷着，跑过去开门。

门开了。米慧愣住了，外面站着那个男人。他有些歉意地说，打搅了。家里水龙头坏了，看看有没有扳手、螺丝刀之类的工具，借用一下。

一时间，米慧头脑僵住了。反应过来后，米慧手忙脚乱地去爸妈卧室找。爸的工具箱在卧室壁柜里。一进卧室，米慧以最快的速度跑到穿衣镜前，镜子里的人狼狈不堪。抹一把汗，整理整理衣服。工具很快找到了。米慧递给一直在门外等着的男人。

男人下楼了。米慧又跑到镜前，打量自己。汗透的T恤，乱糟糟的头发，没来得及洗的脸。天啊，米慧刚注意到，自己的脸上，还有午睡时竹席的印痕。她懊恼不已。

晚饭桌上，一家人刚坐下。楼下女人过来还工具，表示谢意，另一只手还提了一个布包。女人说，尝尝她做的蒸饺。

女人告辞。米慧妈解开布包，碧绿的荷叶，包裹着小巧玲珑的水晶蒸饺，刚出锅吧，还冒着热气呢。一只只饺子，外皮晶莹剔透，像艺术品，让人不忍心吃。米慧欣赏了半天，咬一口，馅料香郁，细滑有韧性，口感清爽，还伴有荷叶的清香。

看米慧父女俩对蒸饺赞不绝口，米慧妈有些不以为然，拉长了调说，这蒸饺，其实也不难做。以前我也做过，你们都忘了？米慧父女专心地吃着蒸饺，没搭腔。米慧妈有些无趣。

过一会，想起啥似的，米慧妈的神情显然神秘起来，又有掩不住的兴奋，那神情，简直是眉飞色舞了。哎，她爸，看到楼下了吧？那男人，又来了。我怎么看，怎么不太对劲。你说，他俩是两口子？

米慧爸抬起头，不置可否地嗯了一声，再无下文。米慧妈显然对米慧爸的反应很不满意，摇摇头，撇了撇嘴说，我说嘛，这个女人，不一般，勾人着呢。米慧"啪"一下，放下碗筷。我吃饱了！米慧用眼睛剜了妈妈几眼，有些愤愤然地说道。转身回屋，把门重重地关上了。

透过窗户，米慧看到那辆车了，停在楼前的空地上。深灰色，线条简洁，却气势。想起那股夹杂着薄荷气息的烟草味，米慧的心，跳了跳。再抬眼看，车凛凛然卧在那，在阳光下闪着亮光，一不小心，就有一束耀眼的光，溅入眼睛里。

又一个晚上，女人好像喝醉了。在凉棚下，小声地，压抑地哭。躲在黑暗里的米慧，没大听到男人说话。女人该是偎在男人怀里吧，男人俯下头，满含怜爱，轻轻吻掉女人眼角涌出的泪。米慧这么想着，手绞着窗帘的一角，脸慢慢烧起来。

好久，楼下没有了女人的抽泣声，兴许睡了。米慧看到男人了。荷花池前，男人的身影模糊在夜色里，只有烟头一明一灭。第二天早晨，米慧看见，荷花池边的地上，落满了一地烟蒂。

八

一眨眼的工夫，就到了秋天。学校里道路两旁，长满了高大挺拔的树木。米慧独自坐在树下的石凳上，发着呆。风吹过，一片树叶掉下来，晃晃悠悠，落在米慧深蓝色百褶裙上。

想起，开学前夕，陆诚约她出来吃饭，点完菜后，陆诚问，喝点什么？米慧想了想，居然说，来点红酒吧。陆诚愣了一下，而后，笑眯眯地说，好。

晃荡着手里的玻璃杯，看酽红的酒液轻轻晃动。米慧想起，月光下女人独自喝红酒的样子。

吃完饭，陆诚建议到附近的植物园走走。刚下了雨，空气潮润，清新。风柔柔地拂过来，裹挟着雨后的气息、泥土的芳香。米慧的白色裙角也在夜风中轻轻拂动。喝了酒的米慧，脸颊酡红。两人走到一处小竹林时，陆诚忽然转过身来，一把揽住米慧，想要吻她。这一下，惊着了微醺中的米慧，她本能推了陆诚

128

一把，逃也似的跑了。

秋日的天空，高远，澄净。米慧茫然地望了望天。她想，以后，就这样走下去吗？恋爱、结婚、生子、终老。米慧仿佛一眼就把以后的日子看到底了。陆诚，有时想起他，米慧会生出一种奇异的陌生感。她和他，貌似应该最熟悉，最亲密。然而，为什么，米慧觉得，他俩之间，相隔着十万八千里。陆诚，是很好、很稳妥的一个伙伴，而离爱情，似乎远了些。跟陆诚在一起，米慧从来都是平静的，心跳和缓，念想安宁。以前，一直觉得还小，跟小时候一样。然而，那晚，陆诚试着要吻她，把她警醒了，她不得不一遍遍审视自己的内心，一遍遍地问自己。最终，也一遍遍地，毫无结果，没有答案。

九

中秋节那个周末，米慧回家，碰见过女人。女人清瘦了不少。

天气冷起来。池内的荷花慢慢凋零，残茎上挑着乌黑干枯的莲蓬，萧索。女人站在池边，失神地看着那些荷花，好久。

也见过一次男人。米慧出楼道时，男人正好刚把车停下。一向锃亮的车身上，一层浮土。男人满脸倦容，眼里满是红血丝，眼眶深陷，身上烟草味浓烈，甚至呛人。一刹那，米慧心里有些酸。这两个人怎么了？

一天中午，学校食堂。米慧和易阳打好饭，刚坐定。身后有同学在议论，前天出去玩，市郊的翠湖知道吧？有人溺亡，是个女的。围了好些人，警察也到现场了。

怎么回事？有人接腔。

像是自杀，想不开呗。爆料的同学貌似很冷静。顿了一会，她继续说，女的被打捞上来了。可惜啊，挺漂亮的一个女人。长头发，白上衣，绿裙裤。当时，周围有人认出了她，说这女的，好像是教孩子弹古筝的……

米慧心里一颤，扔下碗筷，跳到爆料的同学面前，抓着她的胳膊，用几乎失控的声音问，看清楚了吗？那条墨绿的裤子上，是绣着两朵荷花吗？

就在那一瞬间，心电感应般，米慧突然想起，一个星期前，寝室里，米慧猫在上铺专心地绣那幅《并蒂莲开》。易阳躺在下铺，百无聊赖，在看《冀市晚报》。

十字绣已经绣了一大半了，端详着自己一针一线，快要绣就的作品，米慧油然地，从心底生出一种成就感。正端详着呢，听到下铺的易阳唤自己。哎，米慧。真不太平啊。你看看，城管商贩街头互殴；妙龄女子街头被捅七刀；母女超市行窃当场被抓……还有，冀市凤凰路，米慧！你们家门前的那条路！我给你念念啊，冀市凤凰路发生一起车祸，被撞车系海城牌照。车主系一男子，当场身亡。死者衣兜发现一张离婚证……米慧当时正沉浸在十字绣的世界里，听米慧嘟囔完这一大串，有些敷衍地回应了一声。是，每分每秒，都有各种各样的，夺人眼球的事发生。听得多了，也就习惯了，麻木了。

米慧转过身，盯着易阳问，上次你给我念的那张《冀市晚报》呢？易阳被米慧脸上的神情吓住了，一时也想不起随手又把报纸扔在哪了。米慧飞快冲回寝室，左翻右找，终于在垃圾桶里找到那张已揉皱的报纸。报纸已揉搓得不像样子，还沾染上了一大块油渍。她颤抖着手，抚平报纸，找到那条新闻。是，易阳念的没错。新闻旁边还附着一张照片。虽然照片不是很清晰，车辆也撞得变了形，她依然确定，是那辆车，没错。她还看见，现场的地上，散落着一地的花，大部分已被踩得凌乱不堪，碾成花泥，但她知道，那是一大捧，一大捧，美到不可方物、芳华绝代的——莲花。

枣花清香

一

枣花进门的时候，已近黄昏。玉凤正在收晾在院里的衣裳。一见枣花，家里那条小黄狗欢快地跑过去，围着枣花的裤腿，亲热地嗅来嗅去。

嫂子回来了？

嗯。咱娘吃了吗？

吃了，今晚咱娘吃了两碗面琪子呢。

虎子呢？

虎子早就等不及了，晚饭都没顾上吃，就搬着马扎跑去占位了。我紧着过去，给他带点干粮。玉凤抱着摞收好的衣服，要转身回屋，又站住脚。

嫂子……玉凤嗫嚅着，钱……借来了？

嗯，都办好了。保管你风风光光进大学的门！枣花一将头发，甩出一串响亮的笑声，底气十足。玉凤，快去看电影吧，兴许都开演一阵了。

今晚，村里放电影。吃晌午饭的时候，枣花就给玉凤交代好了，说自个紧着吃两口就去虎子他姨那，事情办妥当了就赶回来，不住下。让玉凤别忘了喂鹅、喂猪。想起啥似的，枣花又接着对玉凤说，咱娘馋面琪子了，头晌午俺就擀好了，在盖帘上搁着。晚饭你把面琪子煮煮吃了。多煮些时候，咱娘好吃煮烂的面琪子。临出门前，又特意嘱咐，晚饭别等她了，要等着她回来以后，再让玉凤出门看电影。

玉凤出去了，屋里屋外静悄悄的。枣花擦一把额头的汗，匆匆进了里屋。把裤兜口的别针取下来，从裤兜里拿出一个鼓囊囊的布包，外层都让汗浸得有点湿了。枣花数了数，不错，是一万五，大姐借了一万，二姐借了五千。枣花拿着这一叠钱，舒了一口气。

枣花回头，枣木条柜上的相框里，玉山一如既往，微微笑着。傻笑啥？你倒是啥也不操心！枣花冲着相框里的人，咬着牙说。枣花把钱用手帕包好，放到柜里。这阵子忙晕了，枣花见相框的玻璃面上有些灰尘，用毛巾擦了擦。

枣花去东屋时，婆婆正半眯着眼躺在炕上。看枣花进来，那双钝滞浑浊的眼动了一下，喉咙里发出呜噜呜噜的声音，虽含混不清，枣花还是听明白了，婆婆是让枣花赶紧吃晚饭。枣花问，娘，吃饱了吗？婆婆点点头。枣花从桌上拿起几只大小不一的药瓶，熟练地依次倒出数量不等的药片，一一让婆婆服下。服侍好婆婆吃完药，枣花端来一盆水，从暖瓶里兑了一些热水，试了试水温，正合适。给婆婆擦洗完身子，婆婆表情舒爽，一会就闭上眼，起了轻轻的鼾声。这一阵折腾，枣花又出了一身汗。见婆婆睡着了，枣花轻轻吁了一口气。

来到灶屋，枣花揭开锅，饭菜还温热着，一碗面琪子，半盘炒豆角，半盘炒鸡蛋。

真是饿了，吃完锅里温着的这些饭菜，还觉得不饱，枣花又掰开大半个馒头，从碗柜里端出一碗自己做的豆酱，到院里的菜地随手摘了几只柿椒。掰开柿椒，蘸着豆酱，咬一口，清甜、多汁、咸香，让人胃口大开。院子挺宽敞，西墙处几棵老枣树，枝叶婆娑。边上那棵枣树下，放了一张小矮桌。平日里，一家人喝茶、吃饭都在这张矮桌上。

吃完饭，收拾完碗筷，枣花给自己沏了一壶茶。歇下来，枣花才发现自己腿也酸，枣花揉了揉小腿肚，敲打敲打腿，感觉舒坦多了。

暮色慢慢腾起，淡淡的，无声无息，弥漫了整个小院。那几棵枣树，今年结的枣可不算少。瞧，那些圆溜溜的青枣蛋子，躲猫猫似的，藏在密密挨挨的树叶里，等秋天的时候，变戏法似的，层层叠叠的绿里面，不时现出这一点红，那一点红，绰绰约约的，像水灵的小媳妇左顾右盼。再过一些时日，约好了似的，枣儿一下子就全红了，艳艳的红，挂满了一树。

院子东头，是一小块菜地，西红柿、茄子、豆角、韭菜、朝天椒长势喜人，红的、绿的、紫的，交错成一片，热闹得很。最边上，种了一小绺羊角葱。以前菜地里种得最多的是羊角葱，玉山爱吃，哪顿饭也离不了。每到饭食，玉山就从地里拔几根，甩甩根上的泥土，剥了皮，也不洗，用手随便一抹就成了。嚼一口大饼，咬一口葱，饭桌上霎时充溢了香葱辛辣的气息，这辛辣，让玉山额头冒出微微的汗。现在，玉山不在了，也没人那么顿顿离不了羊角葱。种上几棵，也就是切个葱花，炝炝锅打个汤啥的，用不了多少。

今年夏天，玉凤考上了南京的大学，高兴得枣花好几个晚上都没睡着觉。玉凤这孩子，蔫蔫的，闷闷的，也不爱说笑，平日里在家，做完了活就捧着书看。这孩子就是愿意念书。愿意念，就依着她，别难为着。考出去，成了国家的人，就不用整天风吹日晒地在庄户地里刨食了。玉凤复读了一年，不容易呀，还真考上了。成绩没下来之前，枣花的心一直悬着。要是再考不上，玉凤这孩子想不开，可咋整。再复读？老大不小的闺女了，再搭上一年工夫。撂下书再也不念了，就这么着下地干活，一辈子刨土坷垃，咋说呢？总是不心甘。所以呢，枣花的心，一直不踏实。出了门，乡里乡亲的，见了面，总是问，玉凤今年考得咋样？问得枣花心里慌乱乱的，没底。那天，玉凤的同学约着玉凤去镇上学校问成绩，打她们出了门，枣花的眼皮就开始跳，跳得不耐烦了，扯块抹布擦灶台，一遍遍，从上到下，从左到右，擦得锃明瓦亮。转身到院里，打算洗洗抹布，却瞥见一只长尾巴喜鹊，落在窗台上，叽叽喳喳地叫。枣花的心，随着清脆的鸟叫，跳了几跳。

玉凤从镇上学校回来的时候，都半晌午头了。进门的玉凤还是以前蔫蔫的样子。看玉凤耷拉着头的样子，枣花整个人，从里到外，一点点变凉。嫂子，玉凤开了口，低沉、缓慢，依然耷拉着头。枣花都不忍心再听下去。半晌沉默过后，玉凤仰起脸，一脸的晴朗，语调明亮欢快，嫂子，分数出来了！全县第三！枣花兴奋地喊着。枣花被玉凤弄懵了。醒转过来后，上前用力捏着玉凤的肩膀，嚷着，你这丫头，拿嫂子寻开心呢！

录取通知书很快就寄到了家里。枣花跟玉凤一起捧着那张录取通知单，看着，笑着。那张纸的颜色可真艳啊，红彤彤的，就跟醉枣的颜色一样，把姑嫂俩的脸庞都映红了。

玉凤这些年，书总算没白念，一下子考到了南京。枣花可是着实高兴，顺畅得似乎每个毛孔都敞开着，心底的喜气止不住地往外淌，走起路来都格外轻盈。高兴过后，枣花又为学费犯了愁。公公走得早，婆婆瘫在床上好几年了。不说别的，去年底为了给玉川办婚事，打了不少饥荒。玉川大学毕业后，分在县城粮油局，好单位呢。玉川媳妇跟玉川是一个单位的，模样举止都挺稳妥。姑娘的父母都是县城的工人。玉川结婚，枣花张罗着在村里办的酒席。那席面，枣花是可着劲往好里办的。照例是八碟八碗，里面盛的东西可是货真价实，鸡鸭鱼肉都是枣花亲自挑选的。具体的菜肴，包括啥碗啥碟，啥汤啥水，枣花跟专门负责做饭的大师傅商量了不知多少次了。酥肉、黄面鸡、白切肉、牛肉丸、糖醋鱼……都实打实堆在碗里冒了尖，不像有的人家置办的酒席，菜肴只是浅浅地铺排在碗碟里，好似只是为了走个过场。还有，酒席上要备下的点心、饼干、糖果啥的，枣花没跟别人家一样，从集上或是村里小卖部买。一种一种的，枣花琢磨好后，专门去县城买回来。枣花置办的这些席面上的吃食，样数多，口味正，乡亲们啥时提起来，都点着头说道说道。

办席面的钱，玉川两口子出了一部分，枣花又添上一些，总算把婚事排排场场地办完了。玉川两口子刚结婚，也没多少积蓄。上个月，听玉川说单位今年要集资买楼房。枣花寻思着，玉凤学费的事，还是自己张罗吧。不到万不得已，就别跟玉川两口子开口了。

还想着，那年玉山走了，玉凤在念高一。村西的九桂嫂子就咬着枣花的耳朵说，玉凤也不小了。闺女家的，念书有啥用？早晚要嫁人的。你瞅瞅当年跟玉凤一般大的艳子、芳草她们，早早下学出门打工了。人家每年可不少挣钱。就是玉凤不出门挣钱，在家里给你当个帮手，你自个不是也轻省不少……

这样的话，不是九桂嫂子一个人说了。枣花垂着眼帘，神情淡淡地，俺家玉山说了，咋也得供弟弟妹妹念书。就依着他吧。玉凤既然念了高中，就让她念完吧，兴许能念出个名堂，不比在庄户地里强啊。

枣花知道，在玉山心里，念书是顶重要的事。玉山念书没念够，玉山的爹以前是镇中学的老师，要不是走得早，玉山也不会早早辍学。玉山的心思，枣花懂。

第一次高考没考上，玉凤躺在炕上好几天，不吃不喝，不言不语。枣花硬把她从炕上拽起来，起来后第一件事，玉凤又拿起书本。

玉凤躺在炕上的那几天，九桂嫂子的话，一直在枣花脑子里溜达。看玉凤披头散发，憔悴着一张脸，啥也不顾又端起书本的样子，枣花把九桂嫂子的话抛到了九霄云外。玉凤愿意念书就念，咬咬牙，咋都能过去。玉凤脑子不属于特灵光的，就是肯下功夫，闷着头钻书本。

想着玉凤以后，在南京那所漂亮得跟公园似的校园里上学，枣花心里就自豪得不行。闺女咋了？闺女也是念书多了好，玉凤以后可是靠学问吃饭呢。村里出去打工挣钱的闺女不少，可到了年龄，不都得回到庄户地里，找个人家，嫁了。艳子、芳草她们，别看现在倒是多挣了几年钱，可终究是虚飘飘的，枣花不眼热。女孩子家的，这么小就出门挣钱，容易长歪哩。再说，外面的钱哪有这么好挣。艳子、芳草当年从村里出去的时候，还是怯生生的，见人就躲的小姑娘。现在，染着或红或黄的头发，指甲也染成黑或者紫，颜色重得吓人哩。穿的衣服呢，短短的，小小的，紧紧裹在身上，仿佛，稍稍一用劲，就会扯开。这些也就罢了，整个人的眼风都变了，满不在乎的，戏谑的，开口闭口间，有意无意的，语音都变了，土不土，洋不洋的，明显得有些不伦不类了。唉，话又说回来，谁不知道外面好啊，高楼大厦，汽车酒店，公园商场，光看景，也够美的。没看村里的人，只要还有些力气的，老的，少的，男的，女的，不都争着出去啊。可外面终究是外面人的，有混得好的，在外面立住了脚，不回来了，可终究是少，有限得很。玉凤呢，玉凤可不一样。玉凤将来可是稳扎稳打地，扎在城里了。体体面面地读书，体体面面地工作，将来还要体体面面地嫁人。想到这里，枣花的底气一下子涨得老高，顶得心都忍不住要飞出来。

刚嫁到这个家那年，玉凤也就刚刚小学毕业吧。还是个黄毛丫头，瘦干干的。说实话，依照村里人的眼光，玉凤长得呢，可算不上俊秀。可搁不住女大十八变，眼见着玉凤曾经秸秆似的身板一下子丰满起来，当然，不是那种囫囵个的不分青红皂白地满，而是该凸的地方凸，该凹的地方凹。还有，脸上的五官，也似乎一下子长开了。虽说不是村里人一贯讨喜的大脸盘、大眼睛，可细细弯弯的眉眼，白皙的皮肤，鼻梁上架一副眼镜，整个人看去，竟也是娟秀得很。

这丫头，八成是有自己的小心思了。那天，枣花缝被子，找不着顶针了，想去玉凤屋里找找。枣花一掀门帘，正坐在炕边的玉凤吓了一跳。手里拿着几张信纸，慌不迭地塞进兜里。枣花寻思着，准是哪个男同学写给玉凤的。枣花装着没看见，找着顶针就出去了。

哎，姑娘说大就大了。这不，马上就要出门念书了，离家这么远，自己在外，有些女儿家该知道的事，该注意的事，也得给她念叨念叨了。按说，这都是当娘的该给闺女嘱咐的。虎子奶奶瘫在床上，自己顾不了自己，脑子一时清醒，一时糊涂的。这一堆话，就得家里这个当嫂子的说了。

玉山走了有几年了？走的那年，玉川还在念大学。虎子呢，还没落地，在肚子里也就四五个月。枣花自个知道，这孩子来得不易。结婚后，枣花接连怀了两个孩子，都没保住。村里人都说，枣花地薄，坐不住胎。为了这，玉山可没少四处奔波，寻医问药。

玉山稀罕小孩子，枣花知道。村头村尾的，碰上人带着小孩子出来玩，玉山便呵呵笑着，搓着大手，从人家怀里接过小孩子，高高举着，逗弄得小孩子咯咯笑，清亮的口水从嘴角淌下来，流到玉山脸上，他也不嫌，随手一抹，逗得更起劲了。在一旁的枣花寻思，别人家的孩子都这么稀罕，自己的孩子还不知稀罕成啥样。

为了结结实实地能有个孩子，两口子四处寻来各种各样的苦汤药，枣花自己捏着鼻子硬往嘴里灌，可是没少喝。好歹，这次坐踏实了。枣花不放心，还专门跑去医院，问了好几遍大夫。大夫说，没事，没事，给你说几遍了，孩子好着呢，踏踏实实地，等着生吧。这次枣花一怀孕，玉山就从天津辞了工回来，在县城一家工地找了个活。县城离家总归是近便，隔三岔五地就能回家一趟，照顾照顾家里，他心里放心。

枣花怀虎子，吃够了苦头。刚怀的时候，反应得厉害，吃啥吐啥，吐得天翻地覆。整天蜡黄着一张脸，憔悴得很。玉山心疼得上蹿下跳，一遍遍地问枣花想吃啥。害喜就是这么邪门，以前想吃的东西，成了最不愿提的。以前那些不太喜欢的吃食，说不定就成了非想吃的那一口。怀孩子的人，只要想吃啥，恨不能一张嘴就吃到，一刻也不能等。那天，依然吐得晕头转向的枣花，突然寻思起了镇上的张麻子凉粉。以前，枣花吃过，也不说特别爱吃。老板张麻子自己调制的汤料，枣花嫌味重，辛辣，还有一股芥末味。可这味道，现在枣花怎么寻思觉得怎么好吃，对口。可这大晚上的，离镇上十多里的路哩。玉山听了后，二话没说，骑上车子就奔镇上去了。

待枣花不吐得那么厉害了，浑身又开始浮肿。腿、脚背、脚踝肿得老高，一按一个凹坑。每天晚上，玉山给枣花泡完脚后，枣花斜倚在炕头，肚子上搭床小薄毯，玉山给她轻轻揉腿，按摩。橘黄的灯光不是太亮，然而温暖。两人一句一句地，递着话。也有沉默下来的时候，很安静，听得见枣树叶划过窗棂的声音，扑簌簌的，一阵有，一阵无。

玉山说，等孩子落了地，还是再回天津，那挣钱多。将来，玉川还得娶媳妇，玉凤还得考学，孩子也得花销，小县城给的工钱太有限。天津那边的老板跟俺说好了，家里这边利索了，俺就回去。多干上几年，多攒点，咱以后日子也好过不是。

两人正盘算着以后的好日子呢，哪承想，玉山一下子从脚手架上掉下来。唉，瞧着枣花腆着个肚子，谁见了不是长吁短叹，一顿唏嘘。唏嘘之后，再重新打量，这以后日子还得过不是，这么年轻，咋还得再走一家不是，只是……要是再带着个孩子，这光景……就连娘不是也劝过枣花，把孩子引掉！这日子还得过。娘说这话的时候，正坐在矮木凳上，择着一小捆韭菜。枣花不吱声，坐在对面。风吹起来，被择掉的韭菜叶，轻飘飘地打着旋，溜到一边去了。韭菜特有的气味在风中轻轻荡开来，娘的手指肚也染成了墨绿。枣花的手，放在凸起的腹部。肚子里，小家伙又不老实了，又伸胳膊又蹬腿的。枣花一遍遍地抚着，抚着，想着哪是小家伙的胳膊，哪是小家伙的腿。娘还想说啥，抬头瞥一眼，见枣花的眼泪一滴一滴地落下来。娘叹口气，低着头，继续一根一根地择着韭菜。

枣花生虎子的时候，已疼了整整两天了。在乡卫生所的产房里躺着，产前的阵痛一阵阵袭来。那种让骨头几乎散架的疼痛，从身体深处漫出来的疼痛，折腾得枣花几近晕厥。晕厥中，玉山来了。玉山就站在床边，弯着腰，还是清亮亮的眼神，只不过盛满了疼惜。玉山紧紧靠着她，攥着她的手，跟她一起用劲。她疼，他伸出胳膊让她咬。她就真咬了。说也怪，咬着他的胳膊，咋就不那么疼了。

再用劲，用劲！医生的话把枣花的思绪拽回来。枣花左右看看，没见到玉山在床边。

然而，小家伙捣蛋似的，就是不肯出来。直到打了两针催生针，小家伙才极不情愿地、磨磨蹭蹭地出来。

刚出生的小家伙，厚嘴唇，方脸，宽额头，还有眉头攒起来的样，哪都是玉山的影。

叫虎子吧。玉山早就起好了的。枣花的声音虚弱却无比笃定。

婆婆颤巍巍地抱着虎子，亲不够似的，不眨眼地看，边笑边哭。

二

天，慢慢黑下来，月影淡淡的。喝完了两壶茶，枣花才刚刚觉得解过渴来，额头、鼻尖渗出细密的汗珠，风吹过来，树叶哗哗地响。坐在树下，格外舒爽，每个毛孔都畅畅快快的。

这几棵老枣树可是有年头了，枣花嫁过来的时候就有。麦梢发黄的时候，满树密密挨挨地，开满了小小的枣花。起初，是小米粒般的枣花，怯生生地伸展五个小小的花瓣，淡淡的黄，又有点绿，安安静静的，害怕惊扰了谁。就连散发的香气，也不是桂花一样的浓香，而是清淡的、干净的香，若有若无。

刚嫁过来那年月，还是叶碧花红的好光景。现在想起来，就跟昨天一样，还耳红心跳呢。还记得自个穿着大红团花的罩衫，油黑麻亮的发髻边簪了一朵嫣红的绒花。坐在炕里侧，低着头，心怦怦跳着。炕上铺着大红的床单，撒满了花生、栗子，还有大红枣。那天有风，窗户上贴的大红双喜字叫风吹起半边，扑啦啦响着。娘给自己陪嫁的被子褥子，红绿蓝紫的，溜光水滑的绸缎面，鲜亮极了。高高摞在一起，阳光透过窗户洒进来，照在上面，明晃晃的，流光溢彩，耀眼呢。

只听到外面喧闹得很，说话声，笑声，兀自热闹成一片。偷偷瞄一眼，那个人今儿从头到脚，一身的簇新。新崭崭的衣裤套在瓷实、高大的身上，象田地里长势正旺的庄稼。再瞄一眼，呀，他也正往这边偷看哩。羞死了，羞死了，脸腾地红起来，象身上的红罩衫一样红。哎呀，那些日子，那些好时光，那些让人难为情的时光。

晚上，那些晚上，甜蜜，动荡。他紧紧地箍着她，呼出的气息热切而莽撞，扑棱棱的，像一群撒欢的小白鸽，扑向她的脸，她的耳垂。她羞涩地闭着眼睛，不敢看他，任由这灼热得简直烫人的气息将自己淹没，心，涨满了一波又一波的潮水。潮水席卷着枣花，让她晕头转向，不分南北……眩晕间，听见东屋响起婆婆的咳嗽声。一声，再一声。枣花咬紧了嘴唇，不敢让自己发出一丁点声音。

一切都平息了。暗夜里，身边的他轻轻地打着酣，惬意，安然。枣花摸摸自己的脸颊，还烫着。心，刚才乱得不成章法的心，现在咋还是跳得厉害，摁不住。枣花忽闪着睫毛，眼睛还是晶亮亮的，侧过头，仔细地看他，他的鼻子，嘴巴，额头。忍不住，探出手去，触摸他浓密的发。却不想，他嘟囔一句梦话，一翻身，便揽住了她。院子里有小虫在啾啾叫着，鸡窝里的鸡偶尔呼啦啦地扑闪着翅膀。窗外，枣花特有的清香伴着月光淌进来，整个人好像就要一点点融化掉。她躺在这一片温润里，闭上眼，仿佛看见那些枣花从树上落下来，被风轻轻扬起，又吹到半空中。看啊，那些细细小小的枣花，满天都是，舒展着娇柔的身子，飘啊，飘啊，转着圈地飘，就像跳舞一样，落在银色的河面，微微漾着，漾着。

白天，她在灶台前炒菜，一小绺头发散下来，触得脸庞痒痒。腾出一只手，捋到耳后，忽而想起昨晚，他在她耳垂边呵出的热气。锅里的热油沸腾了，欢快地"滋滋"叫着，她从愣怔中醒过神来，手忙脚乱地把洗好的菜倒进去，热油"刺啦"一声，溅出几滴到她的手背上，烫得她"哎呀"一声，跺跺脚，甩几下手腕。然而，脸颊，却飞起两朵绯红，像沐浴在晚霞中，含笑盈盈的月季。

两人去地里干农活。阳光真好，照在身上暖洋洋热乎乎的。风也柔，拂起发丝，柔柔的，软软的。两人在齐腰的棉花地里，一垄垄地，给棉花整枝打杈。有些花蕾、小棉桃是长不出棉花的，要是不及时掐掉，白白浪费营养，碍着棉花的长势。枣花做活利索，一株株的棉花蹚过去，双手灵活地上下翻飞，不一会就

144

赶到了前面。再回头一看，咋不见玉山的人影了？人呢？跑哪去了？喊两声，也没人应。四周静静的，只一大片看不到边的棉花。慌了的枣花，忽然听见脚边棉花地一阵窸窸窣窣，玉山一下子站起来，咧着嘴坏笑，露出一口耀白的牙。

玉山这人，好跟枣花闹玩。平日在家，瞅着没人注意的空，凑过去，轻轻地捏她的腰一下。正忙着做活计，没防备的她，止不住"哎呦"一声，回头，见是他，刚要骂，他又蓦地冲她做个口歪眼斜的鬼脸，她"扑哧"一下，又笑了。

也有赌气的时候。咋说呢，两口子，天天在一个屋檐下，谁能保准锅边不碰碗沿？玉山这人，好是好，就是心眼嘛，照枣花的话来说，比针鼻大不了多少。还记得，那一次，枣花从娘家回来，在路上碰到从乡上往家赶的新胜哥。这新胜哥呢，说起来，可真不是外人。

新胜哥跟枣花娘家一个村，住一个胡同。爹娘生了枣花姊妹三个，没儿子。平常家里有个体力活啥的，新胜哥没少帮着干。爹娘拿新胜哥也不当外人，亲近着哩。枣花跟新胜哥呢，两人打小一起长大。枣花小时候跟野小子一样皮实，天天跟在新胜哥屁股后面，上树，下河，玩得可是欢实。在枣花心里，新胜哥就跟自己的亲哥哥一样。唉，新胜哥说起来，也不容易。小时候在苦日子里熬，等好不容易成了家，娶个媳妇没两年，媳妇嫌他老实，穷，撇下他和俩孩子，跟一个外面来的木匠跑了，没了音信。一个大男人拉扯两个小子，也是零落心酸的光景。孩子们缝缝补补，浆浆洗洗的活计，村里的婶子大娘时不时地搭把手。娘离新胜哥家最近，更是没少帮衬。新胜哥也是知恩的人，平时看谁家里水缸的水见了底，就挑起扁担担满水。谁家有盖房、搬运、装卸啥的力气活，不用招呼，甩开膀子就上阵。

两人在路上碰见，自是寒暄一番。看天色将晚，新胜哥把自行车掉头，说，天快黑了，你一人走不放心，我送你到村口。枣花连说不用，可拗不过新胜哥。既然，新胜哥非要送，那就送吧，别拂了新胜哥的心意。两人各自骑着自己的自行车，说起小时候的趣事，两人禁不住哈哈大笑。不知不觉，就到了村口。

等跟新胜哥道了别。枣花推着车子，往家走。想起刚才听新胜哥聊起，还记得不，你小时候？哪像个小姑娘？滚铁环，摔元宝，样样玩得精。那次你跟村东头嘎子玩摔元宝，把人家嘎子攒了好久的元宝都赢来了。嘎子急了眼，晚上拿石头砸你家的门。呵呵，以前，自个咋那么皮啊，枣花不由笑出了声。

美坏了吧。冷不丁从村口场院麦秸垛后闪出的玉山，吓了枣花一跳。

美，当然美。听着玉山酸溜溜甩过来的话，枣花也较上了劲。

回去的路上，玉山自顾自闷头在前面走着，枣花推着车子在后面走。两人没说一句话。

说赌气，其实结婚后，两人也赌过气。以前赌气，都是为些鸡毛蒜皮，说白了，也就是话赶话的事。哪次，都是玉山扛不住，在枣花面前，嬉皮笑脸，讨好求饶的样子。可这次，玉山也较上了劲，也不嬉皮笑脸了，绷着一张脸。晚上睡觉，上了炕，自个裹上被子在炕头一侧，闷头睡。玉山这人，平常笑言笑语，一天不说几句俏皮话就算稀奇事了。可这次赌起气来，也真能憋得住。

　　还是新媳妇的枣花横下心，几天不理玉山。晚上睡觉，枣花抱着被子，和衣躺在一侧。黑暗中，玉山靠过来，枣花裹紧被角，把脸别到一边，留一个冷背给玉山。如此这样，好几次。这时候的枣花委屈得不行。其实，一开始，枣花并不是真生气。刚结婚不久的新媳妇嘛，说是赌气，其实是撒娇的成分多一些。看玉山真的生了气，枣花倒沉不住气了。

　　是个雨夜，外面的雨下了一天了，还没停的意思。淅淅沥沥的雨，潮润，沁凉，平添了几许寂寥的凉意。躺在炕上，看另一侧背朝自己的玉山，枣花一脚轻轻踢在玉山裸露的脊背上。没完了，你。话没说完，枣花的泪就啪嗒啪嗒掉下来。玉山转过身，一把揽过枣花，枣花拱在他怀里，骂着倔驴，醋缸，咬他的肩膀，拽他的耳朵。玉山由着枣花，任她撒泼，只是揽得更紧了。

　　外面的雨小了，滴答滴答的，打在窗户上，响了一晚上。

　　结婚的第二年，村里的壮劳力们都扑腾腾一股脑地外出打工了，玉山也跟着出门了，是天津，离家远着呢。这一走，到年根下才能回来了。玉山不在家，到处空落落的。空落得不行了，枣花就去村东头九桂嫂子家打电话。村里有电话的，就那么几家。拿起电话来，那些绕肠子绕了好几天的话又不知跑哪去了。玉山在那头喂喂地叫着，问枣花有啥事。能有啥事？傻。枣花心里骂着。拿着话筒，听玉山在话筒另一端，略带沙哑、疲惫的声音。起初还藏着些许委屈的枣花，心底里又泛起了一层细细的疼。枣花知道，在工地上苦着呢，吃不好，睡不好。一次，枣花跟春果去县城买东西，路过一个建筑工地。大中午头的，这边几个民工在吃午饭，一手攥着两三个馒头，一手端着饭盒，就那么蹲在地上，大口大口地吃着。那边几个吃完了，横七竖八地躺在树下面打盹。仰面躺着，光着膀子，伸张着四肢。兴许是热吧，脸上搭着湿毛巾，那毛巾早已看不出啥颜色。那么热的天，他们居然睡得很香。枣花想，玉山在外面也是这样吃饭、打盹。枣花心里软软的，酸酸的。看枣花呆怔怔的，春果用胳膊肘捅了枣花一下，嗨，想他了吧？再熬上半年。春果歪过头，嘻嘻笑着。枣花收回眼光，白了春果一眼，整天胡咧咧，你这张嘴啊。

院里那几棵枣树的树干粗壮虬劲，枝叶繁茂。白日里，那些叶儿可真绿，绿得那么纯正，润亮。丰沛的阳光像金豆子，透过树叶的缝隙洒下来，照人的眼。也不知从哪飞来的鸟，落在枣树上，欢快地叫，细细碎碎的声音，轻轻巧巧地落在心坎里，让人痒痒的。不知怎的，许是院里骤然响起的笑声，许是调皮的孩子碰到了树枝，鸟儿们呼啦啦飞走了，掉落几根茸茸的羽毛，慢悠悠地飘落。

一到秋天，树上挂满圆溜溜的枣子。一竹竿打过去，啪啪地落一地，贪吃的小孩子们抢着去捡。拾起一颗，也不洗，就那么随意一搓，放在嘴里一咬，又甜又脆。房前房后，街坊邻居的，谁来串门，看见了，都忍不住打上几竹竿，随手捡起，吃着聊着。临走，再从地上拾起一些，撩起衣襟兜着，带回家吃。乡里乡亲的，自家种的，都不在意。鲜枣好吃，晒成干枣也好吃。等到了腊月，蒸花馒头、枣糕、黄面糕，干枣更是少不了，红红的枣儿嵌着，看着就喜气笃实。甜丝丝的枣香味，裹挟在热腾腾的蒸汽里，一缕缕地往外飘。引得小孩子们，等不及地咽着口水，巴巴地围着灶台，等着揭锅。

还有醉枣呢。醉枣，可是庄户人冬天里最爱吃的零食。每年，枣花着实是要做不少醉枣的。知道醉枣吗？收下来的大红枣，挑些饱满润溜的，在白酒里蘸一下，放在坛子里或者罐头瓶里，封好口，密闭存放。玉山顶喜欢吃醉枣，尤其枣花做的。玉山临走前，总是要捎带几大瓶醉枣，带给工友吃。还有玉川、玉凤，哪次开学，不得带几瓶啊，到底是新鲜的吃食，都稀罕呢，热乎乎的一份人情。知道他们都喜欢吃，枣花做醉枣做得格外上心。选枣、清洗、晾干、过酒、封存，一个步骤都不马虎。

北风刮起来，天，说冷就冷了。村里人抄着袖子，吸溜着鼻涕，跺着脚。见了面，抱怨着，这天，贼冷贼冷，把俺家的瓮都冻裂了。可枣花，早早就盼着天冷，再冷一些，就到年根了。到了年根，玉山就要回来了！

那段日子，枣花的心就跟自己亲手做的那些醉枣一样，发酵着，满涨着，从里到外熏得晕乎乎，整个人都飘飘悠悠的，做什么都心神不定。就像荷叶上散落的露珠，晶亮亮，圆润润，可就是逮不住，任凭在荷叶上滚过来，滚过去。

玉山终于回来了！守着一大家人，枣花是平静自若的样子，可她自己知道，自己是强摁着一颗咚咚跳的心。心里面，早已凌乱得不成样子。吃过晚饭，婆婆说，三麦婶子家过两天娶新媳妇，一大堆事要操持，玉川过去看看，有啥能帮上忙的。乡下人办喜事，乡里乡亲的，都上前凑凑，显得热络人稠不是。玉川出了门，婆婆又唤着玉凤去东屋，说后背酸疼得不行，让玉凤给捏捏。最后，顿了顿，好似不经意地，看了一眼枣花说，玉山今累了，俩人都早回屋歇着吧。

关上了屋门，整个世界都关在了外面，只剩下枣花和玉山。外面寒风呼呼刮着，吹得枣树枝子来回摆动。屋里烧着热炕，暖腾腾的。炉板上烤着花生，散发出好闻的焦香。取出一瓶子醉枣，透明的玻璃瓶里，酽酽的红，那么浓，那么烈。瓶口刚打开一条缝，浓郁的酒香就抑制不住地飘出来，丝丝缕缕的。你一颗，我一颗，屋里溢满了醉人的温暖。玉山看着枣花，枣花看着玉山，噼里啪啦地，眼神燃起了火苗。火苗迅速蔓延，点燃了整个屋里的角角落落。在酒香浓郁的醉人气息里，交缠，起伏，奔涌，一次次地，来了又走。

三

这么多年，玉山的照片一直放在枣花屋里。玉山白天黑夜都在相框里微微笑着，眉眼清亮，肚子里不知在琢磨着哪句俏皮话，就要脱口而出了。照片上，玉山离她那么远，又那么近。大中午头，阳光从窗外爬进来，爬到相框的玻璃上，跃动着，闪烁着，明明暗暗，让人恍惚。

想起，那个中午，玉山冷不丁地从脚手架上掉下来，枣花的五脏六腑都疼得搅和成一团。那么硬的水泥地，那么干冷干冷的天，该有多疼啊。这疼，一旦泛上来，可就没完没了，疼得枣花啥都干不了！真疼啊，从里到外的疼，从骨头缝里冒出的疼。

玉山刚走的那段日子，她总是听到他一遍遍地叫，枣花，枣花。那声音那么真，就在耳边，滚烫烫的，能把人灼烧出一个又

150

一个窟窿。这声音，像纤细而柔韧的丝线，牵引着枣花屋里屋外地找。人呢？老听见声音，咋找不着人呢。枣花急得一遍遍地找，不吃饭，不睡觉，屋里院外来回地找，累得筋疲力尽，找到最后，还是啥也没有。枣花叹口气，冤家，别唬我了。

不能老是疼啊，家里家外一大堆的事都等着呢。唉，就当他出门了，出了个远门。在那边，他也不用冬天冷夏天热地受累了。自己在这边，得把所有的事都担起来，咋也得让他放心不是。等将来，自己也到了那边，再碰见的时候，自己也不心愧。

枣花不止一次地想，那边是个啥样。小时候，听娘讲，说人到了那边，是先到鬼门关，出了鬼门关，途经黄泉路，来到忘川河边，便是奈何桥。奈何桥上有孟婆，要过奈何桥，就得喝孟婆汤，不喝孟婆汤，就过不得奈何桥，过不得奈何桥，就不得投生转世。她的玉山，也是这样吗？鬼门关、黄泉路、忘川河一路走下来，一个人孤孤单单地赶路。他喝孟婆汤了吗？他要是喝了，就把他的枣花忘了吧？可是他要是记挂着他的枣花，倔脾气上来，就是不喝，咋办？那就投不了生，转不了世。想到这，枣花心急不已，纠结不已。就是现在，一想到喝不喝孟婆汤这事，枣花还是理不清。

不是没有过难挨的日子。那些个日子，咋说呢？家里没有了顶天的男人，总归是凄惶的，伶仃的。村里的媳妇们没事时，就好聚在一起，杂七杂八地说说自家的男人。抱怨，嗔骂，可又有谁听不出来呢，那语气分明是自豪的，有底气的。正说得热火朝天，眼角掠到枣花，想起了，便善意地住了口，不再说。枣花觉着是因为自己，截住了大家的话题，不能痛痛快快地敞开了拉家常，反倒怪不忍的。

尤其年下，在外打工的男人们都回来了，整个村庄都荡漾着一股微妙的气息，甜蜜，浓稠，迷乱，让分辨出气息的人们心旌摇曳。这气息也钻入枣花的心里，酸酸地疼。没啥事，枣花就闷在家里，不大串门。这个时候，谁的家里，都是纷乱的，热闹的。有呛人的烟味，有男人大声地咳嗽，甚至随意地吐痰，而这一切，却又是家常的，温热的。说不够的话，亲不够的人，每家都是一派团圆的光景，哪忍心去打搅呢？

玉山走了后，一个个晚上，咋变得那么长，那么黑，黑得望不到边。月光透过窗棂，落在枕边，清凉凉的。半夜里，梦到啥了，一个激灵起来，摸摸枕边，还是空的、凉的。刚才梦里梦到的，都跑了，只留下这一炕清凉的月光。枣树枝的影子映在窗户上，斑斑驳驳的，风一吹，影子也跟着一起晃啊晃，反反复复的，晃得心里面一点也不踏实。

以前跟玉山在一起的那些晚上，闪着银子般的光，一闪，一闪，闪在枣花的心窝里。有梦到他的时候。有数的几次。真切切的，哪像是梦里啊。活生生的，他喘着气，厚实的胸膛那么紧那么紧地贴在她身上，心跳都听得见呢。就像那些晚上，那样的晚上，又回来了。说也奇怪，睡梦中的枣花却又无比清晰地知道这是个梦，可是，她多不愿意醒啊。枣花的嗓子眼痒痒的，好像探出了好些小绒毛，刺挠着喉咙。可她下意识地不敢咳，怕一咳，就醒了。

还有一次，梦到玉山。他在前面走，枣花跟在后面一遍遍地叫，他就是听不见，自顾自地往前赶路。枣花急了，疯一样跑过去，拽住他，掐他，拧他，咬牙切齿地骂，你这个狠心人。他不说话，看着她笑。骂着骂着，枣花哭了，扑到他怀里，哭了个痛快，直到哭醒了。哭醒了的枣花依然哽咽不止，披衣坐起来，月光清凉，像银色的河淌满了整个炕。窗外的树影晃呀晃，枣花感觉自己，像是漂在银色的河面上，随着一圈圈向外扩散开去的水纹，轻轻荡漾着，荡漾着。

夏天晌午头，燥热，闷湿，半阖着眼，想打个盹，翻了好几个滚也睡不着，心里好像有成千上万的蚂蚁在慢慢地爬，让人心烦意乱。谁家的猫趴在墙头上喵喵地叫，火烧火燎地叫，抓挠得人心里乱七八糟。枣花跳下炕，顺手拾起院里的玉米瓢，朝起劲叫着的猫，狠狠地掷去。

有时候，心里空落得狠了，便无端的憋着一股气。蹲在一大竹箩玉米棒前，拿两穗出来，"嚓，嚓，嚓……"用劲地、赌气似的搓着。一遍遍，手都搓红了。金黄的玉米粒，啪啦啦地落下来，有几颗落在竹箩外面。芦花鸡小心翼翼地试探着走过来，飞快啄起，又跑了。

四

虎子快一岁的时候，婆婆赶集回来，不知咋的，重重摔了一跤，再加上本来就有脑血栓，就一直卧在床上了，都靠着枣花自个床前床后地伺候。

那几年，玉川在外地上大学，玉凤在镇上读高中，家里家外都是枣花打理。麦秋这几天，玉凤学校里是要放几天假的。可毕竟玉凤是个孩子，干活也不是麻利利索的，也就打个下手，指望不上。跟她一起去地里干活，慢腾腾的样子枣花看了都急。枣花还担心，玉凤要是考不上学，嫁给庄户人家，啥活也做不来可咋办。

一到麦秋，枣花把自己的娘接来，照顾婆婆，自己就没白没黑地扑在地里了。去接娘的时候，枣花蹬着自行车飞快，到家的时候，衣服后背都汗湿了，贴在身上。爹赶紧递过毛巾，招呼枣花擦擦汗，又给枣花倒了一大杯水。娘盘腿坐在炕上，恨恨地骂，上辈子欠你这个死妮子啥了，老了，还让我不得清闲？枣花立在那，低着头不说话。爹低着头，递过马扎，来回地搓着手，对着枣花说，喝水，喝水。枣花端起搪瓷杯子，抿一口，哦，真甜，爹这是放了多少糖啊。

娘骂完，下了炕，穿上鞋，收拾包袱。枣花扶着自行车轻轻一歪，让娘坐上后座，看娘坐稳后，还是不放心，又搡娘一把。娘拨拉掉枣花的手，还是不解恨地骂，献什么殷勤？折腾我这把老骨头有本事！一直不说话的枣花咧开嘴，笑了。

还没骑到村口，娘想起啥似的，又嚷着要下来。

咋了，娘？

差点忘了。前一阵你新胜哥给了一篮子鸭蛋，我腌到坛子里了。昨个尝了尝，腌到火候了，蛋黄都冒油了。约莫着你这几天要来，昨个就捞出来了。

不用了，娘。留给您和爹吃吧。

娘俩正说着话呢，看见爹急急赶过来。左胳膊提着一篮子咸鸭蛋，右胳膊上又多了一个黑色的提兜，里面装满了饼干、点心。这都是人家送的，我跟你娘吃不了多少。爹呼哧呼哧喘着气，把黑提兜挂在车把上，把一篮子咸鸭蛋递给枣花娘，不放心地一再嘱咐好生拿好了，可别颠破了。枣花娘不耐烦似的，没好气地应了一声，转过头，却又轻轻地笑了。

有风吹来，吹乱爹娘的白发，枣花心里一阵不忍。这些年，爹娘可没少贴补自己。大姐夫早些年承包了镇上的砖窑厂，加上近几年乡下盖房子的多，日子过得可是滋润。二姐这几年过得也不错，自己家开了个小作坊加工面条。虽说赶不上大姐，但小作坊整天忙忙碌碌，张罗得也挺红火。倒是自个，让二老操了不少心。姐姐们孝敬给爹娘的钱，爹娘还不是舍不得花，时不时地贴补给枣花。

麦秋的时候，地里一片金黄，到处充溢着麦香味，一派热火朝天。有娘在家照顾着婆婆和虎子，枣花整个人都扑在了地里，中午饭都顾不上回家吃。玉凤在家的这两天，枣花娘在家做好了饭，玉凤去地头送饭送水。晚上收工回来，枣花一进院门，就闻到卤面片诱人的香。娘说，打发婆婆和虎子都吃了。玉凤也吃了，说去村西头同学家有点事。院子里，枣花泼剌剌地洗着脸，娘，你还没吃？我回来得晚，以后，你吃你的，不用等我。娘递来毛巾，人老了，哪这么饭急？早点晚点的，不打紧。

一小盆色泽油亮的卤汤里，木耳、黄花菜、肉片、韭菜点缀其中。娘擀的宽面片，筋道，有嚼劲。舀一勺卤汤，再撒一些葱末、蒜泥，筷子一搅，令人开胃的喷香一下子蔓延开来。枣花低着头，大口大口地吃着卤面片。看着枣花晒得黝黑，脸上曝起了一层皮，娘轻轻叹口气，把自个碗里的肉片一一挑到枣花碗里。

俺让人捎话了。你俩姐姐忙完自己家里的那一堆事，都过来帮你忙活忙活。

哦，不用。我自个行。姐姐们都忙。

甭嘴硬了，瞎逞能！倔种！娘瞪了枣花一眼，气呼呼嘟囔着。

吃完饭，枣花起身要收拾饭桌，娘挡着。快去擦擦身上，都有汗酸味了。

娘收拾着碗筷，扭头催促着枣花。

回屋里，枣花歪在炕头。一动也不想动了。浑身酸痛的枣花，一扭头，看玉山依然在相框里笑，不紧不慢的样子。枣花斜着眼瞥过去，骂道，冤家，你倒是会躲清闲！

五

玉川大学毕业分配的时候，是能分在省城的。可玉川执意回到了县城。时间过得可真是快，打眼间，玉川就长成一个十足的大男人了。真不愧是兄弟俩呢，眉眼间，还有一笑起来微微上扬的嘴角，跟玉山真是像呢。时不时地，枣花看着玉川，就出了神。

县城离家有百十里路，十天半月的，玉川就回家一趟。回到家的玉川，从不闲着，家里地里的忙活。玉川是个干净人。哪次回来，都把院子甚至巷道口都扫得干干净净，再洒点水，泥土新鲜的土腥味淡淡地弥漫开。家里家外的杂物顺带着整理整理，整个家都显得敞亮开阔。

玉川人长得排场，又有学问，十里八乡的，那些有适龄闺女的人家都眼热着呢。想到这，枣花的嘴角向上抿了抿，颇有些得意地笑了。俺家玉川兄弟咋也得找个城里媳妇，咋得也是个喝"洋墨水"的吧，长得呢，也不能差了，咋也得和玉川般配吧。

玉川心高。在村里，都兴定"娃娃亲"，十来岁的时候，就把亲事定了。玉川上小学那时候，就有人上门提亲了。可玉川一倔到底，怎么也不应允。玉山娘为这事还打过玉川，还是玉山说了话，玉川不愿意就算了，他念书念好了，给娘娶个洋媳妇回来！这番话逗笑了在气头上的玉山娘。玉川也真是争气，考到县一中，三年高中念完后，又考上了省城的大学。

玉山常说，将来玉川就是个城市人了，得找个体面合适的城里姑娘，在城里体体面面地工作、压马路，想想咱都替他舒坦。

玉川回家的时候，知道玉川爱喝面疙瘩汤，枣花就特意地做。每次玉川都能喝两大碗。枣花搅的面疙瘩汤，玉山爱吃，玉川也爱吃。细碎的肉丁煸炒出香味，再放一把香葱末、姜丝，爆炒出浓郁的香气后，加上两大瓢清水。把面粉加点清水搅成均匀的小疙瘩，放入沸腾的水中，最后，撒点碧绿的青菜叶、鲜红的西红柿，红红绿绿的、热气腾腾，馋人着呢。以前玉山顶爱这一口。玉山爱吃烫食，盛一碗滚烫的疙瘩汤，呼呼地冒着热气呢，玉山捧着碗，不一会，吸溜吸溜地，一碗疙瘩汤很快就见了底。枣花一边接过碗盛满，一边絮叨着，瞅你，慢点喝，别烫坏了嘴。玉山坏坏地笑着，拖长了音调，嘴，可不能烫坏。他附在枣花耳朵边，说了一句什么，枣花的脸一下子红了，骂一句滚一边去。放下碗，抡圆了巴掌要打过去，可终究，又放下来，笑了。

玉川刚工作那两年，提亲的人三天两头来枣花家。条件都不错。有镇上的中学老师，有县城百货楼的售货员，有农机站的技术员……枣花一一筛选着，打听着，再一一说给玉川听。玉川只是低着头，笑笑说，不急，不急。

这"不急，不急"的，说了好几年，后来，枣花真急了。说给要好的春果，春果嗤嗤地笑了，拧一把枣花的胳膊，傻呀，枣花，兴许玉川心里是有想头哩。想头？啥想头？枣花拽着春果问。春果一脸坏笑地看着她，不急不缓地反问枣花，你说呢？

春果是个热心肠。玉山走了后，春果没少帮枣花的忙。家里家外，地里地外，只要能照应上的，春果都搭把手。春果的孩子大壮比虎子大四五岁，知道枣花不嫌弃，大壮穿小的衣服，春果洗得干干净净，送过来给虎子穿。春果这人，爱说爱闹，人也活络，跟村里的男人们开起玩笑来，也没遮没拦。对村里男男女女的事，敏感得很，谁半夜敲谁的门啦，谁跟谁钻玉米地了，她知道的最多，常听得枣花脸红心跳。

自打春果这话后，枣花咋觉得都不对了。以前没往这寻思过，细琢磨，好像是有这么一点。唉，玉川这孩子，勤快、仁义，瞅着我和虎子孤儿寡母的，不容易，他心不忍哩。话又说回来，不忍归不忍，一出归一出，咋也不能委屈了玉川不是？玉川念了这么多年书，肚子里有学问，出息成这样，不易着呢。人不是都往高处走嘛，玉川有着好光景奔呢！要是真这样了，玉川单位的领导、同事会咋看他？不行！这可不行！万万不行！

以前跟玉川待在一起，枣花心里坦荡荡，啥也不放。自打这以后枣花心里就有些不安了，有意避让着。

那天，是个礼拜六，玉川去地里浇水，回来时天都黑了。枣花紧着上灶炒两个菜，赶紧端过来让玉川先吃着，她忙着把捏好的葱油花卷入锅。玉川回屋拿了一瓶酒。平日里，玉川很少沾酒的。玉川喝酒，枣花拉风箱。喝着喝着，玉川的话多起来，两人有一搭没一搭地聊着，偶尔，想不起说啥话的时候，就安静下来，静静的，只有风箱来来回回地呼哧，呼哧。玉川咳一声，又咳一声。

院里的那只白鹅气定神闲地散着步，走到门口，探探头，又走了。

玉川深深抿一口酒，回头看了一眼枣花，嫂子……哦，不，枣花姐……我……

枣花，在这个村，好多年没人这么叫她了。嫁过来的时候，村里的人都叫她玉山家的，有了虎子，就都叫她虎子娘了。也只有玉山，也只有他俩在的时候，他在她耳朵边上，轻轻地，一遍一遍地唤：枣花，枣花。

枣花恍惚了一下。

花卷熟了。枣花熄了火，掀起锅盖，巨大的热气蒸腾而起。枣花冲着院子里专心玩着玻璃球的虎子喊，虎子，回来，吃饭了。给你叔端花卷尝尝。

以后，凡见了玉川，枣花一副凛凛然的样子，绷紧的面庞像一方冰凉的玻璃。枣花小心翼翼地，努力端着这方玻璃，不敢有丝毫差池。她知道，玻璃碰不得。一碰，就碎了。

玉川盘算着张了好几次嘴，那些话在舌头尖打了几个回转，又让枣花端着的这副凛凛然的模样，硬生生，逼回去了。

玉川找对象了！是玉川单位的会计。玉川领姑娘来家的那天，枣花早早地起床拾掇，张罗了一桌子菜。姑娘模样好，身段俏，还跟玉川一样，是公家人，村里人说起来，枣花满心欢喜，格外受用。

姑娘挺机灵，看事着呢。给婆婆买了水果、牛奶，还有一些老年人爱吃的点心。枣花领着姑娘来到婆婆床前。那时，婆婆还能说清楚话，半坐着，攥着姑娘的手，一直在笑。

枣花忙着做饭，姑娘就在厨房里帮着枣花择菜，淘洗，两人热热闹闹地说着话。能看出来，姑娘是真心相中了玉川，瞧那时不时瞅向玉川的眼神，满满的，都是女孩家的娇羞。玉川身上的毛衣，是姑娘织的。枣花特意留意了一下，针法均匀，板正，花色洋气。嗯，这姑娘针线活能拿得出手。听姑娘说，玉川单位食堂伙食不太好，隔三岔五地，她就领玉川回家，让父母做点好吃的，让玉川打打牙祭。姑娘还说，前些日子，她给玉川做了一床厚褥子，新棉花，暄软暖和。行，这姑娘知道疼人，玉川找了她，不会受屈。枣花心里欣慰地想。

因为要急着赶回县城，吃完午饭，玉川跟姑娘就匆匆地走了。家里一下子清静下来，柜上的座钟"嘀嗒，嘀嗒"的声音很清晰，兀自响着。芦花鸡专心致志地啄着饭桌下的米粒，吃得高兴了，便抖擞着翅膀，脖子上的翎毛都张开了。枣花收拾着灶房里的盘盘盏盏，蓦地，感觉有些失落。这失落没缘没由的，像风吹起的那些细细的沙尘，说不出从哪而起，又落到哪去。

六

时间，真不经过。一晃，没试着怎么着，就一下子滑过去了，连个尾巴也抓不着。那天照镜子，枣花看见自己的头顶居然冒出一小撮白发，白得刺人的眼。这么快就老了呀。再照照，脸颊两侧那些褐色的斑，咋那么丑？眼角也耷拉了，还有额头，那两道皱纹，咋那么扎眼。唉，真成了老婆子了。再回头看看，玉山在相框里依然青壮的样子，咧着嘴冲着枣花笑。笑我老了呀，冤家。枣花自言自语，将来，真到了那边，可别认不出我来了！

虎子落地后，还是断不了有人劝枣花再走一家。就连自己的娘，还有姐姐，不也提过吗？枣花知道，她们是疼惜着自己。这么年轻，没了男人，让一个穷家拴着。有时，枣花累得狠了，也不免有些松动。可再一想，自己真离开这个家，玉川玉凤都上学，卧病在床的婆婆可咋整？没法安顿。枣花跟娘说，就是走，也得等把家里都安顿好了。一开始，是盼着玉川工作，这不，工作了，又急巴巴地给他办喜事，办完玉川的喜事了，玉凤又考上南京的大学了，一出出的，赶趟似的，紧着呢，枣花哪敢松口气。这几年，婆婆的病也没见好，还是下不了地。枣花自己的事，就一拖再拖。时间长了，自己就不往这寻思了。

好多次，枣花冲着相框里的玉山嗔怒一番，冤家，你是想着法拴着我呀！先是虎子，再是娘、玉川、玉凤，你可把我拴牢了！我可跟你说好啰，等玉川、玉凤都成了家，你可就拴不住我了！

枣花说这话的时候，下巴微微上扬，眼角瞥着相框，就像玉山活生生地站在那，一声不吭地看着她笑，听着她的骂。与其说骂，不如说是有一些撒娇的。拴不住。枣花又回味了一遍这几个字，有些不好意思了。

七

今个出门借钱，没去娘家。新胜哥的厂子就在娘家村头上，容易碰见。前一阵，新胜哥送来两万块钱，说枣花这阵子正是用钱的时候，这钱先拿着用，别让钱难为着，就当借的。枣花死活不要，说钱早备下了，一时用不着。一叠钱在两人之间推来搡去，最后，还是依了枣花，硬是没收这钱。姐姐说自己啥哩，死要面子活受罪，受罪就受罪吧，心不受罪就好。

前几年，新胜哥开始养鸡、养鸭，还真折腾出了名堂，在村北边办起了家禽饲养厂，像模像样的。俩孩子也长起来了，帮着自己的爹打理厂子，日子慢慢兴旺起来，让人眼热。

新胜哥家这几年是过得不错，可家里缺一个浆洗缝补、灶前灶后忙活的女人，咋也是看着光景零落。新胜哥爱吃杠面馒头，虽说现在外面不少卖馒头的，可那馒头暄软软的，没点嚼劲，不筋道。赶上家里蒸馒头，娘就特意多蒸一锅杠面馒头，留着给新胜哥。这几年，娘年纪大了，揉杠面馒头费劲了。枣花就接过了这茬，在家里蒸好了，回娘家的时候带着，给新胜哥送去。除了杠面馒头，自家做的黄豆酱，腌渍的姜不辣、水萝卜，调制的韭花酱，做的醉枣……也是短不了给新胜哥家送去。新胜哥家俩小子见了枣花，也是热络得不行，枣花姑长枣花姑短地叫。

其实，当年爹娘是指望着枣花招个上门女婿的。可枣花那时在镇上上中学，早跟高自己两年级的玉山情投意合。上学放学的，都是跟玉山一起。对于玉山，爹娘觉得人还是不错的。只不过，家里没了爹，玉山又是老大，底下弟弟妹妹还都在念书，担子不轻快。再说，玉山家里这境况，是指定来不了做上门女婿的。

娘放出风，说要给枣花招上门女婿。来家里说亲的，人不断呢。有那么几家，有模有样的，无论家境，还是本人，都算上好的人家。就等着枣花点了头，再安排两人见见面，究竟咋样，得让枣花自己定吧。

娘那边喜滋滋地张罗着，可这边枣花是铁了心，任凭娘再怎么叨唠，枣花就是一千一万个不点头。那边媒人催得紧呢，娘急了，满嘴起了燎泡。见枣花还是油盐不进，一巴掌抢在枣花的脊梁背上。打也打了，骂也骂了，枣花还是硬挺着脖子不点头。最后，还是娘让了步。

枣花出嫁的时候，娘陪送了八床被子。记得当年两个姐姐出嫁的时候，娘陪送了六床。怪不得两个姐姐整天吵吵着娘偏心呢。其实，姐姐们也就是说说，不当真的。从小到大，一家人都宠着枣花呢。以前日子穷，饭桌上难得一见的荤腥，都进了枣花的口。那时的枣花小，心安理得地大口吃，炫耀似的看着两个姐姐眼巴巴地看着她，暗地里咽唾沫。两个姐姐从没跟娘顶过嘴，从小到大，娘说啥是啥，就是娘说的不对，也应承着不还嘴，哪怕背过身再委屈得掉泪。枣花不，打小就心里有主意，啥事都好跟娘抬杠。有时吃着吃着饭，娘俩就嚷嚷起来，急赤白脸的。然后，都不说话了，谁也不理谁。到下顿饭，娘再聊起一个什么话头，枣花忘了谁也不理谁的茬，忍不住搭了腔，娘用眼神剜着枣花，到底还是没绷住，笑了。

枣花和姐姐们都出嫁后，平时就剩下老两口在家。新胜哥常去家里坐坐，陪爹娘拉拉呱。平日里，常提些鸡蛋鸭蛋过去，逢年过节的，还专门备上酒、点心，情意热络着呢。有时枣花回娘家，新胜哥知道了，总是提两兜子鸡蛋，或是几只鸡鹅的，让枣花带回去。

午后，阳光暖暖的，懒懒的，洒进小院。枣花洗着一大盆床单。爹娘年纪大了，洗床单这样的大物件显然是费劲了。枣花回娘家的时候，看见被单床单的脏了，就紧着换下来洗洗。阳光下，盆里的肥皂泡五颜六色的。虎子拿一个小瓶装满了肥皂水，专心地用一截塑料空心管，饶有兴致地吹肥皂泡玩。轻轻吹口气，管的另一端便挂上了肥皂泡，轻轻颤着，颤着，透明晶亮的泡泡上，炫动着五彩的颜色，煞是好看。泡泡越来越大，越来越大，轻轻扬一下手中的塑料管，泡泡便飞起来了，晃悠悠地飞，一会儿工夫，"噗"一下，泡泡就碎了。满院子都是肥皂水的芳香。

娘坐在一旁的木凳上，给虎子缝补裤子。野小子，就知道顽皮。整天上蹿下跳的，衣裳裤子没几天就糟蹋得不像样。娘絮絮地说，似乎是埋怨，却又分明带了些炫耀、骄傲的意思。爹蹲

164

在一旁，还是不说话，吧嗒吧嗒地抽着旱烟，眼睛却一直盯着满院子追着泡泡跑的虎子。偶尔，爹往地上磕两下烟锅，嘿嘿笑两声，这小子，着实皮。

说完了虎子，娘瞅一眼枣花，说，这几年给你新胜哥说媳妇的可不少。都知道你新胜哥人厚道，实诚，日子过得也红火，谁不愿意往跟前凑啊。前阵子，我还跟你新胜哥说，差不多就行了，可别挑花了眼。

枣花洗完了床单，擦干净晾衣绳，一条条往上搭。搭好的床单把枣花跟娘隔开了。枣花两手拿起床单两端，拽拉平整，拽一下，拉一下，呼啦啦的。影子投在床单上，一晃，一动。

其实，新胜哥的心思，枣花是知道的。两年前，新胜哥就托大姐跟枣花说了。枣花当时没太当真，寻思着新胜哥也就是提一提。再说，婆婆病瘫在床，玉川还没结婚，玉凤还没考学，自个哪能一走了事呢。枣花直说不行。

那天，枣花去镇上赶集，回来的路上碰到了新胜哥。新胜哥开着自家的小轿车，小轿车亮闪闪的，在阳光下耀人的眼。新胜哥下了车，跟枣花在路边说话。

新胜哥，你这是上哪去了？

哦，从县里参加一个贸易会。

枣花推着自行车，车后面的蛇皮袋鼓鼓囊囊，装满了菜。前面的车筐里放着两斤鲜猪肉、一大块排骨、一把带鱼。

买这么多菜？

俺家玉凤考上大学了。这礼拜玉川两口子也回来。这不高兴嘛，多备些菜。

新胜哥深吸了一口烟，白色的烟雾絮絮地缭绕，一阵风吹来，就一下子消散了。

有日子没回娘家了吧。不大见着你……孩子们常念叨你呢。孩子们……拿你挺亲。

枣花捋捋耳后的头发，笑了。

俺……哦，不。大姐给你说的那事……俺心里一直放着哩。俺……俺能等。

路上有赶集回来的人，三三两两的。有人认识新胜哥，跟新胜哥打着招呼。间或好奇地、用别有深意地打量着他俩。

快走吧，新胜哥。让人看见，不好。枣花被投过来的探询的眼光，弄得有些不好意思。

新胜哥笑一笑，踩灭烟头，抬头专注地看着枣花，想要把枣花看到骨头里似的。

快走吧。枣花再一次催促。

哦，新胜哥答应着。转身打开车门的瞬间，停了一下，又折身回到枣花身边。

还有……你做的韭花酱，下饭，开胃，都爱吃。要是……天天能吃上你调的小菜，就好了。

路边的地，不知是谁家的，在地头栽了几棵南瓜。藤藤蔓蔓的，碧绿葱茏，间或还有开得娇黄的南瓜花，有两只蜜蜂盘旋在周围，嘤嘤嗡嗡地飞着，营营扰扰的。

一直低着头的枣花侧转身，抬起头。阳光真好，一小片明亮炫目的阳光溅入枣花的眼睛。

八

夜,更黑了。今晚的电影该是两场吧?枣花拉亮了院里的灯,昏黄的灯光晕染开来。枣花的影子映在地上,枣花走,它走。枣花不动,它也不动,跟枣花寸步不离。灯泡周围,一群小虫子在嗡嗡地飞得欢。几只蛾子,忽闪着翅膀,一下下,不死心的,撞向灯泡。院墙根下,有小虫子啾啾叫着,叫一阵,歇一阵。远处,传来几声狗叫,叫几声,也就不叫了。

夜色中,枣树散发出的特有气息,此时格外浓郁。这熟悉而稳妥的气息,让人心里安宁沉静,也让人心思恍惚。一恍惚间,过去那些跌成碎碗片的回忆,又重新聚拢,重新黏起来,呈现着美好的弧度,闪烁着莹润的光泽。

一阵风吹过,枣树的叶子轻轻摆动,发出簌簌的声响,如热烈低声的私语。啪,一颗圆溜溜的枣掉下来,落在枣花的头上,弹一下,又骨碌碌滚到一边去了,把枣花吓了一小跳。骤然想起以前玉山躲在枣树后面,趁她不注意的时候,冷不丁地拍她肩膀,她惊叫一声,一下子钻进他怀里。枣花捋了捋胸口,揉揉头,笑着说,当家的,有完没完?到了那边还跟我闹呢!

长　发

一

棉子一晚上都没睡着。

来滨城总部参加档案信息培训班之前，棉子是有些犹豫的。下个月就要结婚了，需要张罗的杂七杂八挺多，让卫栋一个人操心，总觉得不是那么回事。这次培训班主办方安排了采风，要到婺源去，这可是棉子一直心心念念想要去的地方。卫栋看出了棉子的犹疑，拍着胸脯让棉子一万个放心，家里的事全交到他身上。他说，去婺源吧，这么好的机会错过了怪可惜的，开心玩。到最后，卫栋还开了句玩笑说，去吧，去吧，给自己的单身生活告个别，回来后成了我媳妇，就得天天围着锅台安心伺候我啰！

卫栋准备了一大兜吃的，让棉子在火车上吃。棉子有点晕车，卫栋给她买了柠檬、橘子、山楂片，这几样是棉子出门坐车常备的吃食。知道棉子不喜欢吃甜腻腻的面包、蛋糕，卫栋专门炒了一大瓶腌雪里蕻炒辣椒肉末，两张芝麻软饼。棉子在火车上咬一口软饼，再用小勺舀一点雪里蕻，想着卫栋一点点给自己准备这些吃食的样子，心里泛过一层层暖意。

坐了一晚上火车，第二天上午十点多，棉子到了滨城。培训班安排在一家四星级酒店，二楼会议室是学习地点，住宿在一楼。酒店环境还是很不错的，舒适、雅洁，棉子住的是单间。进房间第一件事，棉子就迫不及待地进浴室冲澡，把头发好好地洗了洗。一路上风尘仆仆，头发上不知沾了多少灰呢，棉子心里为头发委屈着。洗完后，棉子从包里找出护发精油，仔细涂抹在发梢。

棉子一头漆黑的长发垂至腰际。顺柔软滑，如同闪着光泽的软缎。棉子对自己的头发呵护得紧呢。虽说现在时兴染发，大街上爱美的女孩子们顶着一头或红或黄的头发，单位的姐妹们也常相约着去美发店整个"离子烫"或者"陶瓷烫"啥的，棉子知道染烫之类对头发损伤很大，她可舍不得这么折腾自己的头发。还有，她不喜欢别人摆弄她的头发，包括美发店的员工。

棉子常自己给头发做护理。她把黑芝麻磨成粉，用纱布挤出芝麻油，与橄榄油调匀，避开头皮，抹在头发上，戴上发罩，二十分钟后洗净。除此之外，棉子洗发时，隔三岔五，会用一些啤酒或是白醋轻揉长发。棉子在自己的一头长发上可是下了功夫了，所以，棉子的头发格外顺滑有光泽。

二

课程不算太紧。每天逮着空隙，棉子就出去逛店，挑了好多漂亮新奇的小玩意。前天买了两只小木碗，昨天买了一只青花的花瓶。棉子把这些小玩意统统摆在桌子上，细细打量，琢磨着它们进了自己的小家，将会把家里装扮得多么温馨又别致啊。每天晚上，卫栋都会打电话到房间，无外乎是问棉子今天吃的啥饭呀，睡得好不好啊，又买了啥新鲜东西啊，然后再汇报一下收拾新房的进度，说厨房的灶台垒好了，橱柜明天就到货了，是棉子喜欢的淡蓝色；说棉子定制的书柜完工了，已喷上油漆，等干了，就可以搬进新房了……两人在电话里，隔着几百里，絮絮地聊着，温情地，共同构筑自己的小家。

那天棉子洗完头发，想出去走一走，让头发干得快一点。晚风徐徐，吹得人很惬意。宾馆门口西侧的空地上有几排垂柳，柳枝低垂婆娑，营造出一片静谧悠然的小天地。棉子没事的时候，就上这来走走。当年在乡下的时候，奶奶家门口的河岸上就长着这样的垂柳。

一阵笑语传来，棉子循声望去，是一男一女往宾馆大门口走去。棉子本能地躲在树影暗处。灯光下，男人揽着女人的肩膀，动作亲昵暧昧。女的穿一件露肩吊带衫，下面穿一条桃红色的阔腿裤，不时发出吃吃地笑，男人偶尔跟女人耳语几句，女人笑得更加厉害，男人也跟着笑。

突然地，棉子怔住了，男人说话的口音和腔调一下子冲进棉子心里。她揉了揉眼睛，定了定神，再偷偷地尾随仔细看。是他，棉子的心不受控制地跳起来。

一男一女依然调笑着，棉子一直在灯影暗处盯紧了看。男人的手时而滑过女子的腰部。

棉子看见他们进酒店的客房部了。

三

那年，棉子上初二吧，一家人从Ａ厂生活点搬到Ｅ厂家属区。

棉子的小学，整整五年，都是在乡下度过的。棉子的爸爸是厂子办公室主任，妈妈是厂区学校的教师，天天忙得脚不沾地。生下棉子后，妈妈便把棉子的奶奶从乡下叫来，帮着照顾棉子。棉子断了奶，一心挂念着老家的奶奶便抱着棉子回了乡下。

当初，棉子上小学的时候，棉子妈就打算着把棉子接回来。可一直跟奶奶生活的棉子却死活不肯来，扯着奶奶的衣角，眼泪扑簌簌往下掉。本来就舍不得棉子的奶奶就对棉子妈说，你俩工作忙，你身子骨也不强，孩子我先带着。棉子不愿走，就在这上学吧。学校离家也不远，放心吧。等棉子上了初中，棉子这才跟妈妈回到家。

Ｅ厂家属院跟Ａ厂生活点差不多。家属院是成排的平房，每排四户人家，每家院子是连着的，中间隔着一道墙。隔壁是一对年轻的小夫妻，搬家的时候，两人帮着棉子一家一起忙活，搬这搬那的。女的穿了一件碎花的衫子，很瘦，皮肤黑黄，头发被一根缠着红毛线的橡皮筋束起来。男的穿着条牛仔裤，一件白衬衣，身材挺拔。第一眼看去，棉子觉得两人有些不般配。

爸爸招呼棉子："棉子，这是小郁叔叔。跟爸爸一个单位。那是小关阿姨。"

"叔叔？阿姨？"他们这么年轻，看着比自己也大不了几岁，叫哥哥姐姐差不多，棉子心里嘀咕着，还是有礼貌地叫了一声：

"郁叔叔好，关阿姨好。"爸爸告诉棉子，小郁叔叔叫郁良，是厂里的技术员。关阿姨叫关英，是郁良的爱人，两人刚结婚还不到半年。

郁良笑的样子，让棉子有似曾相识的感觉。她想起来了，小学的时候看过一部电视剧《夜幕下的哈尔滨》，郁良特别像里面的男主角——地下党王一民。那时棉子还在乡下，放了学吃过晚饭，就跟小伙伴们到村南头的大队部里看电视。那时，整个村里就这一台电视，春夏秋冬，全村的男女老少都挤在这一台电视机前围着看。这一台电视机牵扯了棉子和小伙伴们多少的心思，多少的欢乐啊。当时播放这部《夜幕下的哈尔滨》时，搅得棉子跟她的小伙伴们整天热血沸腾。王一民文武双全，足智多谋，无论出了多危险的状况，只要他出现了，就能化险为夷，棉子对他崇拜得五体投地。每天棉子跟小伙伴们早早地等在电视机前，等着王一民的出现。所以，跟郁良的第一次相见，就一下子把棉子拉回了那些温暖快乐的记忆。

棉子又看了一眼郁良，真的像，眉毛、眼睛特别像。此时的棉子，正值青春期发育的缘故吧，挺胖，浑身上下圆嘟嘟的，穿着一件肥大的T恤，一条妈给她买的运动中裤，顶着一头短短的头发，乍一看，还以为是个男孩子。在乡下的时候，一开始，棉子也留过头发。那时奶奶常给棉子梳《红灯记》里李铁梅的发型，发辫根上系一截红绸子，走起路来，红绸子飘啊飘的，挺招人眼热的。留辫子好看是好看，可是也容易招虱子。有时棉子走亲戚，在亲戚家睡一宿，就会招上虱子。回家后，奶奶就一次次地给棉子满头地找虱子，消灭掉。奶奶拿篦子（一种齿很细很密的梳子，专门用来梳理出虮子）一遍遍梳理棉子的头发。奶奶看满头的虮子，有时烦躁起来，禁不住要嘟囔；棉子有时嫌奶奶梳拉得头发疼，也噘着嘴不愿意。于是，奶奶决定给棉子剪头发。棉子也让常来光顾头发的虮子弄得苦不堪言，所以一老一少一拍即合，当即剪成了短发。被妈妈接来后，棉子还是保留以前的习惯。头发稍微长长一点，棉子就觉得不自在，要剪。

郁良在厂子里任技术员，关英是家属，出于照顾，厂子里给她安排了打扫招待所的工作。说是招待所，其实就是几间平房，每间房摆了三张单人床，供临时来厂子干活的工人师傅们中午休息用的。招待所平常来人不多，所以也没有多少卫生可打扫，所以关英挺清闲，每天有大把的时间。棉子妈性格随和，说话热络，关英经常去棉子家串门，跟棉子妈聊天。关英跟棉子妈闲聊的话题总是围绕着郁良，"他爱吃面食""他不喜欢炒菜的时候放姜""他喜欢用桂花泡茶""他愿意穿白衬衣"……关英和郁良是南方人。关英做的泡菜、辣椒酱很地道，可是做北方的面食就有点不赶趟了。棉子妈做面食是一绝，包子、菜盒子、饺子、馅饼，样样拿手。每当做这些吃食的时候，棉子妈就唤棉子给郁良家送一些过去。关英说郁良爱吃得不得了。关英还跟棉子妈特意讨教了这些面食的做法，回家后也如法炮制，可做出来后总是差一些味道。

听大人们私下议论说，郁良家在农村，跟关英是一个村的。关英比他还大三岁呢。郁良家境贫困，考上大学后，是关英一直操持着挣钱资助他。郁良的父母身体常年多病，关英三天两头去家里照应。郁良上大学的时候，学习成绩优秀，年年拿奖学金。成绩好，人长得也好，有不少女同学都抢着喜欢他呢，他都没应承。毕业后分来E厂工作，第二年就娶了关英。

棉子再看郁良的时候，眼神里就多了几分敬意。

郁良家院子里有一棵桂花树，就在两家之间的院墙根下，枝叶婆娑摇曳，都伸到棉子家院子里了。中秋前后，桂花树就开满了星星点点的小花，香气浓郁，隔老远就能闻得到。郁良两口子来棉子家串门的时候，棉子妈在院子里支起小矮桌，沏上茶。在满院飘浮的花香中，随意地笑谈。聊到高兴处，唤孩子们摘一点桂花，放到茶里，香气直入肺腑。郁良说桂花茶芳香提神，养阴润肺，他一直喜欢喝。关英每年都摘好多桂花，晾干，放到一个大玻璃瓶里，留着给郁良泡茶用。

郁良会弹吉他。闲暇时分，他坐在院里的桂花树下，轻轻地弹曲子。棉子不知道弹的什么曲子，但是她就是觉得好听。棉子藏在自己的小屋里，侧着耳朵偷偷地听。吉他声声，像流淌的泉水，清冽冽地流过棉子的心田，心里再有啥不开心的事，也抛到九霄云外去了。那天，棉子听到隔壁院子里又响起吉他声，她借故倒垃圾，从郁良家院门口经过的时候，往院里瞅了一眼。郁良穿着一件白衬衣，坐在桂花树下，低头拨弄着吉他。一旁，关英微微笑着，正踮着脚摘桂花。不知怎的，从门口经过的棉子，心里浮起了一层淡淡的惆怅，说不出的，轻轻的，但是丝丝绕绕，怎么也散不尽的。

郁良跟厂区里别的男人不一样。他总是把自己收拾得很洁净，平展展的衣裤，穿在身上总是那么得体。就连上班穿的工衣，也不像别的男人一样皱巴巴，脏污得不像样。再热的天，他也不像别的男人那样随意地光膀子，穿大裤衩，晃晃悠悠地到处走。他总是一条长裤，一件短袖衬衣或是 T 恤。郁良穿白衬衣的样子真是好看，配着蓝色的牛仔裤，清爽得让人心旌荡漾。他说话的时候，语调温和，不像别的男人粗着大嗓门吆五喝六。

棉子家住在房头，附近的住家常会聚集到房头的空地上聊天。夏天吃过晚饭，大家一手拿着马扎，一手拿着蒲扇，趿拉着拖鞋就不约而同地来了。这时候，棉子的爸爸会招呼棉子赶紧烧水沏茶。郁良也是这其中的一员。大家天南海北地随意聊，碰到摸不准的话头，大家总会把头转给郁良，问问他。大家觉得郁良读书多，有见识，懂的也多，尤其是郁良的话让大家都信服。每当郁良不紧不慢地笑着接过话头，用温和的语调慢慢聊着时，棉子心里充满了仰慕。

很快，郁良家添了新成员。关英生下了凯凯。郁良和关英的父母都不在这，郁良工作挺忙的，日程安排得满当。关英自己在家照顾孩子，喂奶、洗尿布、洗衣、做饭，忙得恨不能长出三头六臂，棉子不上学在家的时候，她自个在家忙不过来，常趴在墙头上喊棉子过去搭把手。闲下来的时候，她们俩就随意地聊。棉子最愿意听的是有关郁良的点点滴滴。她们也常常聊起乡下，虽然一个北方，一个南方，地域的不同却有着共通的气息，两人在彼此的倾听和倾诉中，共同怀念那一段散发着泥土芬芳的岁月。

上初三的时候，班里开始流行琼瑶的小说，女同学们都着了魔般抢着看。棉子也不例外。她看的第一本琼瑶小说是《月朦胧，鸟朦胧》。那晚她趴在床上，捧着这本小说看到深夜两点，依然毫无困意，她被书里缠绵悱恻的爱情故事折腾得千折百回。后来，棉子又陆续读了琼瑶别的小说，每读一本，就被书中的爱情故事感动得不行。有一次，棉子还梦到小说里的情节，梦见自己去赴一个约会，老是走不到约会的地点，急得不行。后来历经千辛万苦到了后，是一座桥，桥上面站着一个人，频频向棉子挥手。飞奔过去，走近了看，那人居然是郁良。

这个梦让棉子惊心不已，也甜蜜不已。再碰见郁良的时候，她不敢正视他了，担心郁良会窥视到她心中的秘密。怕碰见他，又渴望见到他。棉子的心上上下下着，停息不下来。

棉子家房后的窄巷是郁良每天上下班的必经之路，厂子很近，家属区的职工们都步行上下班。棉子藏在自己房间，拉上窗帘，只掀开一条细细的缝，等着郁良的出现。郁良走过来了，好近的距离，她清楚地看到碎金般的阳光在郁良的发端跳跃，他微蹙的眉，他指间燃着的烟，他白衬衣的衣角被风吹起。她的心跳着，掀着窗帘的手也止不住地轻轻颤抖，她真担心，万一自己颤抖的手不小心拉开窗帘，万一郁良忽然侧头瞥见，自己曝光在光天化日之下，该有多尴尬，多张皇。

棉子开始审视自己。越审视越自卑得要命。她站在镜子前细细打量自己，越发觉得自己怎么这么丑、这么胖：脸盘太大，双颊的肉太多；腰也太粗，跟琼瑶小说里"盈盈一握"的纤腰一点也搭不上边；腿也太粗，丑死了，夏天穿裙子露着大粗腿，多难看啊；眼睛怎么这么小，像睁不开一样……

减肥，一定要减肥，必须要减肥。棉子给自己下了"军令状"。每天，棉子有意控制自己的饭量，又怕被妈妈察觉，也不敢控制得太明显。棉子只盼望赶紧考学考出去，离开妈妈的监管，自己可以随心所欲地减肥。

关英说，郁良爱吃荠菜猪肉馅的饺子。星期天，棉子约了班上的女同学一起骑着车子去三里外的田野里拔荠菜。每次棉子都拔两大布兜子，装得满满的。回来后，又择又洗的。这边棉子妈一边和面剁馅准备包饺子，一边说，棉子你在乡下，还没稀罕够这野菜啊？以前也没听你说你喜欢吃荠菜饺子。棉子嘴也不饶人，说，就是喜欢吃。以前没稀罕够，现在也没稀罕够。跟妈一起包完饺子，煮好，照例，棉子妈唤棉子给隔壁郁良家送两盘过去。

一天，吃过晚饭，关英趴在墙头上叫棉子，说郁良出去吃饭了，她要紧赶着把拆洗好的被褥缝制起来，让棉子过来帮着照看一下凯凯。等关英快手快脚地缝好，凯凯已睡了。两人便打开电视，坐在沙发上闲聊，正好郁良从外面回来了，带进来一股酒气。见郁良回来，棉子颇有些局促和拘谨，赶忙起身要告辞。电视里正在演一个洗发水广告，一个穿着吊带长裙的女子长发飘飘，翩然起舞。临出门时，站在门口的郁良顺手摸了一下棉子的头，眼睛朝电视方向看了一眼："棉子，把头发留起来。你看人家那长发，多漂亮！"棉子的脸一下子红了。跑到院外的时候，许是慌张，碰到了桂花树的花枝，飘下好些细细小小的桂花，洒落一地芬芳。

棉子的心扑腾腾跳着，回到自己的小屋，照照镜子，脸还红着，手也一直不听使唤地哆嗦着。棉子用指尖轻触自己的头发，刚才郁良抚过的发还带着他的气息和温度，这气息和温度让棉子因甜蜜而战栗，酥麻的感觉一点点渗到身体的每一根神经末梢。

没过几天，郁良单位组织出去旅游，回来的时候，买了一些小工艺品回来，里面也有送给棉子的礼物，是一只银制的蝴蝶发簪。发簪是关英送过来的，关英跟棉子妈说，多亏了棉子这阵常过去帮着照看凯凯，这一趟郁良出去，我叮嘱了好几遍，让他给棉子带件小礼物回来。这不，他挑了这件银簪子，女娃家嘛，都喜欢。

这只银发簪，簪头是一只镂空的蝴蝶，有剔透空灵的质感，精致而古意。棉子把自己关在房间，一遍遍抚摸这只发簪。棉子一个劲地猜想郁良当时买发簪的情景。他挑选发簪的时候，是怎样的表情。买了发簪后，是放在贴身的口袋里吗？是放在他常穿的那件白衬衣的衣兜里吗？这发簪上应该也有他的体温吧？想到这里，棉子不禁羞涩而陶醉。尽管是在自己屋里，棉子还是向四处张望了一下，好像到处都有眼睛在窥探她。还是不放心，又踮着脚尖，把屋门轻轻地拴上插销。小心翼翼地把发簪贴着自己的脸庞，有低调的清凉，而这清凉却让棉子年少的脸庞潮热滚烫。

棉子把发簪放在书桌的抽屉里，锁起来。此后很多个独自的时刻，棉子常把发簪拿出来，一遍遍地端详，一遍遍地看。古朴的纹样上闪映出幽幽的光泽，不绝如缕，一次次掠过棉子，让棉子心颤不已。

四

棉子妈发现，棉子不吵着剪头发了。以前，棉子的头发像是长了刺，每隔十天半月，头发稍微长一点，她就觉得刺挠，觉得头发刺挠得耳朵根、脖子根痒痒，吵着让妈妈修剪头发。棉子妈愿意让棉子把头发留起来，说女孩子家，把头发留长些，梳个辫子，辫梢处别上花发夹，多好看。一听妈妈念叨这些，留惯了短发的棉子就不耐烦。

看到往日与头发"不共戴天"的棉子居然不声不响地留起了头发，棉子妈心里可是高兴了一阵。她心想女孩子到了爱美的年龄，不用大人说，自己就要好了。

自从打算留头发那一刻起，棉子心里就盼望着头发快快长，长出一头柔顺黑亮的发，到肩膀，到腰部，风吹来的时候，发丝能随风轻轻扬起，能用那只蝴蝶发簪绾起饱满的发髻。

棉子的头发渐渐长了。留头发最难打理的，是最开始。留长发最考验的，是耐心。头发长到还不到扎起一个马尾辫的长度的时候，挺难熬的。棉子的头发挺密挺多的，很蓬松。这个时候的棉子整天顶着一头蓬松的半长不短的头发。好不容易，参差不齐的头发长到基本都一般齐了，快到肩膀了，好歹能扎起来了，棉子立马就把不听招呼的蓬松的发集结到一根橡皮筋里，在脑后梳起了一个高高的短马尾。

初中毕业后，棉子考上了一所中专学校。学校在几百里外的一个城市。棉子走的时候，把这只发簪也带去了学校。棉子用手绢把发簪包好，放在箱子里。

在外地上学的棉子，按照自己早先的计划，立刻开始了自己的减肥计划。听说喝醋能减肥，棉子去副食店买了醋，怕被宿舍的姐妹们笑话，就藏到柜子里，没人的时候，就拿出来喝一口。刚开始喝，棉子还觉得挺新鲜，酸溜溜的，也不那么难喝。可要是每天都喝，就不是那么回事了。每次棉子一打开柜子，闻到醋味，胃里就直反酸水，接着，胃里就跟起反应似的，酸得缩一下，缩一下。棉子就捏着鼻子，像喝药似的，硬灌。

除了喝醋，棉子依然节食。少了妈的监督，棉子节食的力度增大了，每顿饭只吃一点，晚饭几乎不吃。她常饿得心慌，尤其是晚上躺在床上，饿得翻来覆去地睡不着，她咬牙忍着。除了节食，她还加大运动量。晚上下了自习，就到操场跑步，一圈又一圈，大汗淋漓。因体力不支，气喘吁吁的棉子常有虚脱的感觉。有时她真是坚持不下去了，想放弃，但一想到有一天能身姿窈窕地出现在一个人面前，所有的艰难也就释然了。

她想郁良，很想。紧紧的，密不透风的想。她的郁良，怎么想，都是好的。想他说过的每一句话，想他的眼神，想他的某一个动作。更多的时候，棉子更愿意回味郁良轻抚过她头发的那一瞬。那轻轻地一抚，带着温热的气息，永远地烙在一个十五岁女孩子的心上。棉子用手一次次穿过自己的头发，一次次感知，一次次回想，一次次让这个相思入骨到绝望的女孩子泪流满面。郁良，成了一种无形的物质，阻碍了她所有的脉息，渗透到她的全部，连梦里都不放过，颤动、忧伤、喜悦、惆怅，无限地膨胀着，流淌着，一点一滴。

学校里有男孩子向她示爱，她统统拒绝。谁能和她的郁良相比呢。郁良成熟、清雅、沉稳、丰富，哪是这些青涩的男孩子所能比的。

没有人的时候，棉子偷偷地在白纸上写郁良的名字，怕人窥见似的，用手捂着，郁良，郁良……名字写满整张纸，满纸的名字太扎眼，再写，一遍一遍，直到再也看不出"郁良"这两个字。没有人的时候，棉子轻轻地叫"郁良"，这两个字真好，叫起来都有一种韵律的美。棉子，就这样，怀揣着隐秘的无人能诉的欢喜和忧伤，度过了一个个微涩又微甜的日日夜夜。

棉子知晓，自己心里的那个秘密是绝对不能说出来的。她的秘密是会遭人非议的，她的秘密跟女伴们的秘密是不一样的。她心里藏着的这个人，有家，有妻子，有孩子。她的秘密是她一个人的秘密，是绝密。

十七八岁的年龄，豆蔻年华，新鲜透明得似乎要滴出水来。哪个女孩子心里没有小秘密啊。要好的女伴掩饰不住被人钟爱的喜悦，拉了棉子躲在一边，低声地倾诉。棉子倾听着，分享着，同时由此及彼，藏在自己心里的秘密也让她更加忧伤着，无望着。

快放寒假了，棉子无数次想象寒假里郁良第一眼看见自己的眼神。这半年来，她近乎残忍的减肥计划无疑是成功的，她从同学们艳羡的眼神里看出来了。

她用省下来的伙食费给自己买了一条石墨蓝的牛仔裤，一件玫红色的紧身毛衣，打算回家时穿。

棉子到家的时候，已近黄昏。进院门的时候，棉子踮起脚往隔壁偷偷瞅了一眼，出奇的安静。

　　一家人见到棉子的时候，着实吃了一惊。此时的棉子与半年前离家的棉子，已判若两人。这时候的棉子，身材苗条，衣裤时尚可体，青春逼人的气息挡不住地扑面而来。曾经蓬乱的短发，如今已长到肩膀下的位置，束着一根浅咖啡底白色小圆点的发带，雅致清爽，平添了几分娟秀气。

　　知道棉子回来，棉子妈特意蒸了茴香包子。棉子洗了一把脸，正好包子也蒸熟了，她倚在厨房门口看妈揭锅。锅盖掀起来，白色的水汽一下子弥漫开来，隔着雾蒙蒙的水汽，棉子装作不经意地问，不给关阿姨家送几个过去？棉子妈正忙着一个个地从蒸笼里往外揭包子，头也没抬说，哦，你郁良叔叔调到总部了，一家人上个月就搬走了。总部远着呢，见一面也难喽。

五

　　棉子毕了业，分配到一个离家百余里地的单位工作。棉子的父母家也已住上了E厂新建的住宅楼，那片家属区已被拆除，建成了一个健身场地。

　　棉子的长发已经与腰一般齐了。乌黑秀丽的长发，让人过目不忘，甚至成了棉子标志性的印记。这一头长发水润柔滑，在棉子腰际绵延波动，像深幽的湖水潋潋闪着光泽，暗生情愫，风情万端，简直要让人惊艳了。

　　棉子时常拿出那只银发簪细细端详。这只银发簪不如以前亮了，就算棉子细心保养，它的光泽也不如以前了。可是棉子发现，这种稍暗的色泽更让人踏实。清冷、朴素、低温、沉默，显出一种含蓄的端丽。夏天的时候，棉子常用这只发簪绾起发髻，不张扬的精致，颇有味道。

棉子一直用一款桂花香型的护发素。一次，棉子去省城，在一家商场看到一款护发素是桂花香型的。她打开瓶盖，熟悉的、久违的气息让棉子倍感亲切，恍如隔世。她好像又回到那个暗香浮动的院落，看到那个青涩的女孩子局促仓皇，红着脸跑出来，不小心碰落一地桂花。毫不犹豫，棉子一口气买了好几瓶。回去用了之后，感觉品质也不错。所以，棉子一直用着。

好多个夜晚，棉子抱膝坐在床上，静静地发呆，任长发披泻下来。发间隐隐散发的桂花香，让棉子怅然不已。"长发为君留，散发待君束。"棉子心里又闪出这句诗。棉子固执地认为，头发是会呼吸、有温度、能感知的。她不止一次地想，郁良的手穿过自己的长发，会是什么样的一种场景。*丝丝缕缕的发是否如同被唤醒一般，和着心跳的节奏，带着泪水的温度，在他的指间，轻舞飞扬。*

卫栋迷上棉子，就是因为她的长发。卫栋是棉子同事的哥哥，那天，棉子在同事家楼下等她，卫栋正好下班回家，看见楼道门前的树下，站着一个女孩子，是背影，看不到脸。那一头飘逸的长发啊，亮丽油黑，发端被风轻轻吹起，说不尽的风致，让人浮想联翩。轻柔的风吹散棉子的长发，也吹乱了卫栋的心。

卫栋温厚，心疼人，心眼实，棉子就是看中了这一点。跟卫栋在一起，平静而安然，是岁月静好，静水深流的感觉。棉子跟他在一起的时候，更多的感觉是他更像个善解人意、会照顾人的哥哥。卫栋实心实意对棉子好，棉子不愿说不愿做的事，他从不勉强。他知道棉子对自己的头发近乎偏执地钟爱。刚开始相处的时候，两人散步，棉子的长发如瀑似缎，发丝飘飞之际，芳香跌宕起伏，卫栋难免心动，情不自禁去抚摸棉子的长发。棉子本能地一下子把头甩开了，一脸的不高兴。卫栋想，自己鲁莽了，女孩子总是羞涩的。后来，时间久了，卫栋发现棉子是真的不高兴任何人动她的头发。卫栋想，女孩子嘛，总有一些猜不透的小性子，不愿这，不愿那的，随她去好了。

卫栋给棉子足够的属于自己的空间，他的宽厚与大度是棉子心仪的，有时她也觉得自己有点过分，对卫栋很有些歉疚。内心里，她也一直跟自己交战，祈望自己能早点迈过这个坎。

六

棉子辗转打听到，郁良是来参加一个学术交流会，在这家酒店得住近一周。

晚饭，棉子几乎没吃。心，一直不安静地跳着，她吃不下。棉子坐在大堂的沙发上，手里拿着一本杂志，耳朵一直在听酒店门口的脚步声。

这个秘密一直在棉子心里捂着，不见天日地捂了十一年。她是打算一直捂着，藏着的。可郁良出现了，让她措手不及。郁良的出现打乱了她心里的平衡状态，出现了混乱的局面，她甚至无法控制。于是挣扎，权衡，最终结果是棉子决定和盘托出。一旦决定了，棉子一刻也不想等了，她要把这个捂了十一年的秘密还给当时撒下种子的人，那样，她会安心，安心地跟卫栋结婚，安心地过她的烟火日子。

出出进进好几拨人了，都没有郁良。九点四十分，棉子已经整整坐了三个小时了。酒店的门开了，一个人进来了，是郁良。

"是……你吗？这么巧！"棉子鼓足勇气，起身，迎着走过去。小郁叔叔这几个字，棉子叫不出口了。

"你是……"推门进来的郁良显然没有任何防备，何况又刚喝了酒。

"我是棉子。"

"哦，棉子，棉子……"郁良反复念叨着这个名字，突然，轻拍一下头，声调高了几分，"棉子哪，真长成大姑娘了，不敢认啰！"

棉子提议到大堂东边的休闲区坐一坐。休闲区摆放了几张藤圆桌，每张小圆桌配了两把藤椅。休闲区很安静，平常也少有人。

棉子从大堂前台要了两杯热茶。两人落座后，先是寒暄了一阵。郁良问棉子的父母身体怎样，棉子到这来学些啥，学多长时间等等。棉子问关阿姨和凯凯还好吧。郁良说关英在总部食堂找了个差事，挺忙的。凯凯都已经上小学五年级了，调皮得很。棉子说父母身体还不错。自己在这学了二十多天了，今天课程学习已全部结束。明天就集体出发去婺源。

棉子看似平静地应答，多年的时光，如飓风般呼啸而过，席卷得心里早已是山河万千。

"那天晚上，我好像看到你跟一个女的在一起。"棉子话题一转，让郁良猝不及防。

"哪有？"郁良立刻否认，"你肯定看错了。"

棉子不反驳，只是把眼光投向他。

棉子眼神坚定，不容置疑，让郁良心虚。

"哦，想起来了。"郁良有些不自然，"是她呀？"

郁良的回答和语气让棉子不舒服，他怎么可以用这样的口气说一个跟自己亲密相拥的女子。她替那个女子不平，替小关阿姨不平，甚至也替自己不平。

郁良说她是他的大学同学，现在在一个系统工作。单位组织开会、学习、交流之类的活动时，两人常碰面。上大学时，她就对自己挺好，挺谈得来。不知是酒精的作用还是棉子挑起的这个话题，郁良说了不少话。

郁良喝了一口茶。棉子静静地看着，说："记得你喜欢在茶水里泡几朵桂花。"看似简单的一句话，棉子每个字都在艰难地吞咽。这句话让整个交谈的气氛起了微妙的变化。

"啥时候的事了？你还记得。"郁良不置可否地笑了。

"当然记得。还记得那天晚上在你家，临告别时，你抚摸了一下我的头发吗？还记得你给我买过一个银发簪吗？"

郁良定睛看着棉子，眼神有些困惑，或许早就忘了，经棉子这一提醒，似乎又想了起来。

"为了这，我留起了长发。"

棉子语速很慢，声调沉静，像是在说一件与自己没有关系的事。

她的眼睛里弥漫着一层雾样的光泽，雾样的光泽掠过郁良，她继续说："我还记得你喜欢吃我妈包的荠菜猪肉馅的饺子。春天里，我和女同学一起骑车到几里外的田野里挖荠菜，每次都挖满满两大布兜。"

"还记得，你在桂花树下弹吉他的样子。"

"还记得，你喜欢穿白色的衬衣。"

……

棉子一直在说，连她自己都奇怪，怎么能一下子说这么多。她口干舌燥，可是她不想喝水。她要把内心里自己的绝密，今天晚上一吐而尽。她对自己今晚的状态很满意，她没想到自己能絮絮不绝且貌似沉静地吐露，她以为她会因极度的激动而颤抖得语不成句，她以为十一年的光阴再次来过的时候，她会泣不成声。而今晚，她能以这样的状态把青春的秘密全盘托出，她简直要为自己鼓掌了。

随着棉子的吐露，郁良的眼神起了异样。能被一个妙龄的看起来还蛮不错的女孩子这样曾经喜欢过、暗恋过，对一个男人来说，内心里无疑是有着丝丝窃喜的。

眼前的棉子，长发披垂，遮住了一侧的脸颊，显得妩媚而温柔。浅米色的蕾丝短衬衣，天蓝色的丝质长裙，勾勒出曼妙的线条。她眼帘微垂，黑色的睫毛微微颤着，眼睛里水润润的，荡漾着缕缕忧郁气息。此时的棉子与十一年前的那个棉子简直不能同日而语。

棉子一只胳膊搭在藤椅的扶手上，两手交握。她一直保持这个姿势，一动不动，像一尊女神。郁良一直也不敢妄动。

大厅里的落地钟缓缓敲响了十二下，惊醒了棉子。她果断收起了话，"太晚了，我还要收拾行李，我先回了。"

回到房间，棉子一下子倒在床上，今晚的一倾而倒让她有些失重，失重得让她有些无法适应。十一年的秘密枝繁叶茂，今天一下子连根拔起，心里面空出一大块。这空出的一大块让她一时适应不过来，让她觉得刚才的一切似乎是在梦境，不真实。

"咚，咚，咚"门口传来敲门声。

棉子从门镜里看，是郁良。

"太晚了。有事明一早再说吧。"

"我口渴得要命，房间里没水了。我从你这喝两口水就走。"

棉子思量了一下，开了门。

他进来，紧盯着她，目光炽烈。

"请坐。"她礼貌地邀请他在窗前的椅子落座，"你不是口渴吗？"她倒了一杯凉白开水给他，随即也在另一张椅子上坐下。

他接过水，放在旁边的圆桌上。"我渴，这儿渴。"他指着心口，眯着眼看她。眼神更加炽烈而大胆。

她被看得不自然，起身，想要离他远一些。

就在她站起的瞬间，他也旋即起身，从背后抱紧了她。她挣扎，他却箍得更紧，丝毫动弹不得。他贪婪地在她缎子般的发间嗅着，并且手开始不安分地在她腰间游走，探索。棉子衬衣上的扣子已被解开一粒。棉子呼吸不畅，心，加速往下坠。

"你，弄乱了我的头发，放开！"她幽幽而无比坚决地说。

而此时的郁良丝毫不理会这些，满是酒气的口唇强硬地在绵绵身后横冲直撞，耳后、脖颈……碰乱了、弄疼了棉子的长发。紧箍着棉子的两只手更是加大了力度和幅度，甚至掀起了棉子的丝裙。

棉子整个人凉到冰点，原本一张素净的白纸，十多年的光阴，一直在细细而绝密地描画，在无人知晓的角落，安静而旖旎着，突然被人蛮横无理地胡乱揉搓成一团。棉子感觉到一只薄薄的无比锋利的刀片，一刀刀划下去，划向内心深处最柔软的地方，划向一直小心翼翼捂着的记忆，划向十一年的每个日日夜夜，刀刀见血，刀刀都致命。棉子觉得身体内所有的血就要流淌干了，就要窒息了。

桌子边，是那只蝴蝶簪子。今天天有点热，棉子绾了发髻。进浴室洗头发前，随手把它放在桌边。蝴蝶簪子默默躺在那里，疼惜而无奈地看着棉子。棉子用尽身上所有的力气，毅然抽出一只手，迅即抓起那只发簪，朝依然不管不顾继续强硬侵犯她的那只胳膊刺去。

恋曲 1990

一

2002 年，西部地区一个偏远的县城。一家卖旅游商品的小店。宗教意味的唐卡、图腾挂件、铜制摆件、藏式包、藏族服装、生活器皿、藏式灯笼……不大的店面，高高低低的，挂得到处都是。

一位七八岁的藏族小姑娘，正在看着刚学会走路的弟弟。柜台内，身材粗壮的老板娘，皮肤黑红，粗糙，着一身绚丽的藏服，松耳石的头饰，银耳环，银镯，脖子上挂着蜜蜡珠，叮叮当当的，身上能佩戴的地方，都挂满了。

刚打发完一拨叽叽喳喳的游客。还好，卖出去几条项链，几顶帽子，还有几个小包包。老板娘叫德央，藏语的意思是平安幸福。柜台外面，姐弟俩玩得正开心，姐姐逗得弟弟咯咯地笑，阳光下，姐弟俩的笑容分外灿烂。弟弟一扭头，看见了老板娘，许是饿了，张开双臂，晃晃悠悠走过来，嘴里还咕哝着，一线清亮的口水顺着嘴角流下来。老板娘笑了，张开双臂，揽过他，敞开衣服给他喂奶。有游客三三两两地进来，老板娘也不避着，热情招呼他们，带着些许讨好。

怀里，小男孩"吧唧吧唧"吃得欢，惬意而欢畅。许是太用劲了，脑门子上出了一层汗。刚才跟姐姐一通玩耍，也累了。在阿妈温暖的怀抱里，小男孩睡着了。

放下小男孩，老板娘端起水杯喝水。这会，店里没顾客，难得的空暇时间，柜台前上方搁放着一台电视机，正在播放南方某城的一档综艺类节目。

弟弟睡着了，小姐姐一时找不到什么事可干。想跟阿妈说会话，上前几步，想凑过去，看见阿妈的眼睛专注地盯着电视，只好又折回来。不知道为什么，阿妈总喜欢这个频道，只要打开电视，几乎就定在这个频道了。那是个遥远的南方城市，小姐姐只在课堂上，偶尔听老师提到过。小姐姐拿起书包，取出课本，在桌子上写起了作业。

电视上，正在上演一档海选类的节目，热闹得很。现在，只要有才艺，就可以尽情地展示。魔术、相声、武术、舞蹈……五花八门，刚才那个唱歌的，可把老板娘笑得肚子疼，调子都跑到哪去了，那人还在台上摇头晃脑，无比投入地唱。

又有几位游客进来了。电视机里，下一位选手又登场了，哦，在唱《小城故事》，酷似邓丽君的声线，带着颤音，又杂糅了一种特有的方言的软糯，徐徐滑过来。久违的，熟悉的声音，瞬间缠满了身体的枝节末梢，如冰冷的利器，割开柔软的肌肤，露出白森森的骨头。一时间，老板娘僵硬在那里，整个人往下坠，往下坠，像被人摁到深不可测的湖底，密不透风，窒息到极致，而后死命挣扎，终于浮到湖面，拼命地喘气，喘到大脑缺氧。

游客在打听价格。见阿妈没吭声，小姐姐疑惑地看了阿妈一眼，放下作业，走过来，回答游客。柜台里的商品价格，小姐姐是清楚的。白日里，阿爸出去干活，一出去就是一天。阿妈带着姐弟俩，守着这个小店。小姐姐不上学的时候，就帮着阿妈打理小店。

游客出了门。老板娘依然没顾上，还是紧盯着电视机，没错！屏幕下方打出的字幕，再一次真真确确地证实。没错！吴曼丽！是她！舞台上，吴曼丽穿着桃红色的礼裙，纱质的。低低的领口，丰硕依旧的胸部呼之欲出，夺人眼球。过长过密的假睫毛，色彩夸张的口红，也无法掩盖往下耷拉的眼角，还有脸上、脖子上，无法阻挡的皱纹。吴曼丽握着麦克风，扭着腰胯，头微微左倾，整个身体随着节奏摆动，陶醉在自己的世界里。

二

二十多年了，德央一次囫囵觉都没睡过。那个夜晚，她从表姐家出来，消失在茫茫夜色中。从此，她整个的底色都是黑夜。

无数个漫无尽头的夜晚，德央一闭眼，就看到自己在黑漆漆的夜里狂奔。夜真黑呀，宛如一个巨大的、张着大嘴的黑窟窿，恐怖、狰狞。德央气喘吁吁，没命地跑，慌不择路地跑。侧生的荆棘尖锐无比，刺伤了脸、胳膊、大腿；脚下的砂石、碎玻璃划破了光着的脚。真疼啊，血渗出来，从头到脚，腥稠、绵密。德央还是不管不顾地跑，停不下来。她不敢看周围，周围到处都是怪兽。怪兽正瞪着绿森森的眼睛，耷拉着猩红的舌头，盯着她，伺机出击。终于，她精疲力竭，跑不动了，浑身瘫软。她心里却还是急，想跑，却看到自己全身如同被肢解一般，七零八落，掉了一地。惊悸间，看到吴曼丽，自己的表姐，胸口处扎着一把亮闪闪的水果刀。曼丽姐惨白着脸，却带着笑，血淋淋地向自己走来，一步步，一步步……这个散发着幽幽寒气的梦魇，在德央体内深深地潜伏着，安营扎寨，并且扎得根深蒂固，怎么驱逐都无济于事。冰冷的月光，惨淡、沉默、绝望地照着这个绝望的女子。

还有，那个遥远的南方小城，曾牵引出德央无数汹涌的眼泪，直至她的泪腺近乎干涸。前几年，这个偏远的小县城也终于接上了电话。没人的时候，她颤抖着手，一个数字一个数字地摁，摁那一串烂熟于心的号码。就差最后一个数字了，就是不敢拨出去。刻骨的思念与负疚，像数以万计的小虫子，在身体内撕咬、啃啮，让她疼痛不堪，如同炼狱。

而吴曼丽，居然活着！玻璃窗上，那一片跃动的阳光，格外白炽，刺目，一下子，锥进德央的眼里。强大的威力，排山倒海，"哗"一下，淹没了她。她几乎站不住了，身子颤得厉害，摇晃着，扶住柜台。

三

90年代初，南方小城。天空总是阴柔柔的，气息潮润，街道两旁的樟树葱茏茂盛，空气中氤氲着樟树特有的香气。那一年，大街小巷都在唱罗大佑的那首《恋曲1990》："乌溜溜的黑眼珠和你的笑脸，怎么也难忘记你容颜的转变，轻飘飘的旧时光就这么溜走，转头回去看看时已匆匆数年……"江枫也喜欢，无论是歌词，还是罗大佑沧桑的声线，她都喜欢，在学校里，常有挎着吉他的男同学，站在女生宿舍楼下，弹唱这首歌。

江枫就读的这所中专学校，就在本城。平常周末都可以回家。江枫的爸爸是县城机床厂的职工，一家人住在机床厂家属院。那年暑假，也就是江枫上中专的第一个暑假，江枫爸爸妈妈要去旅游疗养。机床厂几千号人，能排上旅游疗养的名额可不容易。这次听说去东北，江枫爸爸的故乡就在哈尔滨。江枫爸爸妈妈计划疗养完以后，接着再回趟老家，长住一段日子。爸妈走了以后，家里就剩曼丽姐和江枫两个人了。

江枫的表姐吴曼丽，是江枫姨妈的女儿。姨妈是江枫妈妈的姐姐，在几百里外的乡下农村。表姐曼丽比江枫大五岁，从小就不爱上学，地里家里的活呢，也不爱干。初中没上完，就哭着闹着，要到城里找工作。姨妈叫她闹得没辙，就求江枫妈妈，好歹给曼丽找个稳妥些的工作。江枫爸爸费了不少周折，总算是给曼丽在县城手巾厂找了份工作。曼丽姐刚工作那年，还小，也就十五六岁吧，住在外面，怎么都让人不放心。江枫爸爸妈妈合计着，怎么也是自家亲戚，就住在家里吧。再说，家里就江枫一个女儿，江枫还愿意有个姐姐做伴呢。江枫家是单元房，三楼，两室一厅，面积不算大，江枫妈妈在江枫卧室另外又支了一张单人床。

曼丽姐，怎么说呢？虽说生在乡下，可打小姨父姨妈就挺宠她的。哪怕从牙缝里省出来，也要给她好吃好穿。到了城里，曼丽姐如鱼得水，更是可着劲地吃穿打扮，时髦着呢，一点也看不出乡下人的影子。每每下了班，吃过晚饭，曼丽姐就忙着梳妆打扮。化妆，整发型，喷香水，把自己打扮得像花蝴蝶。曼丽姐喜欢色彩鲜亮、洋气夸张的衣服。大红的蝙蝠衫配雪白的裤子；艳黄底色的大摆裙，开满紫色的花朵；紧绷绷的牛仔裤，搭配黑色的无袖紧身背心……走在街上，很撩人。那时，曼丽姐常带着江枫出去玩，看电影，溜旱冰。曼丽姐常给江枫买好吃的，冬天呢，吃烤红薯、糖葫芦、糖炒栗子，夏天呢，就买橘子味的冰镇汽水，还有牛奶雪糕。

曼丽姐喜欢唱唱跳跳，县里每年举办的林林总总的文艺演出、交谊舞大赛、歌手大赛什么的，总少不了她的身影。跟曼丽姐一起出门，江枫能频频感受到路人停驻的目光，江枫有些不自在，而曼丽姐似乎很享受。

尤其夏季，到了晚上，有些商铺为了招揽生意，在门口整一套卡拉 OK 设备，供大家唱。曼丽姐常带着江枫光顾，特别是围观的人越多，她唱得越带劲。

曼丽姐虽说长相并不算出众，脸上鼻翼两侧还有一些雀斑，然而身材却丰满有致，胸是胸，腰是腰。走起路来，饶有一番风姿。特别是一双眼睛，虽说不大，却丰富得很，眼波流转处，一派繁花似锦，连眉间的那颗痣，都变得分外生动起来，让人想入非非。

漫长的两个月暑假，爸爸妈妈出去疗养了，曼丽姐也上班，平日里江枫自己待在家里，也就是看看电视，看看书，打打游戏，颇有些无聊。有些无所事事的江枫，忽而想起前几天周红娟提到的事。周红娟是江枫的中学同学，一起上学的时候，两人是形影不离的好朋友。周红娟中学毕业后，上了一所外地的职高学校。这次放暑假没几天，周红娟说，家里新开的"精英"打字复印店，人手不够，这个暑假恐怕不能跟江枫一起疯玩了。周红娟还问江枫有没有兴趣，去她家店里打暑期工。

江枫想，自己反正也没什么事，还不如去周红娟家的店去打工，顺便练练打字，还能挣点酬劳。

曼丽姐周围有不少男孩子围着她转。那个大鹏，听曼丽姐说，他爸爸在县委什么什么部门，是头头哩。曼丽姐喜滋滋地说，大鹏说了，等以后找他爸爸说一声，把我从毛巾厂调出来，调到文工团。

那个大鹏，常常骑着一辆大红色的摩托车，呼啸着从大街小巷飞速而过，扎眼得很。听说也不正经上班，三天打鱼两天晒网的，不是骑着车乱窜，就是叼着根烟，在街边打台球。

还有那个中学老师，程老师。一提起程老师，江枫心里有些莫名的柔软。好几次，江枫看见程老师就站在楼下，痴痴地等曼丽姐。程老师写一手好字，给曼丽姐写的情书，曼丽姐扫了一眼，就随意丢在抽屉里。程老师还给曼丽姐写情诗，曼丽姐不在的时候，江枫偷偷拿出来读，一遍一遍地。程老师心思巧，用树根雕了兔子，那神态，那架势，就跟要跳起来一样，活灵活现的。曼丽姐属兔，这树根雕的兔子，是程老师送给曼丽姐的生日礼物。江枫捧着这只树根兔，感叹着，这得费多大工夫啊，一刀一刀地雕。曼丽姐正低着头，仔细把玩手腕上黄灿灿的金手链。听江枫这么说，她头也不回地说，那玩意，不能吃不能用的，你喜欢，送给你好了。

曼丽姐应该是不喜欢程老师的，然而不知曼丽姐怎么想的，好像也不拒绝他。程老师有时邀曼丽姐吃饭，曼丽姐也不拒绝，就带着江枫去。程老师有时还自己做饭，邀曼丽姐妹俩过来吃。他有一间宿舍，收拾得整洁，有序，房间里弥漫着一股淡淡的香皂味，很清新。窗台上种了几盆花草，造型别致，让整个空间芬芳有致起来。而且，在屋子的一角，还放着一架扬琴！见江枫好奇，程老师说，我弹一曲吧，你想听什么。江枫随口说，就弹《恋曲1990》吧。悦耳的扬琴声，叮叮咚咚地响起来。江枫没想到，这首曲子，用扬琴可以奏得这样清冽、婉转，如山涧里流淌的溪水，有着别样的意味。

程老师用小煤炉烧饭。煲的糯米红豆粥，软糯黏滑。笋片烧肉、豆豉蒸鱼、清炒茼蒿、皮蛋拌豆腐……有红有绿，荤素相间，看起来悦目，吃起来爽口。程老师讲起话来，声调温和，不急不躁的。懂的也多，从程老师那里，能知道好多新鲜的见闻。还有好些历史典故，经程老师一讲，格外鲜活。

程老师最爱讲他的家乡。他的家在北方的一个小山村。程老师讲，冬天下雪的时候，厚厚的大雪把整个村子都盖得严严实实，就像捂上了一层厚棉被，待到雪稍微融化一些，整个村子就半遮半掩，像羞答答的、披着婚纱的新娘。这让一直在南方长大的江枫很是向往。程老师说，秋天的时候，家乡山上的柿子成片成片地熟了，一个个挂在枝头，如同一个个喜人的小灯笼。柿子，是那种又甜又脆柿子。咬一口，咯吱咯吱，脆生生的，沁甜。

江枫托着腮帮子听得入神，程老师讲起这些的时候，眼睛晶晶亮，闪着动人的神采。曼丽姐却有些心不在焉，没说几句话，曼丽就一个劲地看手表，说要回去。

周红娟家的"精英"打字复印社，离江枫家不算远。江枫每天都过去，上午两小时，下午两小时，倒也充实。这段时间，爸爸妈妈不在家，曼丽姐跟撒了欢一样，每天晚上都打扮得花枝招展地出去，晚上好晚才回来。

四

盛夏的中午，日头毒辣辣的，一扑扑的热浪，翻滚着，灼得人睁不开眼，蝉鸣此起彼伏。江枫自个在家。一大早，曼丽就急咧咧地出门了。她说跟单位的小姐妹们约好了，去省城逛街去。江枫心里"哼"了一声。曼丽姐刚出门，江枫趴到窗户上，看见那辆红色摩托车停在楼下。

江枫自己煮了点面条，刚吃完饭，准备洗碗。忽听有人敲门。江枫开门，是程老师。程老师提着一个袋子，兴冲冲地，满头满脸的汗。

你曼丽姐呢？程老师向屋里张望。

我姐今早出门了，她说……江枫犹豫了一下，她说跟车间姐妹们逛省城了，得很晚才能回来。

是吗？程老师的语气明显低下来。

他递过袋子。喏，这是曼丽跳舞的裙子。我让同学从广州寄过来的。不知道你姐中意不。

前段时间，江枫听曼丽姐絮叨这事呢，说要参加县里办的一台比赛，她准备了一个少数民族舞蹈，找遍了县城，也没找到一条合适的裙子。

递过袋子，程老师转身下楼了。程老师的后背，全都让汗浸湿了，衬衣水洗一般贴在脊背上。江枫抱着袋子，盯着程老师的背影，想叫住程老师，可张了张嘴，没喊出来。

晚上，江枫去楼下倒垃圾。谁家的窗户敞着，水红色的窗帘半掩着。"悠悠岁月，欲说当年好困惑……"电视剧《渴望》的主题歌透过窗户传过来。夜风柔和，裹挟着一股股花香，勾得人心里痒痒的。南边的小园子，种了不少绿植，还有花。也不知道是谁种下的，都是些什么植物。每年夏天，各种颜色，各种形状的花，就舒展地盛开了，密密地挤在一起，争奇斗艳。去看看那些花吧，夜晚的花丛肯定别有一番味道吧。倒完垃圾，沿着那条花砖路，往南走个两百米就到了。繁茂的绿植，缠绕在一起，在夜里黑黢黢的。有芬芳的异香，一缕缕地漫延过来，让人心底柔软。借着昏黄的路灯，她看见有两辆单车停着。再一看，不远处，有年少的男孩女孩，拥在一起，轻悄悄地说话。江枫心里荡漾了几下，很快就涨得满满的。起伏之间，程老师写给曼丽姐的那几首情诗，不知怎的，一字一句，浮了上来。

江枫在镜子前打量着自己，眉眼寡寡淡淡，表姐的眉眼里，那可是一湖的水波潋滟。再看，镜子里的女孩子，身板瘦削，平铺直叙。想起跟表姐一起去毛巾厂的职工澡堂去洗澡。在澡堂里，表姐跟车间里的姐妹们，你拧我一下，我趁你不备，又摸你一下，打打闹闹，夹杂着让人脸烧的玩笑，飞起一串串肆然又响亮的笑声。表姐的身体，该凸的地方凸，该凹的地方凹，简直可以说曲线傲人了。想着曼丽姐线条的迂回曲折，江枫都没有勇气，没有信心，再看镜中的女孩一眼。

晚上，江枫躺在床上，睡不着。楼下草丛里，有小虫子在叫，叫几声，安静了一会，再叫。一弯月牙悬在窗边，淡淡的柠檬黄。在深蓝的夜幕衬托下，忧伤而空灵。这样的夜晚，如果程老师能奏上一曲扬琴，该多美。程老师的扬琴奏得行云流水，真是悦耳。江枫从来没想到，扬琴的声音居然这样好听，入耳，也入心。

江枫痴痴地望着月牙，望了好久，恍然觉得，这月牙怎就这么似曾相识。哦，我说呢。这月牙可真像他，说远呢，真远，在天边。说近，有时候一下子就撞入心坎里，撵也撵不走。

五

曼丽姐什么时候，变得有些不一样了呢？江枫记得，快放暑假的那个周末，曼丽姐拿了两张电影票，说要带江枫出去看电影去，说有人请。哦，记得上次在程老师宿舍，程老师说要请曼丽姊妹俩看电影呢。江枫很开心，吃完晚饭就开始梳洗，江枫还换上了新买的那条淡蓝色的连衣裙，浅浅的天蓝色，是江枫最心仪的颜色，领口、袖口缀着白色的蕾丝花边，百褶的裙摆更添了几许飘逸。去电影院的路上，江枫一直在张望，可是一直没看到程老师的影子。想问曼丽姐，又不好意思，没张嘴。电影没开场几分钟，就看见有人匆匆闯进来，坐在了曼丽姐身边，两人拉拉扯扯的。虽然影院光线暗，可江枫一眼就看出，是大鹏。表姐跟江枫说，她出去有点事，让江枫看完电影后，先自个回家。江枫很是不快，记得那次，曼丽姐还专门又跑出去一趟，给江枫买了果丹皮、牛肉干，还有汽水，一股脑塞到江枫怀里，就颠颠地跑出去了。

记得那天，曼丽姐回来得好晚。江枫一直没睡着，她听到楼下摩托车的声音，而后曼丽姐蹑手蹑脚地进了屋。人还是那个人，但是有什么东西，说不清，道不明的，好像不一样了。想了想，是气息吧。曼丽姐身上多了一些异常的气息，凌乱的，不安静的，甚至侵略性。

那天下午，天气闷热。"精英"复印社的电路出了故障，老板说都提前下班吧，等电工把电路维修好再说。到了自家楼下，江枫看见那辆红色的摩托车横在那，蛮横、嚣张。江枫瞄了一眼，有些不快。虽然犹豫了一会，江枫还是打开了门。卧室的门虚掩着，里面有异样的动静传出来，调笑、喘息、纠缠、碰撞……黏稠、动荡的气息，夹杂着狂野、恣肆，不依不饶地漫延过来，江枫的脸，一下子烧起来。她转身逃离，走的时候，她没忘记，狠狠地带上门。在这个静寂闷热的午后，门在江枫身后，发出震耳的巨响。

曼丽姐变得陌生，萦绕在曼丽姐身上的气息让江枫觉得不安、扭捏和慌乱。她开始有意识地跟曼丽姐保持距离。以前虽说两人各居一张单人床，但经常地，江枫会腻到曼丽姐床上。姊妹俩亲昵地依偎在一起，聊一会。可现在，江枫不愿再靠近曼丽姐，一丁点也不愿意。

江枫跟曼丽姐说话越来越少，甚至不愿跟曼丽姐打照面。除了去"精英"复印店，江枫待在家里，干得最多的事情，就是开窗通风，洗床单、被罩、枕巾……房间里能洗的，都要洗。她把它们扯下来，放在洗衣盆里，使劲地搓洗。两只手都搓红了，恨不能搓下皮来。洗好的床单、被罩、枕巾……大大小小，颜色缤纷，挂在阳台的晾衣绳上，滴滴答答地滴着水。阳光煦暖，空气里飘浮着洗衣粉的味道。一不小心，一束炫目的阳光就溅入眼睛，激起一层雾蒙蒙的眼泪。

曼丽姐这几天有些奇怪，接连好几天，晚上回来，都是程老师送她回来的。江枫听了，有一些高兴，为曼丽姐，也为程老师，高兴过后，又有一些惆怅。曼丽姐和程老师，是散步呢？还是看电影？还是在程老师宿舍里约会？在那间有着淡淡香皂味的房间，他们聊些什么呢？又……做些什么呢？江枫很想问问曼丽姐，但始终没开口。

六

自从来"精英"复印店打工，日子过得蛮快。学校马上就要开学了，爸爸妈妈也快要回来了。

黄昏。"精英"复印店。风轻轻透过窗户吹进来，吹得桌子上的一沓稿纸"沙啦啦"地响。今天下午店里来了急活，江枫正坐在电脑前，专心致志地打着字。周红娟凑过来，有些神秘兮兮。哎，江枫，你……表姐，这几天，还好吗？

挺好的。江枫依然专注地打着字，头也没抬。

怎么想起问我表姐了，怎么了？江枫回过神来，侧过头。

周红娟的表情更为神秘，趴在江枫耳朵上，压低了声音。我三姑姑，你知道吗？就是在镇医院妇产科的那个姑姑。昨天我们几家一起吃饭，我姑姑说起你表姐了。学校的那个程老师，带着你表姐，去镇医院了……你说巧不巧啊。他们以为到百里外的地方，人家就不知道了。我姑姑还说，这个程老师，看着挺周正老实，不晓得胆子蛮大……话又说回来，这程老师，蛮疼人的……

窗外，残阳似血，一大片一大片的云彩，因了夕阳的映衬，呈现出灰蓝、橘黄、橙红，如撕裂的华美锦缎，散落在天边，有着触目惊心的美。

回到家，暮色已深。客厅里，吴曼丽跷着一只脚在茶几上，仔细地往脚趾甲上抹指甲油。玫红色的指甲油，在灯光下，妖艳、暧昧。电视机开着，屏幕上，一个浓妆艳抹的歌星，在扯着嗓子喊。

江枫跑到卧室，没费多大工夫，就在吴曼丽的床褥下找到了一张纸片：孕检报告单。

她举着那张单子，几步跨到客厅。她盯着吴曼丽的肚子，一字一字地问：到底是谁的？

吴曼丽伸直了脚腕，端详指甲油涂抹得是否均匀。她又看了一眼电视屏幕，刚才那个浓妆艳抹的歌星，又换了一首歌曲，依然是撕心裂肺地在唱。

吴曼丽漫不经心地说，小孩子家的，懂啥？

江枫还是那个姿势，再一次，一字一字地问：到底是谁的？

吴曼丽抿着嘴角，轻抚着自己的手指。江枫看到，吴曼丽的手指上，新添了一枚亮闪闪的戒指。吴曼丽慢慢抚摸着戒指，扬长了声调说，大鹏说了，等着我把这事处理好，他就跟他家老头子提我们的事。先调到文工团，然后就结婚。吴曼丽眯着眼，沉醉在自己描绘的蓝图里。

江枫冲到吴曼丽眼前，吴曼丽显然吓了一跳，放下跷着的脚，小枫，咋了？反正打掉了，谁的，都无所谓。那乡巴佬，还真把这事当真了，还真颠颠地要娶我呢。

继而，吴曼丽意味深长地看过来，打量了一下江枫，笑起来，小枫啊，你不会对那乡巴佬……

江枫狠狠瞪着吴曼丽。吴曼丽，大鹏，程老师……他们几个人的眼神、笑容、身影，重叠着，碰撞着，然后破裂成无数碎片，劈头盖脸向江枫砸来。

江枫失去了重心，呼吸也乱了节奏。她浑身哆嗦，目光所及处，茶几果盘上，一把锋利的水果刀，兀自闪着冷冷的光。

七

屏幕上，吴曼丽唱完了歌，一扭一扭地下去了。

德央定了定神。

常常地，她会梦到那个让她魂牵梦绕的南方小城，妈妈做的饭菜，爸爸身上的机油味，小城潮润的天气，街两旁蓊郁苍绿的樟树，清悦的扬琴声，售卖糖炒板栗的小摊，楼区里有着馥郁香气的小园子，甚至那个夜晚，她在小园子里看到的那对少男少女……她都梦到过。还有，那一年，在小城大街小巷传唱的那首歌，"乌溜溜的黑眼珠和你的笑颜……或许明日太阳西下倦鸟已归时/你将已经踏上旧时的归途/人生难得再次寻觅相知的伴侣/生命终究难舍蓝蓝的白云天/轰隆隆的雷雨声在我的窗前/怎么也难忘记你离去的转变/孤单单的身影后寂寥的心情/永远无怨的是我的双眼……"到现在，她还记得那曲旋律，那首歌词。

她不知道的是，那年捅到表姐身上的那一刀，并未中要害。然而，两家因此事，都心存芥蒂，少有走动了。爸爸妈妈到处寻找江枫，而江枫如人间蒸发般，不见踪影。江枫爸爸急火攻心，第二年就一病在床，撒手西去。

而那个大鹏，并没娶表姐。表姐呢，还待在那个毛巾厂，找了厂子里的一个司机结了婚。司机平常好喝两口，喝完酒就回家打曼丽，没轻没重的，曼丽受不了，就离了婚。后来，曼丽又从网上聊了一个，那人可比曼丽小不少。那男人，人小可心眼不小，嘴甜得要命，把曼丽哄得团团转，把曼丽买断的钱全骗走了后，再也找不着人。

曼丽彻底死了心，整日里灰头土脸，脸也不洗头也不梳的。哪还有个人样。后来，不知怎么的，想开了，加入了市里的老年艺术团，跟着一大帮人唱歌、跳舞，你不知道，曼丽每天涂抹的那个艳啊。

那个程老师呢，明晓了事情后，郁郁寡欢，不着一言，整天把自己关在屋子里用功。听人说，考研考到了北京，再后来，去美国了。

八

光阴目不斜视地走过。高原的风，粗粝。高原的阳光，凶猛。德央的脸颊、眼睛、额头、双手……被风和阳光打磨得沟壑丛生。可是，她多么希望，让风和阳光来得更猛烈些，最好能穿透她的心里，把深深潜伏在她身体里的那一块，在她体内安营扎寨的那一块，已凝结成厚厚寒冰的那一块，能吹散，能化开，不见踪迹。

跟以往一样，她再次拿起电话，依然还是颤抖着手，一个数字，一个数字地，摁那一串烂熟于心的号码。只不过，这一次，最后一个数字，她也摁下了。

大进要订婚

一

吃晌午饭时，水莲觉得口淡，便去院里菜地随手拔了几根葱。自个的饭，能凑合一顿就凑合。大进出门打工，小进在县城上高中，平日里家里进进出出的，就自个一个女人家。哎，反正横竖都自个，吃饭就不讲究了，能糊弄着填饱肚子就行。早上熬一锅粥，放点南瓜、红薯啥的，中午晚上接着喝，再把馍馍热热，不就挺好嘛。至于菜，懒得再起锅炒菜了，家里有豆酱，有腌制的咸菜，再说，院里菜地里有种的青椒、茄子、小葱……想吃啥了，随手掐一点，蘸酱吃，又下饭又便利。

这一阵，够忙活的，心里头爬满了杂七杂八的事，晚上睡觉都不安生，黑影里干瞪着两眼，就是睡不着，脑子里盘算这盘算那。话又说回来，就算是一宿睡不好，大早晨的，青乌着两个大黑眼圈，水莲心里，也是喜滋滋地，咕嘟咕嘟往外冒泡呢！

知道不？下礼拜，大进就要订婚啦！这不是天大的喜事吗？村里跟大进一般大的，都抱上孩子了，看着人家欢欢喜喜地逗弄着小孩子，水莲又眼热又心酸。要不是这个家拖累着，大进不也跟人家一样，老婆孩子热炕头的。说实在的，论模样，论人品，大进哪一样也不输人。可婚事一直没着落，你说这当娘的，能不

207

急？这些年，不是没有给大进做媒的，可人家女方一看家里这境况，就直撇嘴。是啊，谁不愿意吃香的喝辣的，过好日子啊，家里顶着这么一个饥荒窟窿，哪户人家愿意自家闺女往里跳。倒是真有闺女相中了大进，让人捎话说，自个愿意嫁过来，只是一进门，就分开单过，不顶饥荒窟窿。大进没跟水莲商量，就一口回绝了。

这么多年，少个顶梁柱的寡淡的日子，再加上还债，总归是凄惶的，苦溜溜的。真是不敢想呵，那个吓人的大窟窿，居然，一点点地，填补得差不多了，怎能不让人长舒一口气。这个当口，村南的五菊婶子上门做媒，你说，这不是喜上加喜啊，水莲的心啊，都跳到云彩上去了。听五菊婶子说，那闺女是邻村的，不远。早些年就认识大进，说是以前跟大进在一个学校里念过书，比大进矮几年级。水莲急火火地给大进打去电话，让大进回来相亲。电话里，水莲说了那闺女的名字，问大进记得不？能中意不？大进说，记不得。只要娘中意，他自个就中意，听娘的。

这次给大进说的这个闺女，个头不算高，皮肤黑，体格壮实，干活一把好手哩。不说多么俊吧，倒也耐看。庄户人，不就图个瓷实，过日子。其实，要单说比模样，闺女赶不上大进。水莲心里头，来来回回地比较着，思量着。大进那眉眼，那五官，不说在村里，就是十里八乡，也算数得着了。要不是这个家，唉。水莲叹口气。自打给大进说了这闺女后，水莲的脑子里，却总是浮现出另一个姑娘的模样。姑娘叫园，以前大进在镇上读初中时，两人在一个班，一个班长，一个学习委员，又在一个村，上学放学的，两人常做伴。大进的数学，是整个镇中学拔尖的，那时，园有不会做的题目，就来家里问大进，两人说说笑笑的，好着呢。

大进他爹走了后，大进出门打工，园上了县里的高中，后来，又考上了南方的大学。这个园，真是越变越洋气了。以前，还真没觉出园有多漂亮，可现在，你看，园的头发，穿的衣服，还有说的话，一举一动，跟城里的女孩子一个样。还有，园身上平添了一股书卷气，衬得整个人娟秀而文气。

园的心思，水莲咋会不明白。每年放假，园都来家里，问这问那，问大进在哪干活？干的啥活？累不？问大进咋老不回来？啥时能回来？看孩子问得可怜兮兮的，水莲真有些不忍心了。唉，大进不是不回家，可是只要园放假的日子，大进是不回来的。

水莲跟大进说，园来家里了，问你打工的地方，问你啥时回。俺听你的，没跟她说。大进闷着头，好半天工夫，才抬起头，眼睛望向远处。声音低低的，自言自语似的：日子长了，就不问了。真的是哩，慢慢地，园来得少了。后来工作了，找了对象，更是很少回村来，也不来家问这问那了。

二

水莲跟五菊婶子都说好了，知道现在的小年轻都愿单过，等新媳妇一娶进门，就给小两口分开过。剩下的那点债，算在水莲身上，不拖累小两口。订婚的日子，是请人看的，好日子，阴历八月二十八，正好是个礼拜六。水莲心里急，恨不能越快越好。

好容易有闺女不嫌咱这个家，相中了大进，点了头，咱还不得快快的呀。现在订个婚，说头不少，给女方的现钱，还有金项链、金耳环、金戒指，一样也少不得。订婚那天，女方一家来不少亲戚，怎么也得置办一桌像模像样的酒席。酒、菜、点心、糖果，哪一样不得操心啊。还有媒人，人家忙着牵头搭线，跑东跑西，人情不浅哩，咱也得可着劲打点不是。话又说回来，多少年了，家里也没张罗过这样的大喜事，就是忙活得四脚朝天，心里也是美得不行，心劲足着哩。

大进这孩子从小就懂事，不言不语的，心里盛事。他爹走的那年，大进正上初三，也就十三四岁吧。小进，也就十岁，上四年级。

那年，他爹石栓在镇上办了一个皮革厂。为了这个皮革厂，石栓借了不少的钱。可皮革厂总是半死不活的，不见起色。石栓也是急得挠头。也就在这个节骨眼上，那老话是咋说的来，"屋漏偏逢连夜雨"，石栓试着身上老是不舒坦，一开始，以为是厂子操心累的，到医院　查，就没出来。为了治病，把所有的家底掏空了不说，亲戚、乡邻，能借的都借了。不用说，这时的厂子更是亏得大发了。折腾了一番，石栓还是撒手西去。

石栓这人，咋说呢。在农村，也算是个能人吧。早些年，走街串巷卖些时兴的小玩意，针头线脑，小孩子的玩物，走哪个村，都能吸引一大帮人凑着看。后来，又去集上整了个摊位，布匹、服装、小孩食品……什么都倒腾过。钱，倒是也挣了一些，脾气也见长，在家里说一不二，压根就没有水莲说话的份。石栓回家来，水莲忙不迭地炒菜、烫酒。赶上石栓高兴了，他会咂摸两口酒，哼几句小曲。也犯邪，说不准啥事就碍着他的眼了。有时嫌水莲炒的菜不对口，一下子连盘带菜扔了出去。石栓一发脾气，水莲一声不吭，赶紧推着大进小进出门。等大进小进再回来时，家里已风平浪静了。事后，水莲跟大进小进说，你爹在外做小买卖也不易，准是在外受了窝囊气，撒出来就没事了。

石栓当时查出病的时候，已是晚期。医院里大夫私下对水莲说，回家养着吧，吃点好吃的。其实意思已经很明白了。可是石栓拼了全力要治，什么贵药、新药、特效药，他都要试试。村里的人也劝水莲，石栓这是脑子糊涂了，别治了，白白让大把的钱打了水漂。水莲叹口气，平时，俺都依他，这回，还是依着他吧；好歹，他现在还有个心劲，巴望着自个能治好。要是人没了心劲，可就啥也没了。

折腾了一大阵，石栓还是走了，留下一大堆吓人的饥荒，这个大窟窿黑洞洞的，阴森森的，不见底。水莲一个女人家，一下子失了主意。大进自作主张，从学校里收拾了书包回家，说不念书了。那段日子，水莲整日里神思恍惚，茶饭不思，很快便倒床不起。大进小小的年龄，地里家里，又是娘，又是小进，陀螺似的忙活着。

待水莲的身体慢慢恢复了，神志也慢慢清醒。大进说，他得出去打工挣钱。家里的这个饥荒窟窿，得慢慢填。小进还得考学，家里以后的事会越来越多，得想法多挣些钱。看着大进单薄羸弱的身子，水莲心里一阵不忍，可一想想，也实在没什么别的法子。水莲想起，房后的根柱，在青岛一家饭店当厨子。水莲寻思，大进年纪小，别的活做不来，在饭店里帮帮忙，还是行的。

再说，根柱这人实诚、热心，大进跟着他，放心。等根柱回家的时候，水莲紧着跑去他家里。根柱说，饭店里正好缺帮手，他去跟老板说说，让大进去帮帮忙。

　　行李很快就收拾好了。蛇皮袋里鼓鼓囊囊放着的，是水莲给大进准备的被子，也是家里最厚最新的被子。红蓝条的编织旅行袋里，放着大进的换洗衣物，还有一些生活用品。还记得那个早上，几乎一夜未睡的水莲，早早地起来，煮了手擀面，大进爱吃的。大进的那碗手擀面里，水莲淋了香油、麻汁，最下面还卧着两个荷包蛋。大进小进围在饭桌边，呼噜呼噜地吃着面条。水莲吃不下，又把大进的行李翻看了一遍，就怕落下啥。大进把碗底的荷包蛋夹到小进碗里，小进不要，试图再还给哥哥。大进的筷子，快速地、轻轻地，压在小进的筷子上，不容置疑。根柱来叫门了，天还是麻麻黑，大进背着硕大的蛇皮袋，紧跟在根柱身后，趔趔趄趄的，瘦弱的身影很快被未明的天色吞噬。水莲的心，也跟这黑乌乌的天色一样，不透亮，没着落。

　　大进在饭店里留了下来，在后厨打杂。大进常给家里写信，水莲不认字，都是小进念。大进说，饭店里人都不错，看他小，都照顾他。他在外，吃得饱，穿得暖，娘甭挂着。大进的信，内容都差不多，反正都是让人安心的话。水莲知道，这孩子，报喜不报忧。就算在外面，受了天大的委屈，他还是会这样写。在饭店没干多长时间，大进嫌饭店里工资少，辞了工，去建筑工地当起了小工。这事，大进一直瞒着家里，水莲还一直以为大进在饭店里干。直到一次根柱回来，水莲让根柱给大进捎东西，根柱说，大进早不在饭店干了，去建筑工地找了份活。在工地干活，可是又苦又累的差事，水莲想着单薄的大进，灰头土脸，佝偻着身子，在工地上搬砖、筛沙、搅水泥，心里的疼，一阵阵翻涌着，搅得她五脏六腑都不得消停，让她睡不好觉，吃不下饭。

三

这么多年，多亏了大进，一点一点地，家里的饥荒，总算是还得差不多了。

下礼拜，八月二十八，家里就热闹了。大进回来，小进也要回来。知道大进订婚，小进高兴地不得了，一个劲地问新嫂子长啥样，俊不。这哥俩打小就亲厚，从来没红过脸。

上礼拜，小进回家，说哥哥订婚的日子，他咋也得回来。平日里，小进一个月回来一趟。没啥事，就别让孩子来回跑了。来回一趟，折腾着等车坐车不说，光路费就好几十块，还不如买点好吃的好喝的，犒劳犒劳肚子。当然，水莲知道，小进可舍不得给自己花钱。平常在学校里，小进节约得很，从不乱花一分钱。在食堂买饭，都挑最便宜的菜吃。知道小进肚子里缺油水，每次小进回家，常常地，水莲会割上一刀鲜肉，买把嫩韭菜，给小进做水煎包吃。这孩子，正是能吃的年纪，"半大小子，吃死老子"，真是呢，一会工夫，一大盘子冒尖的水煎包就吃到肚里了。

水莲在院里剥着葱，听到院墙外麦花跟人打招呼的声音，听着，像是麦花走娘家回来。水莲紧着快走两步，到院门口。麦花跟水莲的娘家是一个村的，爹娘都七十多了，水莲心里不是不挂念，这一阵子太忙，没顾上回去。

果然，麦花是走娘家回来。两人寒暄一阵，水莲问，俺家爹娘见着了吗？还好不？麦花有些犹疑，支支吾吾的。经不住水莲一再问，麦花说水莲的娘前几天不小心跌倒，摔着手腕了，水莲娘再三嘱咐麦花，不让跟水莲讲，怕水莲惦记。

　　一听说娘的手腕摔着了，水莲的心，一下子火烧火燎起来。她从灶屋碗橱里，拿出几斤鸡蛋，还有一大袋奶粉，这还是大进上次回来买的。东西很快收拾好了，提兜鼓囊囊的。水莲走到东屋，打开锁着的柜子，从最里面取出一个布包，布包里层层裹着的，是两万块钱，订婚用的。酒席钱、给女方的现钱，还有衣服钱、婚纱照钱、红包钱，林林总总的，哪一样都得算进去。人家女方倒没有狮子大开口，算是厚道周正人家，可越是这样，咱也不能太抠索，至少大面上过得去。这两万块钱，有大进挣的，也有水莲挣的，都是一分一分攒起来的。还有一些，是水莲厚着脸皮出去借的。

　　唉，说到借钱，这借钱的口啊，可真是难开。庄户人过日子，都不易。以前借过人家的，还有一些，到现在也没还上，实在不好再开口了。寻思了一圈，就只有跟村里建勇借了。建勇这几年在村口开了个小卖部，烟酒副食，日用杂货，花样齐全得很，生意很是红火。自打算着跟建勇借钱，水莲心里可是一直在打着鼓。建勇的大姑嫁到了水莲的娘家，建勇去大姑家的时候，时不时碰见水莲，很是入眼入心。建勇家托了媒人上门提亲，有多事的人在一旁说，建勇跟水莲八字不合，犯冲。水莲爹娘硬是没答应这桩婚事。水莲听话得很，爹娘说不行就不行吧，在村里，终身大事不是都得听爹娘的啊。后来，阴差阳错地，水莲嫁给了石栓，跟建勇一个村。有时村里村外地碰见，两人难免有些尴尬。以后，两人就尽量避免打照面。建勇是个老实人，只是建勇媳妇，咋说呢，水莲总觉得她在自个面前，有些阴阳怪气。眼光在自个身上剜来剜去，让人浑身不自在。准是听说了以前建勇上门提亲的事，心里结着疙瘩哩。

大进订婚的钱，凑来凑去，还差五千块。这五千块钱，白日黑夜地，在水莲脑子里转来转去，转得水莲的头都嗡嗡响。管不了那么多了！豁出去了！水莲心一横，鼓足勇气，去了村口的小卖部。小卖部里，正巧建勇自己在。提起借钱，建勇倒是挺爽快。说，孩子订婚是大喜事啊，好事！俺利索点把钱紧着备齐，瞅空给你送去。第二天刚过晌午，水莲正蹲在院子里洗衣裳，却见建勇媳妇跨进院门，径直往屋里走，把一沓钱放在桌上。

水莲嫂子，钱，给你带来了。建勇媳妇拖长了腔调，唉，建勇也是，筹个钱还偷偷摸摸，藏东藏西的，倒显得俺里外不是了。要是他明明白白地，说是借给你水莲嫂子，俺还能不借咋的？

水莲两只手满是肥皂沫，窘得不知往哪放。她呆呆地立在一旁，站也不是，坐也不是，任由建勇媳妇的眼光一遍遍地，扫荡过来。水莲低着头，脸烫热热的。

这些年，大进在外辛苦挣钱，水莲也没闲着。除了地里的农活，水莲跟村里的女人们一道，想法揽了些手工活，给镇上的玩具厂缝布玩具。从玩具厂领回一些布零件，按照要求缝合，最后再填上丝棉，按件计酬。布玩具很小，缝起来挺费事，尤其一开始，一天的工夫，水莲也缝不上几个。后来，熟练了，一天也能缝个十来个了。除了缝玩具，还揽些绣鞋垫、手钩线包之类的针线活。一有空闲，水莲就马不停蹄地忙活这些手工活。只是这些活累眼，干不了一会，眼就酸疼酸疼的。

大前年，大进的脚趾头砸伤了，不能在工地上干了。大进又在一家装修公司找了一份喷漆的活计。听说，喷漆这活，呛人得很，伤身子伤得厉害，没人愿干。水莲拦着大进不干这活，大进笑着说，别听那些吓唬人的话，不碍事，干活的时候，戴着口罩，不打紧。

大进挣的钱，大都用来还账了。欠人家的钱，就得还，一天不还，心里就跟搁着块石头一样，喘不上气来。水莲零打碎敲挣的钱，紧打紧算的，除去家里平日里必要的花销，剩一点，水莲就赶紧攒起来，一分钱也舍不得乱花。

这两万块钱，放哪合适呢？水莲犯了愁。现在的小偷可真不得了，大白天的，就敢讲家入户，跟强盗一样。前一阵，听人说，北边信子村一户人家，赶个集的工夫，家里就让人偷了个底朝天，锁在抽屉里的钱，末了，一分不剩。水莲寻思，小偷进来，一准是冲着上了锁的抽屉、柜子。是啊，谁不想着，把钱放到觉得保险点的地方。不成想，越这么着，反倒跟做了记号一样，小偷一进屋，冲着目标就来了。既然要藏，就藏在不引人注意的地方。炕洞里？不行，有老鼠呢，撕咬烂了。被褥底下？也不行。小偷进了屋，到处乱翻，炕上这些铺盖免不了被乱翻一气。碗橱，相框背后，能想到的地方，水莲都想了个遍，可哪个地方都让水莲不放心。

屋里院外地，巡视了半天，思忖了半天，水莲的眼光，落在灶台边那个泔水桶上。这是个酱红色的塑料桶，好几年了，桶沿的边缘都裂了，桶外面布满了星星点点的污渍，里面盛着一些碎秸秆叶、纸片子、发黄的菜叶和一些零零碎碎的垃圾。以前，家里养了两头猪，家里废弃的刷锅水、剩饭、剩菜啥的都倒在里头，留着喂猪。去年猪卖了，现在用来盛放垃圾。

这个脏兮兮的泔水桶让水莲有些兴奋。她找出小进用过的大演草本，撕下几张，把钱分开，包好。灶屋墙上挂着一个红色的塑料袋，里面是刚买的几袋盐。盐是从集上买的，塑料袋还新簇簇的。水莲把盐拿出来，抖一下红色的塑料袋。想起啥似的，又把塑料袋揉搓了几下。水莲把泔水桶的垃圾倒出来，套上红色的塑料袋，把用纸包好的钱放进去，然后又把那些垃圾覆在上面。

嗯，真好。水莲围着泔水桶转了几圈，很是满意，甚至有些得意，是呀，谁会想得到呢？这看起来丝毫不起眼，甚至有些污脏的泔水桶里，居然藏着两万块钱！就是小偷真进来，翻遍了天，想破了头，也想不到真家伙居然藏在这里吧。想到这，水莲笑出了声。

四

小进到家的时候，看家里的大门锁着。娘这是上哪了？这一阵子，可把娘忙坏了。事太多，这一摊那一摊的，都得张罗到。门锁上不要紧，小进带着钥匙呢。以前，娘总喜欢踮着脚，把钥匙放在大门右上角的砖缝里。庄户人，不喜欢把钥匙带身上，地里地外地忙活，带着钥匙叮叮当当的，不利索。这几年，乡下治安不太好，小偷小摸的不少，甚至明抢。村南边，建国的爷爷，到村外放羊，来了两个骑摩托车的小青年，下了车，二话不说，抱起羊就走，建国爷爷上前理论，却被他们蛮横地推倒在地，眼神凶巴巴的，还威胁老人，想不想活了！小进再三嘱咐娘，自个在家得多留神。出门的时候，锁好门，钥匙随身带着。

今年年初，小进从班里同学借的一本畅销杂志上，偶然得知了一个校园文学征文大赛，奖金可观。小进文笔不错，是校办文学社的骨干。他认真地构思，斟酌，几经修改，终于完稿。投出去后，小进也没抱太大希望。想想看，全国各地的投稿，不得像雪花片一样啊。没想到，自己这篇文章真的被评为二等奖，奖金五百元！

五百元奖金从邮局取回来后，小进小心翼翼地把它放在贴身的衣兜里。这几张钞票像一台功能强大的鼓风机，呼呼地运转着，汹涌而出的风，撺掇着他，鼓动着他，他感觉自己的两翼仿佛生出了翅膀，就要飞起来。他努力克制着内心巨大的喜悦，努力收敛着两翼生出的翅膀。五百元，他凭自己的本事挣了五百元！就像做梦一样。关于挣钱，他想过千遍万遍了。可那都只是想想。他想以后他上大学，上研究生，上博士，学一身超凡的本领。若干年后，他坐在某大都市甚至华尔街的摩天大楼办公，挣着让人咋舌的钞票。可现在，他已真真切切地挣到了五百元，而且还是在哥哥就要订婚的时候，这简直是老天爷赐予的。

小进一直想着，哥哥订婚的时候，他要送哥哥一件礼物。从小，哥哥就把自己搁手心里疼着。虽说哥哥只比自己大四岁，可哥哥在自己面前，就像个大人一样。刚上学那会，赶上下大雨，村里的路一片水洼，泥泞不堪。哥哥就背着自己，蹚着满地的雨水和泥巴，跌跌撞撞地走。一次，哥哥发烧，好几天没胃口。娘从柜子里拿出一瓶橘子罐头，打开给哥哥吃。哥哥吃了两口，看娘走了，就把自己叫过去，让自己吃了。黄澄澄的橘子瓣，沁凉的甜，真好吃啊，一直甜透到心里。

爹发脾气的时候，又摔碗筷又砸盘子的，吓人哩。娘推着哥俩出门，上哪去呀？哥哥带着去村口的场院，用麦秸秆给俺编小狗，编小猫，活灵活现的，逗俺开心。过好一大晌，待俺玩够了，哥哥就领俺回家。有时在外面待的时间长，俺偎着麦秸垛睡着了，哥哥叫俺，俺揉着惺忪的睡眼，赖唧唧的，不愿走，哥哥就背着俺回家。

有一次回家的时候，哥哥看娘的衣背上有土，再仔细看，娘的左脸还有些红肿。问娘，娘似乎有些慌，哦，刚才喂猪，不小心跌倒了，擦着地了。再以后，爹犯邪的时候，哥哥就不领着自个，甭到那么远的场院去了，就在自家院墙外的大槐树底下玩。大槐树底下有个石垛子，坐在石垛子上面，哥哥给俺讲故事；或者，俺们出门的时候，干脆带上书包，写写作业，看看书。哥哥的耳朵，好像一直支棱着，听家里的动静哩。"咣"一声，爹好像踹飞了凳子。隐隐地，一直没吱声的娘好像说了句啥。家里似乎响起什么动静，哥哥一下子冲回家里，等俺也跟着跑过去时，发现娘撑着一只胳膊坐在地上，哥哥张开双臂揽住娘。爹气呼呼地，撸着袖子，上前跨一步。哥哥护着娘，转过头来，眼睛紧紧盯着爹。爹愣怔了一下，骂两句，收回青筋毕露的胳膊，狠狠地往地上吐了一口痰，回屋了。

爹住院那阵，娘在医院陪着。家里就剩俺们哥俩。晚上，风呼呼地刮着，窗户上树影晃得厉害，院门上的铁环"咣啷"一声，吓得俺打了一个激灵。哥哥笑着，揪揪俺的耳朵，放心睡，瞧俺这体格！来十个八个的，俺都不怕。哥哥还站起来，摆了几个夸张的健美动作，笑得俺不得了。

娘整天都在医院，照顾爹。哥哥真能，啥都会干。放学回来，蒸馒头、烙饼、搅疙瘩汤。哥哥从河沟里摸了好些一指长的小鱼，收拾干净后，用盐腌上，风干。然后再放到煤炉子的铁板上煨着烤。鱼鲜美的焦香弥漫了整个屋子，咬一口，鲜脆咸香，就着馒头，别提多好吃了。

哥哥学习成绩好，要不是因为家里，要不是顾念着要供自个上学，哥哥肯定会一路念下去，上高中，上大学，就跟园姐姐一样。记得哥哥退学那天，园姐姐还来家里，找过哥哥。园姐姐急吼吼的，冲着哥哥 阵噼里啪啦地嚷。从来还没见过她这么大声过，嚷着嚷着，园姐姐就哭了，哭得哇哇的，好像退学的不是哥哥，是她。

园姐姐每次放假回来，都来家里，跟娘拉呱。园姐姐问，给大进写了好几封信，大进都没回，是没收到还是咋的。娘支吾着，哦，大进在外打工，总是不安顿，老换地方，俺也摸不准哩。咋会摸不准哩？哥哥打工那个地，娘一天不知念叨多少遍。小进站起来，看了娘一眼，出去了。

那年过年，园姐姐又来家里，终于碰到了大进。说也奇怪，平日里，园姐姐来家，问娘大进这大进那，这回真见了大进，却一声也不吭。两人就那么僵僵地站在院子里，不说话。还是娘，把园姐姐让进了东屋。娘捧着红枣、花生，一个劲地让园姐姐吃。娘唤着小进，娘俩上别的屋去了。东屋静悄悄的，小进拼命竖着耳朵，也没听见他俩说啥话。这两人，真怪，好不容易见了面，反倒一句话都没了。哥哥锁着的抽屉里有园姐姐的照片，哥哥常偷偷地拿出来看，发呆。园姐姐也是，哥哥不在的时候，问娘大进这、大进那的，零零碎碎的，这好不容易见了面，赶紧看，赶紧问啊。

五

哥哥要订婚了！一想起这个，小进浑身上下，每个毛孔都冒着喜气。怀揣着烫人的五百块钱，他还专门跑到县城的百货大楼，逛了好长时间。质地光滑泛着釉光的骨瓷碗碟，做工考究的茶壶茶碗，锃亮的不锈钢锅，还有花色绚丽的床罩，柔软的蚕丝被……太多了，他看得眼睛都花了。他又摸摸兜里的五百块钱，这五百块，能着实买一件像模像样的东西呢！而且，还能剩下一些。剩下的这部分钱，怎么处理呢？还是好好奖励一下自己吧。好长时间没好好吃顿肉了，学校食堂再做红烧肉的时候，就豪气地给自己买上一份。

哥哥订婚，到底送点什么好呢？在确定买什么东西这个问题上，小进可是纠结了好几个晚上，在百货大楼看到的那几样商品，来回地在小进脑子里转圈。选哪样呢？比较来比较去，最终，小进决定，把这五百元都给哥哥，他需要什么就买什么。

今中午，学校食堂真做了红烧肉，一进门，就闻到诱人的浓香。小进一开始是打算跟预想的那样，雄赳赳气昂昂地去窗口，痛快豪气地打上一份红烧肉的。排队的时候，不知怎的，这个决心慢慢动摇了。看看黑板上的菜价，红烧肉十元。这个数字，在他心里一再掂量，几番激烈的交锋后，他咽了一口唾沫，下定了决心。轮到他的时候，跟往常一样，他要了一份素炒青菜。

本来，小进上次回家的时候，就跟娘说好了，等哥哥订婚的那个礼拜，他再回家。周五晚上，小进上铺的同学告诉小进，说明天家里人来县城办事，办完事，农用三轮车就停在校门外，问小进回家不。上铺的同学是信子村的，离自己家也就三里路，很近了。既然有顺路车，小进自然乐意回家。还有，紧贴在衣兜里的五百元钱，搅得他的心"突突"跳着，停不下来，这份巨大的喜悦与激动，他也想早一点跟娘一起分享。他想，娘一见他掏出这五百块钱，会是啥样？闹不好，以为自己是偷的抢的呢，说不准，会随手抄起扫帚打自己一脊梁。呵呵，想象出的场景，让小进不由笑出了声。明天就要回家了，小进狠狠心，去街上糕点店里，称了两斤绿豆糕。这是娘最爱吃的点心。有五百元钱在身上，蓦地，小进俨然比往日添了好些底气。

家里挺乱。娘不知有啥急事，出去得这么匆忙。半碗豆酱，几根细葱，大半碗南瓜粥，啃了两口的馍，还搁在饭桌上。娘自个在家，吃饭就这么凑合着。小进心里有些酸酸的疼。他从书包里取出那包绿豆糕，打开包装袋，香甜浓腻的气息止不住地往外飘。小进凑近，使劲地吸了吸鼻子。小进轻轻拈起一块，仔细地端详半天，又轻轻放下，把包装袋重新扎好。绿豆糕酥软，一咬就有碎渣落下来。娘吃绿豆糕的时候，浅浅咬一口，一只手就搁在下巴那接着。想着娘吃绿豆糕的样子，小进眉毛向上扬了扬，唇边漾起两抹微笑。

小进收拾了饭桌，又找块抹布，镜子、桌子、灶台挨个擦着。记得以前，爹还在的时候，娘挺爱干净的一个人，到处收拾得光亮亮的。不知啥时候，娘变得潦草了，甚至有些邋遢。不爱收拾自己。身上常年穿着一件土黄色的罩衣，老旧的样式，肥垮垮的。

爹脾气火爆，没来由的，也不知什么碍着他的眼了，惹着他了，他就发作。娘在爹面前，从来都是低眉顺眼，就是爹打了娘，娘也不作声。该端碗端碗，该烫酒烫酒。娘从来没在孩子们面前，说过爹半个不字。爹走了后，有时提起爹，娘说，你爹虽说脾气不好，倒是能挣钱养家，让俺没在钱上屈着，家用也从没断过道。现在，俺可知道挣钱不易了。

六

院子西头，堆着一个玉米秸垛。虽说村里都用液化气了，娘舍不得，还是多数用柴火烧饭。玉米秸垛周围有散落下来的玉米秸，横七竖八地躺在地上。

天不知何时阴了下来。小进把玉米秸垛整理好，又拿起扫帚把院子扫了一遍，把垃圾堆在院子东南角。东南角上，贴着墙根，用砖块垒了一个四方形，平常家里收拾出的垃圾就堆在那里。攒多了，就一把火烧了。

原本，东南角就攒了一小堆垃圾了，加上小进刚刚清扫出的这一些，垃圾堆得要冒尖了。该烧了。小进从屋里找出一只打火机，蹲在垃圾堆跟前，找出一张废纸引燃。小进小心翼翼地，把燃着的纸放在垃圾底部。火苗慢慢燃起来了，小心翼翼地蔓延。然而柔弱，忽闪闪，摇晃不定，眼看着就要熄灭了。小进有些着急，轻轻地吹着气，用小木棍仔细扒拉着。很快，火苗燃起来，蹿动着，越来越旺，干枯的叶，废纸壳碎片、破塑料袋……在火焰里舞蹈着，叫着，一片明亮而火热。

清扫过的小院爽洁干净，东南角，火焰跃动得欢腾而热烈，天阴得更厉害了些，一阵风吹过，裹挟着烟漫过来，呛得小进咳了两声。小进退后几步，不经意回头，看见屋里泔水桶那一大袋垃圾。咋还忘了屋里这一摊了。他赶紧折身回屋，把垃圾袋袋口打结，系紧，拎着，向东南角走去。

快走到的时候，小进起了顽心，往后退一步，提垃圾袋的右胳膊稍稍加力。他甚至想象到，这个红色的、鼓囊囊的塑料袋以一个漂亮的弧线，在空中滑行。"噗"一声，垃圾袋准确无误地，落在燃烧的火焰上面……

就在即将抛出的瞬间，一阵风弯横刮过，有尘沙闯入眼睛，一时竟睁不开。小进放下垃圾袋，使劲揉起眼睛来，终于好多了。他下意识地，又摸了一下衣兜里那几张钞票。毫无疑问的，那几张钞票，依然结结实实地，在衣兜里放着，紧贴着他的胸膛，滚烫而炙热。

雷声响起，有雨滴落下，尘沙还没彻底从眼睛里清除掉，他又揉起来。就在这时，小进听见，有人急匆匆地，从门外进来。

比　翼

　　男人在百十里外的采油队上班，一出去就是一整天。女人呢，以前在县城的毛纺厂工作，企业不景气，不死不活拖了几年后，还是倒闭了。也就是说，女人失业了。女人想着再去找份工作，就在这个节骨眼，发现自己怀孕了。男人说，别折腾了，在家安心生孩子吧。这不，孩子生下来，整天围着孩子骨碌碌转，找工作的事也就搁了下来。等儿子上了小学，又赶上婆婆病重，床前床后地照顾着，几年就这么过去了。一直到儿子上了中学，女人才算有了自己的时间，开始倒腾着挣点钱。最初，女人开过服装店，卖过海鲜、牛奶。唉，生意真是不好做，不但没能挣到钱，还赔进去一些。自己顶门头做生意，女人觉得自己扑腾不来，不是这块料。那就找个活，给人打工吧，能挣点是点，稳当些，好歹能贴补些家用。

　　男人是油田职工，按理说，前些年，油田工人的工资还算稳定，还挺招人眼热。可这几年，油田效益不太好，比着现在飞涨的物价，男人这点死工资，一家人得算计着花，真是不宽裕。以后儿子还得娶媳妇，还得买房子啊。光这，就是个大头。油区里，不少人家都买了汽车，看人家男人开着车带着老婆孩子兜风，潇洒、神气。女人就想着，给男人也买一辆。这几年，全家都指望男人的工资吃喝拉撒，要攒够一辆车钱，哪那么容易。

要找个合适的活儿真是不易。最终，女人敲定了两份活。上午去一家水饺店包水饺，下午去一家幼婴生活馆给小孩子洗澡。女人干活麻利，在水饺店里，同样的时间，女人总是比别人包得多。包出的水饺呢，样子格外喜人，白白胖胖的，像一个个腆着肚子的小白鹅。结工资的时候，老板总是多给她一些。女人挺知足的。给小孩子洗澡，就不那么顺当了。家长带孩子过来，进店后，就把孩子那么一递，然后乐得悠闲，坐在一边跷着腿等着，忙不迭地看手机，聊天。现在这些年轻的妈妈们，想得开，好容易有这么个空。

给小孩子洗澡，这活计，可真不轻快。长时间躬着身子，腰背酸疼；手叫水泡得都脱了皮，裂了口子。女人委屈得眼圈都红了。也不是没想过撂挑子，想归想，最终，还是咬咬牙忍住了。那天下午，可能是天气热，幼婴生活馆生意特别忙，来了不少顾客。女人一下午都没闲着，接连一气给好几个小孩子洗完了澡，腰都酸得直不起来了。看看表，已经到下班时间了。最后一个小孩子也已洗完，女人心里舒一口气。抱小孩子出澡池，小孩子在澡池里玩得正欢，被抱起离开澡池，哇啦哇啦哭起来。小孩子的妈妈，黑着脸过来，甩下几句不好听的话。

回到家，女人也没做饭，气鼓鼓地坐在沙发上。男人下了班，问，咋没做饭？吃吃吃，你就知道吃。女人没好气地嚷嚷着。男人说，要是累，就别出去干了，我又不是养不活你。女人狠狠白了男人一眼，你要真有本事也行，谁愿出去受那个冤枉气。你挣个仨瓜俩枣的，够干啥的？男人看女人脸色不对，也没敢多言。摇着头，自嘲地笑了笑。然后，去了厨房。

女人家住三楼。还是当初结婚时，油田分的楼房，有年头了。单元楼里住着的，基本上都是油田职工，除了一楼。一楼的房主新调换了大房子，就把一楼租出去了，租户是一个东北女人，带个女孩。女孩不大，也就上四五年级吧。东北女人把一楼附带的小院打通，沿街开了个水果铺。紫的葡萄、红的苹果、黄的蜜瓜，流光溢彩。东北女人，一头酒红色的发，烫成弯弯曲曲的卷发，一圈圈地，绕满了整个头，不安分地张扬着。听说她离了婚。她爱打招呼，自来熟，见了楼上楼下的，大哥大姐叫得亲得很，尤其见了男人，声音格外嗲声嗲气，眼风也格外活跃，像长了钩子，热络得有点让人招架不住。脸上散落着的几颗痘痘，也随着她眉飞色舞，愈发红亮，跃跃欲飞。整张脸，看过去，像是熟透的草莓。"草莓"真敢穿，大夏天，上身一件贴身的小吊带或者露背衫，下身一条黑色的弹力短裤，紧紧地箍着两条圆硕的腿。"草莓"就这么穿着，在水果铺里悠荡着，露着白晃晃的膀子、后背、大腿，刺人的眼。

　　盛夏，大日头无遮无拦地照着，没有一丝风。蝉鸣一阵响，一阵歇，仿佛燃着的火苗，一下，一下。女人打算中午烙茴香合子，男人爱吃这一口。刚出锅的茴香合子，蘸着用醋调拌的蒜泥，男人能一气吃好几个。女人呢，打小就不吃茴香的，觉得茴香有股怪味。嫁了人，见男人这么爱吃，就做给他吃。久了，倒也习惯了茴香的味道。两口子在一个屋檐下过，啥不得互相将就点，都不易。不一样的嘛，女人不喜男人爱吃的茴香，女人爱吃的榴莲，男人不是也不喜吗？男人不是照样给女人买榴莲吃。知道男人不喜榴莲的气味，每次吃，都挑男人不在家的时候，吃完

228

了，赶紧打开窗户通风。

上次，男人捧着大半个榴莲回家，女人一见就急了，这么大一瓣榴莲，得多少钱。男人笑笑，也不说话，把榴莲放在桌子上。女人还在一个劲地絮叨，絮叨得男人有些心烦，男人燃起一根烟，一只烟灰缸重重放到桌子上，发出"砰"一声沉闷的响声。女人看看男人，看看桌上那一大瓣奄头奄脑的榴莲，女人闭了嘴。

女人一早从市场买回的茴香，水灵灵的，鲜嫩翠绿。扭头一看，哦，家里醋瓶子见底了，紧着让男人出去买瓶醋。没多大工夫，女人隐约听到楼下"草莓"跟男人打招呼，一派草长莺飞。女人鼻子里轻轻哼了一声，想了想，提着一把茴香，到南边窗户根下择菜。窗户敞着，"草莓"有些夸张，甜腻的笑声，一嘟噜一嘟噜地浮上来。

女人在窗户边踮起脚尖，往下探。听说话，可能是"草莓"家的冰箱出了故障，让男人瞅瞅。好大一会工夫，应该是捣饬好了。男人抹着汗，走出店门。"草莓"许是刚才就切好了西瓜，拿出一大牙，追着男人出来，递给他。

男人进门的时候，还在啃着那牙西瓜。女人坐在马扎上，盯着男人，拉长了调说，瓜，很甜吧。男人忙着换鞋，嘴里含着满口西瓜，想也没想，点着头说，嗯，甜，还是沙瓤的。女人腾一下站起来，把手里的茴香狠狠扔到菜盆里，折身走开。屋门处悬挂的水晶珠帘，被甩得噼啪作响，惊慌地荡来荡去。

儿子的电话越来越少。这孩子，刚开始离家时，还常打电话回来，说想家。这不，许是在外面扑腾开了，就想不起给家里打电话了。这也好，野小子嘛，还是皮实点好。还记得儿子刚离家那一阵，女人心里那个空，那个惦记，一大片一大片，像暮色里腾起的浓雾，没着没落的。以前儿子在家，感觉整个家都满满当当，干不完的活，打扫不完的卫生。女人天天忙活，可是忙活得带劲。看着自己整出的一桌饭菜，儿子吃得狼吞虎咽，女人心里，美呢。现在，儿子不在家，每天就俩人吃饭，饭桌一下子空出好多。饭桌两头，一边一个，静静地吃，一顿饭也说不了几句。

一天，两人吃过晚饭，出去散步。前面，一个女孩亲密地挽着妈妈的胳膊，有说有笑地。女孩歪着头，不知在跟妈妈说些啥。妈妈摇了摇头，女孩停下，拽着妈妈的胳膊晃啊晃的，撒着娇，一脸娇憨。这女孩，跟儿子差不多年龄吧。

日子可真是快，眨巴眼的工夫，儿子就蹿得快跟他爸一般高了。感觉昨天还在怀里吃奶，毛茸茸的小脑袋瓜，顶到自己怀里，暖烘烘，热腾腾的，吃出一脑门了汗。儿子刚出生那会，两个人手忙脚乱，转着圈地不停脚。满屋子的奶香味，尿腥味。还记得儿子当初学走路，自己和男人蹲在两头，儿子穿着厚嘟嘟的棉袄，摇摇摆摆的样子，像极了笨扑扑的企鹅。儿子张着两只胳膊，清亮亮的口水，顺着嘴角流下来，扑到自己怀里的瞬间，儿子咧开嘴笑了，露出粉红的小牙床。然后，幼儿园，小学，中学。真是快，说长就长大了。儿子的嘴唇上，不知何时冒出了细细的绒毛。声音也变了，粗粗的，哑哑的。也不像小时候那样，爱腻着人，反倒是在父母跟前，越来越收着。有时，女人跟儿子上街，看到有车过来，女人还是习惯性下意识地去抓儿子的手，儿子却红了脸，一下子挣脱开。有风吹过来，吹起地上一些白色的尘絮，缓缓地飘起来，又缓缓地落下，若有所失的样子。

高考刚结束，儿子就跟同学们约着，一起去了青岛看海，整整一周。这是儿子第一次离家。男人在家没少念叨，每天都要看青岛的天气预报。女人嫌男人啰唆，硬着语气说，儿子都这么大了，又跟好几个同学一起，甭挂着。儿子回来了，几天光景，黑了一圈。男人倒一句话不说了，坐在沙发上，慢悠悠地喝着茶。女人忙着招呼儿子把脏衣服拿出来，忙着切瓜，灶上的蒸锅还呼腾腾地响得欢。女人招呼男人过来搭把手，男人这才慢条斯理放下茶杯，好像很不情愿，可脚步轻快腾跃，甚至有一些掩饰不住的迫不及待。

儿子给女人买了一个珍珠发夹，给男人买了一只海螺造型的烟灰缸。女人当着儿子的面，就别在头发上了，喜滋滋地，对着镜子来回地照。男人接过烟灰缸，看了一下，笑着说了句，挺好，就放在一边了。女人瞅了男人一眼，没说话。儿子进了屋，男人又重新拿起烟灰缸细细摩挲、端详。女人撇撇嘴角，轻轻嘟囔了一声，笑了。

女人眼巴巴地跟着，看了母女好一会，才恋恋不舍地停住。她跟男人说，不散步了，回家。到了家，女人钻到儿子屋里，找出儿子的照片，愣神。男人蹑手蹑脚过来，试探着说，要是想孩子了，咱过两天去儿子那看看，就当旅游。

这段时间，女人的手机，滴一声，滴一声，短信的提示音，响得频繁起来。女人把手机调到震动，放到自己贴身的衣兜。那人，也算是女人的旧识。一次偶然的聚会，一席聊天，让两人之间平添了说不清道不明的东西。那些短信，在暗夜里，像附了魂灵，魅惑绽放。字里行间流露出的惆怅、向往，仿若湖底柔软细长的水草，轻挠着女人的心，痒痒的。玻璃窗上，一大片阳光闪闪烁烁，透明的，跳跃的，像极了那些葱葱郁郁，似乎要滴出水来的青葱岁月。一束阳光，不小心溅入女人的眼里，一时之间，竟有些恍惚。那段日子，女人有些心神不宁，吃饭也没胃口。扒拉不了两口饭，就放下筷子，说饱了。

那天，女人一进门，看到男人正在厨房抻面片。这是女人最爱吃的。男人难得下厨房，抻面片是男人的拿手活。想吃到地道的抻面，从和面、醒面、抻出面片的长度和厚度，一直到浇头，都要拿捏得准才行。筋道的面片煮熟了，撒上黄瓜丝、焯好的绿豆芽，浇上肉丝、黑木耳、鸡蛋烧制的浇头，淋上老陈醋、蒜泥、辣椒油，这么一拌，开胃，爽口，过瘾。女人挑起一筷面皮，送到嘴里。没来由地，喉咙里无端地紧了一下，不由得大声咳嗽起来，男人连忙倒了一杯凉开水，送到女人嘴边。

慢点吃。又没人跟你抢。男人瓮声瓮气地。其实，喝了水后，女人已经不咳了。不过，她还是继续假装咳嗽着，咳嗽得鼻涕眼泪都出来了。

夜色幽深。阳台上，植物的气息，一阵阵若有若无地传过来。卧室里，缠绵、热烈的气息，起起伏伏。潮水退歇，终于平静了。男人的呼噜，一声长，一声短，起起落落。女人侧着身，仔细地看男人。月光皎白，柔软如水，漫过窗户倾泻而来。树影投射在墙上，摇曳着。男人的额头停着几粒汗珠，亮晶晶的。女人心里，疼了一下，轻轻用指尖拭去。想着刚才的一幕，女人的心里湿润、荡漾，如同鸟儿扑棱棱展开翅膀，斜斜掠过湖面。都这把年纪了，情急起来，还像个莽撞的少年，张狂，又天真。在暗夜里，女人不由飞红了脸。

记得刚认识时，还是碧青碧绿的好年华。男人乌黑浓密的头发，板寸发型，利落、精干。那时他眼眸清亮，身板挺拔、硬朗。结婚那天，男人去家里接自己。闺蜜们把大门关得紧紧的，不让男人进。男人把带来的红包都塞完了，闺蜜们又出难题，让他唱歌。男人真实在，让他唱他就唱，也不嫌臊得慌。好不容易让他进了门，闺蜜们又把自己的高跟鞋藏起来，让男人找。男人满头大汗，满屋子地找，就是找不着。自己穿着婚纱，坐在床上，心里急得要命，一个劲地给男人使眼色，男人这才从叠放的一堆被子里找到鞋子。找到了鞋，闺蜜们又起哄让男人给自己跪下，让男人再求一遍婚。把男人可折腾得不轻，也把自己心疼得不轻。

蜜月。真是"蜜"啊。蜜样的甜，流淌得到处都是，分分秒秒。现在想起来，还让人耳红心跳。一个月还没过完，男人接到通知，去管理局封闭集训一个月，备战石化系统的职业技能大赛。临行前的一天，女人在男人怀里哭得梨花带雨。那一个月，每一天，女人都不知道是怎么过来的。她想他笑的样子，想他吃饭的样子，想他的深蓝衬衣，想他身上的烟草味……想着想着，眼泪就不知不觉漫出来了。男人参加完比赛，回家的那天，女人正拿着抹布，擦入门处的鞋柜。门开了，两人四目相对，呆呆看着对方，反倒没了话。男人放下大红的荣誉证书，冲上来紧紧抱住女人，就这么，抵着鞋柜……眩晕、飞翔，炙热甜蜜的气息，氤氲在整个屋子，不绝如缕。

外面的雨，依然滴答，滴答。一声声，落在女人的心上，洇湿一片。女人的手机振动了一下，有短信进来。女人知道是谁的。她想了一会，拿过手机，回复了。然后，把这个号码删掉了。做完这些，她关了机。暗影里，男人沉睡的面容，如孩子般憨淳。女人想起，婆婆后事操持完的那天，回到家，关上房门，一直没在人前掉泪的男人，哭了，像个孩子。女人抱住男人，任凭男人在怀里哭得稀里哗啦。

婆婆这个人，唉，咋说呢？精明，利索，也不饶人。寡居多年的女人，许是性子都要强吧。当初男人女人谈婚论嫁，婆婆没少阻拦。婆婆是打算着让自己的儿子，找一个油田职工当媳妇的。当时油田效益好，油田夫妻都是职工的，日子过得滋润舒坦。待女人失了业，婆婆的脸色更不好看，说话也夹枪带棒的。女人的脾气也不软，有时听着不顺耳，也沉着脸回应几句。那些年，婆媳俩没少叮咙，男人也受了不少夹板气。儿子出生后，男人出去上班，一去就是一整天，女人自己在家忙得滴溜转。住邻近小区的婆婆，每天忙着去跳广场舞，也不过来搭把手。为这，女人气不过，跟男人也没少吵吵。

前几年，婆婆得了一场大病。身子骨越来越不利索，做饭都费劲了。男人想了好几天，跟女人开了口，说能不能每天过去给孩子奶奶做做饭。女人当时想也没想，就一个字，不。男人坐在客厅，抽了一晚上的烟。第二天一早，男人红着眼睛出去上班了。女人呢，送孩子去幼儿园，去菜场，提着一大兜子红柿绿椒，赶去婆婆家了。

日子绵密，一天天地，越发温软、亲厚、怜恤。眼见着婆婆，那么精干利落，那么要好的一个人，说老，一下子就老得不像样子。女人叹了口气。

儿子转眼上学了。婆婆病得愈发厉害了，起不了床。女人寻思半天，跟男人一起，把婆婆搬到自己家来。喂饭喂药，擦身端尿。没几天，女人瘦得脱了形。守着男人，女人压低了声音，恨恨地甩几句牢骚。男人还没来得及说啥，里屋婆婆唤了一声，女人拢拢头发，赶紧应了一声，进去了。那天女人给婆婆喂药，婆婆定定地看着女人，眼角流出泪。女人心里也一热，装着没看见。端来一盆温水，跟往常一样，给婆婆洗脸，擦掉眼角的泪。

外面的雨，似乎滴答得更密了，还起了风，渗进来层层凉意。女人起身，轻轻给男人盖上一方薄毯。而后，贴着男人躺下，轻移过男人的胳膊，枕在上面。夜，静谧，宽广，如深蓝的软缎，轻柔覆盖下来。

那天午后，惬意地从睡眠中醒来。此刻的阳光，如金黄黏稠的蜂蜜，在屋里流淌。楼下，有割草机在轰轰响着，空气里弥漫着青草汁液丰盈，腥甜的气息。阳台上，晾晒的粉紫郁金香的床单，在微风中，一下，一下地扬着，那些花型饱满的郁金香，就像要撒出去一样。阳台西墙上，还挂着两串红辣椒，在午后的阳光下，格外红艳。横悬着的铁丝上，挂满了洗干净的雪里蕻。每年，家里都要晾晒雪里蕻。儿子爱吃扣肉，油汪汪的五花肉片，底下垫上雪里蕻，咸香诱人，儿子能扒好几碗米饭。想起儿子大口扒拉饭，腮帮子鼓鼓的生猛样子，男人轻轻"呸"一口，却咧开了嘴。

男人看着窗外，发了一会呆。然后，去客厅泡好一壶茶，喝了几口。电视机旁边，那株婆娑的绿萝，又生出一枝嫩芽。嫩嫩的绿，柔软软的，怯生生的，让人心痒。男人到各个屋，漫无目的，转了一圈。觉得无趣，又回到卧室。女人睡得正香，午后的阳光，懒懒的，从窗户斜斜地照过来，能清晰地看到光柱处，飞舞的细尘。男人蹑手蹑脚凑过去，轻轻捏了捏女人的下巴。女人也不恼，嘟囔着，轻声骂一句，又转过头睡去了。

那晚夜凉如水。一弯月亮悬在天际，散发着母性的光辉。几粒如新米莹白的星星，零零散散，黏在青蓝色夜空。阳台，一张小方桌，一壶泡好的茉莉花茶，两人相对而坐。有时，女人会煮些嫩花生、毛豆，装盘端过来。两人喝着茶，剥着花生、毛豆。暗影里，有一搭无一搭地递着话。

儿子，又有日子没来电话了。给他打过去，没说几句，他说有事情忙，就挂了。

这小子，一出去就野开了。

兴许，咱儿子找女朋友了吧。

刚上大学，就想着找媳妇了。得瑟！话这样说，却分明有掩饰不住的得意。

这还不快，转眼的事。过不了几年，就该结婚了。大胖孙子说抱上就抱上了。

两人嘿嘿地笑了。不知谁家的花开了，馥郁，芬芳的气息，饱满，丰盛，一漾一漾地，浮过来。

天，一点，一点，越来越深。如张开翅膀的大鸟，慢慢地，慢慢地，合拢。

跟男人拌了几句嘴，没啥大不了的事，就是话赶话的，没说到一起。唉，两口子过日子，一个锅里吃饭，哪有不起争执的。以前年轻的时候，气盛，一句话不对，脾性子就上来了。女人摔过一个瓦盆，男人踢碎过一个暖瓶，现在年岁长了，不摔盆摔碗的了。赌了气，顶多谁也不搭理谁。过几天，气就渐渐消了。

那天，拌完嘴，男人就出门上班了。那天正赶上男人在队上值班，晚上没回来，女人也就没当事。第二天，男人也没回来。第三天，男人还是没回来。女人有些坐不住了。想跟男人打电话，又不想服软。在家里兜兜转转的，定不下神。

女人下楼，去二单元李姐家串门。李姐家的老杜大哥跟男人一个单位。李姐说，老杜好几天没回来了，你家那口子也是吧。听老杜说，这几天的暴雨，把队上井场都淹了，队上男人们都留在队上干活呢。你家那口子没跟你说？

女人愣怔了一下，很快，她将了将耳后的一缕头发，稳了稳语气说，咋没说？男人跟我打电话说呢。

晚上八点，油区新闻播报的时间。女人准时打开电视。电视上，正在报道油区这一罕见的特大暴雨。正在播放着的专题片里，女人还真的看到男人了。顶着白花花的大日头，冒着酷暑，男人踩着齐膝的积水，跟人扛着一根油管，在泥水地里，深一脚，浅一脚地走着。男人身上穿的红工衣，叫汗都塌透了。那几天，正是大暑，天气格外闷热，让人喘不上气。就是啥也不干，在外面待一会，汗珠子就滴答滴答地往下淌。这个镜头没看完，女人就起身关了电视。一晚上，女人都没睡安稳。

第二天一早，女人跟男人打了电话，她没说别的，只问他啥时回来。男人说，得后天了。

男人回来这天，中午头，女人没顾上睡觉，就在家忙开了。男人喜欢吃烩菜，松蘑、五花肉片、油炸的豆腐泡，放在砂锅里咕嘟着。千炖万炖，搭上的工夫越长越出味。快熟的时候，扯一把粉丝扔进去。临出锅前，再撒上一把翠绿的香菜末，就成了。这个菜费时，平常没有大工夫，顾不上做这道菜。芹菜香干，凉拌苦菊，油炸金蝉，回锅肉，几样菜都是他爱吃的。

男人进门的时候，晚上六点多了。女人正准备拍蒜，几粒白嫩肥厚的蒜瓣，躺在案板上，安然自得。女人回头看了他一眼，几天的工夫，他脸上胡了拉碴的，面色疲惫。黑了，也瘦了，眼圈发青。女人心里有个地方，搋紧了一下，疼。她说了声，回来了？男人应着。女人对准案板上的几粒蒜，用刀背用力拍下去。刹那间，女人的鼻子抽动了一下，眼底涌起一层薄雾。

男人环住女人的腰，蹭着女人的耳朵根，想我想的？女人用手擦了一下眼角，呸，谁稀罕想你，蒜汁进眼了。男人扳过女人的肩膀，往怀里搋。女人挣脱着，捶打着男人，眼泪却再也忍不住，噼里啪啦地往下掉。男人不说话，依旧微微笑着，由着女人。待女人捶打得累了，男人摘下女人的围裙，拦腰抱起她。

窗外，黄昏。夕阳无限温柔，缠绵。霞光如五彩锦缎，铺洒开来。洒向山川、河流、树木、田野，平添温柔静好。楼下那株合欢树，满树粉色的花，正开得姣好。娇媚，又端然，仿若着了粉衫的女子，满目含情，怀揣着喜悦与等待。两只叫不出名字的鸟，情意缱绻，依偎在一起，啾啾地叫，一声，又一声。一阵风拂来，那两只鸟抖擞着翅膀，从枝间一蹴而起，并肩向远方飞去，融入天边华美晚霞。

红绸子

来迈镇之前，秋芒觉得自己是快乐的，幸福的。跟奶奶住在乡下的那段时光，无拘无束，天高地阔。在奶奶温暖慈爱的目光环视里，春天的柳絮，夏天的雨滴，秋天的落叶，冬天的雪花，都能给秋芒带来无尽的新奇与乐趣。

奶奶的院子里种着凤仙花，深紫艳红，如阳光般浓稠甜美。摘一小捧凤仙花，奶奶拿石臼子把花瓣捣碎，加上点白矾。秋芒临睡前，奶奶把捣碎的凤仙花瓣，仔细敷在秋芒的指甲上，再用麻叶把指甲包好，用细线捆两下。一觉醒来，奶奶轻轻揭开麻叶，秋芒的指甲变成了粉粉的，闪着光，透着亮。真好看啊，我的小秋芒真好看啊。奶奶捧着秋芒的小手，一遍遍地说。

院子里还有几棵山楂树，每年十月份摘了果，奶奶就给秋芒做山楂酱。做好的山楂酱，泛着诱人的深红，放在透明的罐头瓶子里。嘴馋了，秋芒就舀一勺。酸甜甘冽的味道，一下子从舌尖蔓延开来，顺着嗓子眼，滑入肺腑。

当初，在油田上班的爸爸，要接秋芒和妈妈一起来迈镇安家，秋芒哭着喊着，死活不跟奶奶分开。考虑到秋芒跟独居的奶奶也能做个伴，秋芒的父母也就没再勉强秋芒，答应秋芒先跟着奶奶在乡下住。

秋芒上二年级的时候，奶奶去世了，秋芒这才被爸爸接到迈镇。迈镇周围的原野上，有高高的井架，有不知疲倦地总在"磕头"的抽油机。除了这些，无论是对爸爸、妈妈这个称谓，还是爸爸、妈妈本身，以及她第一次见的弟弟，还有这个家，秋芒都觉得无比陌生。

秋芒一张嘴说话，同学们就笑。她知道同学们说的是普通话，她们笑她的家乡口音，尤其她上扬的尾音。渐渐地，秋芒就说话很少了。秋芒跟妈妈，始终亲近不起来，她感觉妈妈一点都不喜欢自己。不说别的，妈妈好像从没正儿八经地看过她几眼。是因为自己长得不好看吗？偷偷照照镜子，里面的那个小丫头，单眼皮，眼睛细长，眉毛疏淡。头发黄蔫蔫、软趴趴的，无精打采。确实不好看。那奶奶怎么老夸自己好看呢？奶奶肯定撒谎了。秋芒知道撒谎不好，可是，她是多么愿意、多么渴望，一直一直生活在奶奶的谎言里。

那一天，大泉和一帮孩子呼啦啦地从那边窜过来，秋芒正在家门口的石条凳上，自己玩抓石子。秋芒抬头，看见小泉正紧跟在队伍后面，哭得鼻涕连连，追着大泉喊着"哥哥，哥哥"。大泉皱着眉头，颇不耐烦地看了一眼小泉，眼光又落到秋芒身上。

"哎，秋芒，跟我们一起出去玩。"

很少受到小伙伴邀约的秋芒，有点受宠若惊，不相信似的，点了点头。

这一伙孩子浩浩荡荡地出发了。大泉也不过九岁。小泉呢，五岁。他们此行的目的，是镇子北面的那一大片原野。原野上好玩的东西多呢，奔跑的野兔，躲在草丛里的蚂蚱，遗落在田地里的玉米穗，还有土坡上那一串串香甜的野果。这一次，大泉已分好工，他们几个去找玉米穗、逮蚂蚱，秋芒呢，带着小泉去找柴火，他们要烤玉米，烧蚂蚱吃。大泉他们迅速地散开了，秋芒领着小泉，开始寻找柴火。

秋芒领着小泉，转悠了半天，只找到几根细溜溜的枯树枝。这点柴火，哪够啊。再往前走走。前面不远处，是个小土坡，到坡上去看看。

秋芒和小泉爬上土坡，发现另一侧坡脚下，竟然流淌着一条河，河上还有一座小木桥。说是木桥，也就是几根横着的铁索上平铺着木板子。

秋芒在桥上走了几步，晃晃悠悠的，她有点害怕，折回来了。而小泉，却很不以为然。他笑秋芒胆小鬼，不顾秋芒阻拦，自顾自地上了桥。小泉在桥上走得大摇大摆，小桥晃动得厉害，秋芒有些害怕，用手捂着眼睛。快走到一半的时候，小泉回头来，还冲着秋芒吐了一下舌头。就在这一刻，秋芒看到一块木板，啪的一下掉进河里，接着小泉也尖叫一声，跟着掉进河里。

二

小泉死了。所有的矛头，似乎都指向了秋芒。小泉的妈妈，不知是第几次来家里闹了。披头散发，唾沫、鼻涕、眼泪横飞，秋芒家里的碗盘，碎了又碎。秋芒的爸爸妈妈也窝心，在外面累了一天，回到家也不能安生，心力交瘁。逼得急了，秋芒妈妈收拾一地的狼藉，蓦地，拿着手里的扫帚，冲着瑟缩在角落里的秋芒，一扫帚就打过去了："造孽啊！你。"

这一扫帚，打在秋芒的肩上，生疼。可是让秋芒剜心疼的，不是这一扫帚。而是妈妈瞪向自己的，怨恨、绝望的眼神，还有，那句"造孽"。

本来就安静的秋芒，更加安静了。不，是沉默。单薄的身子，瑟缩着，像一张薄薄的纸片。眼睛似乎更细长了，不，是因为她不太抬眼看人了。她始终低着头，耷拉着眼皮，轻耸着双肩，把自己围在一个别人进不去的世界。

一次，放学路上，小泉的妈妈，不知从哪里一下子窜出来，上来就打了她一巴掌，打得秋芒头都蒙了，坐在地上。小泉的妈妈，瞪着血红的眼睛，用手指着她："害人精！扫帚星！"

她的脸肿了，生生地疼。回到家，妈妈看了她一眼，居然什么也没问。

同学们开始有人叫她"扫帚"。她的心，缩成了小小的一团。上学，放学，都是她自己，独来独往。

那些个夜晚，秋芒蜷缩在自己的小床上，一次次从噩梦中醒来。小泉伸着双臂，直直向她走来，掐住她的脖子；她梦见自己站在小泉出事的那座小桥，孤零零的，桥上只有一根铁索，她站在那根铁索上，一动也不敢动；她还梦见，自己站在黑洞前，黑暗中，蓦地伸出来一只手，把她推下去……她不敢再睡了。黑夜里，她拽紧被角，瞪着眼睛，盼着天快些亮。

三

六年级一开学，班里转学过来一个男生，尤磊。听说从苏州来的。老师把尤磊领进教室的那一刻，整个班里似乎都亮了。略有些蓬松的头发，豆绿色的毛衣外套，镶着两条白杠杠的运动裤。整个人，清新得像一株挺拔的翠竹。尤磊礼貌地点点头，笑容腼腆，温雅。

尤磊身上流淌着一种东西。这种东西，对迈镇来说，是新鲜的。对同学们来说，更是。对秋芒来说，也是。同学们都愿意接近他，能以跟他亲密相处为荣。女生们今天换个发卡，明天换个头绳，在镜子前照了又照。就连一向高傲骄矜的班长杜桐，也处处关照尤磊。赶上尤磊忘交作业，偶尔迟到，杜桐从来不记尤磊的名。

唯有秋芒，仍旧安静。

尤磊坐的位置，跟秋芒隔一个过道。下课的时候，别人都出去玩。秋芒就伏在课桌上画画。对于画画，她有天生的亲切感。一笔一画，信手拈来，无师自通。她有一个演草本，专门用来画画。她画奶奶穿的竹节蓝偏襟衣服，画村里的麦秸垛，画院落里的山楂树，画奶奶门前的土路……她一笔笔地画，一张张地画，一天天地画，在这个王国里，有灿烂的阳光、熠熠的星星、舒爽的风。她赤着双脚，伸展着自己，构思、怀想，沉溺不疲。

直到有一天，尤磊发现，自己右边的这个女同学，实在是太安静了。从来听不到她的动静，无声无息，如同不存在。当再一次课间，秋芒如往常一样，拿出演算本，开始画画的时候，尤磊蹑手蹑脚站在身后，看这个安静的女孩到底在干些什么。

这一次，秋芒画的是一个池塘。池塘里荷花盛开，莲叶田田，整幅画逼真传神，尤磊似乎都感受到荷叶上的露珠，甚至，一声声的蛙鸣。尤磊在身后，不由地发出赞叹。

当尤磊经过秋芒的同意，翻开她的画本时，这个少年简直是被折服了。他没想到，这么一个貌不惊人的女孩子，居然能绘出如此美妙、生动的图幅。

这个上午，对秋芒来说，是一个珍贵的上午。她已经很久很久，没有跟同伴这样交流了。这个男生，这个在她看来，如此优越清傲的男生，居然在赞叹她。除了奶奶，好像还没人夸过她。这样的夸赞，让她害羞，让她忐忑，同时，也让她喜悦、激荡。

尤磊开始留意这个叫秋芒的女孩子。别人不注意的时候，尤磊会塞给她几颗奶糖，一块糕点。而她，有时会绘一张画给他。在那天课间，秋芒偷偷递给尤磊一小瓶山楂酱，说是自己做的。第二天，尤磊告诉秋芒，说山楂酱他尝过了，是他吃过的东西里，最美味，最独特的。说得秋芒都不好意思了，然而，开心无比。

这两个少男少女，越来越默契。真挚纯澈的友谊，如潺潺的溪流，在两人之间蜿蜒流淌。溪流清甜甘冽，浅吟低唱。所经之处，青草碧绿，鲜花盛开。

学校要开运动会了。因为开幕式要求每个班有一个展示环节，每个班都安排了任务。秋芒所在的班，是女生摇铃鼓，男生打腰鼓。照例是老师选人，秋芒知道，自己跟这样的活动无缘。每天下午第三节课，被选中的同学们，就去操场上彩排，剩下的，就在教室里上自习。

摇铃鼓的一位女生，上体育课跳鞍马的时候，摔断了手腕，得另外找个女生补上。那天下午，参加开幕式的同学们照例出去彩排，班主任和另外一位老师，把教室里剩下的几个女孩子，打量了半天。最后，把秋芒叫到门外，说，你去摇铃鼓吧。那位老师看了看秋芒，似乎不太满意。可是时间紧，也没有更好的法子，就说了句，凑合上吧。

秋芒排练得很认真。铃鼓上的铃铛，响起来，这么清脆。铃鼓上还系着一根红绸子，举着胳膊晃动铃鼓的时候，红绸子也跟着飘起来，红艳艳的，像跳动的火焰，真好看。还有，站在队伍领头的尤磊，把腰鼓用红绸子绑在身上，衬着他蓝白条纹的海军衫，格外醒目，帅气。尤磊打起腰鼓来，动作舒放自如，难怪老师一遍遍地让尤磊给大家做示范。有时，秋芒抬头，会碰上尤磊看向她的日光，像家乡的春雨般，熨帖、温润。

离正式演出还有好几天，秋芒就把那天要穿的白衬衣、蓝裤子洗好了，晚上睡觉在枕头下压着，压得平展展。

演出那天早上，阳光晴好，秋芒走在去学校的路上，脚步比以前轻盈了许多。小鸟在树上叽叽喳喳的，开心得要命。看那一轮新鲜的朝阳，橙红色，暖融融的。记得以前在乡下，村里来了卖小鸡的，看秋芒喜欢，奶奶就买了一对。秋芒用蜡笔把小鸡的翅膀染上了颜色，就是这样的橙红色。那对小鸡好可爱，扎煞着小小的翅膀，在屋子里跑来跑去。想起那两只憨憨的小鸡，秋芒扬着嘴角，笑了。一直瑟缩的薄薄的双肩，好像也舒展开来。

教室里，同学们化好妆，都跑去拿自己的乐器。为了方便管理，老师要求乐器上都写上自己的名字。秋芒等同学们都拿完后，才过去拿。她发现，她的铃铛鼓上的红绸子突然不见了。还记得昨天，秋芒把那根红绸子系了又系，在铃鼓上打了一个近乎完美的蝴蝶结，怎么会没了呢？秋芒急得就要哭出来。就在她绝望地四处张望时，她瞥见不远处，杜桐跟几个女生，似乎在瞅着她笑。

已经绑好腰鼓的尤磊，帮秋芒翻遍了箱子，也没找到红绸子。尤磊想了一下，对秋芒说，别急，我有办法了。他迅速解下身上的腰鼓，取下红绸子，又跑到自己课桌前，从文具盒子拿出小刀，顺着红绸子划下来，一分为二，把另一半递给秋芒。

在以后的好多年里，那个小小少年，用一枚锋利的小刀，划开一根红绸子的动作，定格在秋芒的心中，久久不忘，永生铭记。

演出很成功。瘦弱的秋芒，从来都是低着头的秋芒，这次稍稍抬起眼睑，看了一眼尤磊，轻轻地说了句"谢谢"，又迅疾地低下头。

尤磊看着秋芒，看这个一向安静忧郁的女孩子，有浅浅的笑意在唇边绽开。尤磊说："你要真心谢我，就专门给我画一幅画吧。"

秋芒的脸，红了。既没摇头，也没点头。

阳光真好。透亮璀璨，透过碧绿的树叶，洒在地上，洒在这两个静静站立的少男少女身上，晃晃地亮，融融地暖。

四

尤磊去过秋芒家一次。那是冬天，期末考完试，老师让几位班干部把全班同学分片分组，每个班干部负责给自己组的同学送学生手册。手册就是一本红色的小册子，记录着本学期的成绩，还有老师给的评语。秋芒就在尤磊负责的小组。

那天秋芒自己在家。老家一个亲戚过世了，爸爸妈妈带着弟弟，回了二百里外的老家。

一进门，尤磊就闻到一阵诱人的焦香。靠近门口处，取暖炉的炉板上，躺着一大把花生、几片地瓜。整个屋里，都散发着甜丝丝、暖乎乎的味道。尤磊吸了一下鼻子，不由地说，香。

可能跑了一下午，尤磊的鼻尖上沁出了亮亮的汗珠。秋芒邀请尤磊坐一会，尤磊一点没有犹豫，一屁股就坐在了炉子边的小板凳上。花生和地瓜，一会就被尤磊吃完了。秋芒想了想，去院子外面挂着的铁丝上，取下一小串晒干的小咸鱼。洗干净后，放在炉板上。秋芒又切了几片馒头，也放在炉板上。

炉板上的小咸鱼，发出轻微的"滋滋"声，鱼的浓郁鲜香，一点点弥漫。馒头片也烤得正是火候，咬一口，焦脆。尤磊第一次吃这样的食物，口感、形式，于他而言，格外新奇，他没想到，食物可以这样吃。而且，这么好吃，充满诱惑。

这个看起来平淡无奇，经常被人忽略的女孩，简直就是个魔术师。她会画那么多美妙的画，还会一下子整出这么好吃、这么新奇的食物，让他都有些崇拜了。

七年级下学期，尤磊要转学了。

同学们送他好多礼物，有彩色塑料皮的笔记本，有色彩绚丽的文具盒，有叮叮当当的风铃。还有的女同学，用彩纸折了好多千纸鹤，放在透明的玻璃瓶里，送给尤磊。

那天，课间休息，教室里只剩下几个同学。秋芒走到尤磊跟前，递给他一幅画，这是昨晚她花了整整一个晚上的时间画的：整张画纸上，一条鲜艳的红绸子，在风中飘扬。那样的一种红，那样的一种姿态，色泽饱满、炫目、强大、煦暖，仿佛能遮盖住、抵挡住世间所有的冰雪和寒凉。

画的右下角，有铅笔写的四个小小的字："给我写信。"

五

秋芒上大学时，选择了中国版图上最北方的一个城市，冰城。这个城市以寒冷著称，以至于很多人都望而生畏。而秋芒，却从心底里喜欢这个城市，她甚至喜欢这个城市无与伦比的奇寒。那样一种冰凉的温度，仿佛与世隔绝，能封存一切的记忆，能冰冻过往的时光。

那年，尤磊走后，秋芒就一天天等着，等着尤磊的来信。学校里接收到的信件，是由班长去拿的。每一次，杜桐拿着信件走进教室，秋芒的心都会咚咚咚地跳。她不敢抬头，仿佛怕那几封信灼痛她的眼睛。她低着头，手握着笔，在纸上画出一些不知形状的线条。然而，她的余光，她的耳朵，都在极其敏锐地捕捉杜桐的脚步……一次，两次，三次……秋芒一封信件也没收到。尤磊，彻底没了音信。像一阵风，倏忽一下，刮走了，了无痕迹。

来到冰城，秋芒发现，原来世界也可以这般美好。她贪婪地伸出触角，试探，摸索，前行。她好像刚刚睁开沉睡的眼睛，她蜷缩在黑暗里好多年。她像个被放出牢笼的小兽；像个贪吃的孩子，拼命地吸取各种养分。她太饿了，饿了好多年，也被困了好多年。在这里，她直起身子，在清朗的风中，在碎金般的阳光里，在深蓝晶亮的星空下，秋芒跟同学们一起上课，一起参观艺术展，一起逛街，一起聊天。

大学里的假期，秋芒也很少回家。她找了好几份家教，把日子填充得有条不紊，充实忙碌。一有空闲，她就泡在学校的图书馆里，宗教、美术、哲学……她沉浸其中，不知晨昏。

难得的闲暇时分，秋芒会到街上的咖啡馆，靠窗的位置，慢慢品一杯咖啡。饿了，就要一份切片面包，一小瓶山楂酱。正是早春，窗外，天空一派温柔的蓝，白云素洁。一棵柳树静静地伫立在路边。这棵柳树枝干虬劲，秋芒想起了奶奶家屋后那一片小树林。奶奶家屋后，除了柳树，还有榆树、枣树。春天撸榆钱，蒸菜窝窝。秋天用竹竿子打枣，那些红透的，圆溜溜的红枣滚得到处都是，秋芒提个小篮子，一蹦一蹦的，快乐得像只小兔子。

细细地看，斜逸而出的柳树枝上，居然已经泛出了新绿。那绿，嫩生生的，却执着；那绿，一点一点，侵袭到心里。静静地凝视，竟有惺惺相惜的感慨。

春去春来。秋芒大三的时候，回过一趟家。迈镇上的人，都惊讶地发现，这个平常一直瑟缩着肩膀、从来不敢抬头的小姑娘，变成一个书卷气浓浓的女先生了。秋芒提着迈镇还不多见的新式的金属色拉杆箱，身上的浅驼色大衣样式简单，但质地挺括上乘。脖颈间一方朱砂红的羊绒围巾，又添了几分妩媚气度。她依然不多说话，见到每个人都点头，微笑。但是眼神镇定，凛然，让人不敢妄语。

六

在冰城，秋芒结了婚，成了家。丈夫丁杰是本地人，原本是一名公务员，下海后，凭借家族在本城的根基，以及他自己精心营造的人脉，他的公司开得风生水起。

当初遇到秋芒，吸引丁杰的，是这个女孩子的气质，低温、清凉。她眼神沉静，面容淡若，再探向眼底，却如湖水凛冽深幽。让人不由要去追寻。抬头低眉间，清冽处处。

婚后，秋芒也回过几次迈镇。一次回迈镇的时候，秋芒居然碰上了杜桐。杜桐很热情，执意要拉她一起坐坐，秋芒实在不忍拒绝，就去了。两人找了一家餐馆，包厢内，两人还开了一瓶红酒。几杯红酒下去，消解了一些尴尬，气氛也随着微热的脸颊，一起升温。聊着聊着，就提到了尤磊。

杜桐是喝了一大口红酒后，开始说有关尤磊的事。秋芒这才知道，尤磊的父亲，因渎职方面的问题败露，跳楼自尽。尤磊结婚了，又离了。听说工作也不顺意，常常喝个烂醉，一次深夜醉酒回家，被车辆撞击身亡。

杜桐还说，当年尤磊转学后，给秋芒是写过信的，写了好几封，都是杜桐把信件截下了。杜桐说，当年自己真不懂事。她问秋芒，还记得那年演出吗？还记得那根怎么也找不见的红绸子吗？没等杜桐说完，秋芒打断了她，多少年的事了，我早忘了。

疼痛、绝望、心痛，从脚底蔓延而来，一点点涌至全身。每一个毛细血孔，从内而外，沁着寒意。她的身体不由自主地颤抖起来。秋芒狠狠喝干了杯中的红酒，眼底有雾气弥漫开来。她看见，那根鲜亮的红绸子，飘啊飘，她使劲地追啊追啊，可怎么都抓不到。眼见着，那根红绸子，无声无息地坠落在，不可知的远方。

那根红绸子，一直珍藏在她的小木匣里。那根红绸子，照亮过她曾经黯淡灰暗的岁月，支撑过当年薄如纸片的她。

那个有着清亮眼神的善良少年，她常常想，不知他现在好不好？他也许早就忘了，那个始终低着眼眉、微耸着肩膀的女孩。她设想了无数种他的状况，都是好的，都是圆满的，令人羡慕的。一如他少年时的优越与清傲。没想到，真实的、残酷的谜底，今天揭开了。

七

结婚十几年了，丁杰觉得，这个叫秋芒的女人，他还是不能完全了解。他总是感觉，她自己有一个不为人知的世界，谁也进不去。

这只是他的感觉。落回到过日子，这个女人，却让他无可挑剔。她打理家里起居，孝敬公婆，又给他丁家生了一个儿子，把他和儿子，还有这个家，照顾得妥帖周到。结婚这几年，自己的生意红红火火，家里太太平平，都说是这个女人旺家呢。

她不像别的女人，热衷买名牌衣物、化妆品、出国旅游。自己这几年在外打拼，家底殷实富足，他给她的卡上，永远有足够的钱，随她支配。他给她买的价格不菲的包袋、首饰珠宝、丝巾，她都放在衣橱里，有的还没拆封。本来他是打算家里请个保姆，免了她打理家务之累，她不同意，他也只好作罢。

记得当初两人商定旅游结婚，他给她筹备了好几个方案，国外的、国内的，当时最高档的、最热门的，都在他的方案内。她却只选了一个地方，苏州。

她对什么，都淡淡的。看不出她对什么东西有特别的嗜好。哦，记起来了，她做山楂酱算是热衷，每年都要做。山楂上市的季节，仔细挑选采购，回到家清洗，去核，冰糖腌渍，熬煮……每一个过程，每一个细节，她都很专注，严丝合缝，颇有仪式感。关键是，做山楂酱的过程中，她的脸上会浮动着平日里少见的神采，就连眼睛也明亮起来，整个人显得熠熠生辉。黄昏，余晖洒进来。她正一汤匙一汤匙地，往透明玻璃罐里装山楂酱。她神态安详，动作柔缓，余晖的光芒在她身上，闪闪烁烁，圣洁、童真。山楂酱他吃过，味道确实不错，口感绝佳，远非外面超市售卖的果酱所能比拟。儿子也爱吃。要不是秋芒控制着，儿子自己就能吃一大瓶。

刚认识她的时候，他看过她画画。她静静地坐在那，一笔，一笔，斟酌着，沉思着，整个世界仿佛都安静下来。当时的他，是打心眼里喜欢这份娴静的，喜欢她身上脱俗出尘的气质。结婚之后，他却很少很少见她画画了。

自己在外面生意场上混，难免会有些莺莺燕燕，花花草草。一开始，他还有点担心，怕她盘查，怕她闹，可她一派平声静气。只是，偶尔地，会不显山不露水地，给他递几句话。就是这几句话，让他一下子知道，她是明白人，洞悉一切。自己还在自以为是地藏藏掖掖，她却早已站在高处，明察秋毫，只是不言。

他发现了这点后，一开始很愤愤，又不甘，气恼了一阵，然后，又放下了，回归平静。是啊，不管怎样，于外，于内，她对于他来说，是安全的，不可替代的最佳人选。

她这个人，对谁，都有一段距离。她的周围，就像《西游记》里，孙悟空用金箍棒画出的那个圈。就连她和她自己的母亲，他觉得也少了些母女之间天生的亲密。她们之间，隔着一层冰凉的玻璃，小心翼翼。他跟她回过几次迈镇，虽然岳父岳母好吃好喝地招待，他也能感觉到，两位老人是倾尽心力，要招待好女儿女婿一家人。可是他仍能感觉到他们之间，更多的是客气，太客气了，客气得不像一家人。

秋芒又要出门了。这段时间，秋芒出远门的次数，超过了她这几年的总和。丁杰问她，她只是说，自己的一个远方亲戚，病了。这个远方亲戚，很可怜，孤寡一人。

其实，丁杰派人跟踪过秋芒。派去的人回来报告说，秋芒的确是在照顾一个病重的老太太。这个老太太，丈夫和儿子都死了，确如秋芒所说。

他也趁秋芒不在的时候，偷偷打开过那只上了锁的小木匣。

他曾经猜想过，里面有什么呢？日记本？信件？照片？当打开后，他发现里面除了一根红绸子，并无他物。这根红绸子，很平常，很普通的，有些年头了。边缘有些参差不齐，像是利器划开的。他们这个年代的人，对红绸子应该不陌生。当年上学时，学校里凡是搞活动，红绸子常用到。系在军号、腰鼓之类的乐器上，红艳艳的，好看。丁杰拿着红绸子，翻来覆去看了半天，始终没发现半点异常，按原样又放回木匣里了。

八

尤磊的母亲走了。她走的时候，面容平静，安详。她以为自己会孤死。历经薄凉尘世的种种，在生命最后时光，居然会有人来到她身边，这么悉心照顾她，让她千疮百孔的心，得到抚慰和温暖。

这个叫秋芒的女人，说是尤磊的初中同学。哦，迈镇，那个出产石油的小镇，当年因为尤磊爸爸工作调动，确实在那个迈镇住过一阵。不过，她对那个迈镇并不熟悉，他们一家住在机关家属院里，平常跟迈镇的人或事，鲜有来往。她也实在想不起，当年尤磊的同学里，有这么一个女同学。

这个叫秋芒的女人，不知从哪来。这个看起来纤弱，细眉细眼的女人，不但为她偿还了一直拖欠的医药费，还床前床后地贴身照顾她。在她看来，这个秋芒，简直就是老天爷派下来的菩萨。她知道自己的日子不多了，丈夫、孩子的遭遇，还有自己身上的病痛，早就让她尝遍人间的凄风冷雨，她倒是盼望着能早一点走，到那个世界跟丈夫儿子团聚。秋芒的出现，让她体会到了人间珍贵的温情，让她对这个本已心灰意冷的尘世，生出一些不舍。她知道，这个叫秋芒的女人，会妥善地安排处理她的身后事，会一直陪伴着她，送她上路。她一个孤老婆子，还能有什么奢求呢？

处理好尤磊母亲的后事，秋芒一路奔波，返回冰城的时候，已是下午三点多钟。下了火车，她没有急着回家，而是来到儿子的学校操场外。儿子跟她说过，今天下午，学校要彩排运动会开幕式。

隔着操场的外围栅栏，在一大群穿着统一服装的孩子里面，她费了半天劲，终于看到了自己的儿子。

五月的阳光，和煦明媚，照得人身上暖暖的。她凝视着儿子，透亮的阳光在儿子的发端跳跃、腾挪，一烁一烁。儿子是小号手，穿着威武的制服，戴着白手套，走在队伍的最前面。儿子眼神专注、认真，脸庞晒得发红，腮帮子鼓鼓的，神气、轩昂。最耀眼的，是系在小号把手上的红绸带，那么鲜红，那么炫目，在阳光下，在微风里，拂动，飘飞……

那一刻，秋芒的眼泪，再也忍不住，汹涌而至。